내 안의 무뢰한과
함께 사는 법 ②

SOCIOPATH: A MEMOIR
Copyright © 2024 by Patricia Gagne
All rights reserved.
Korean Translation Copyright © 2024 by Sam & Parkers Co., Ltd.
Korean edition is published by arrangement with Janklow & Nesbit Associates
through Imprima Korea Agency

이 책의 한국어판 저작권은 Imprima Korea Agency를 통해
Janklow & Nesbit Associates와 독점 계약한 도서출판 샘앤파커스에 있습니다.
저작권법에 의하여 한국 내에서 보호를 받는 저작물이므로
무단전재와 복제를 금합니다.

내 안의 무뢰한과
함께 사는 법 ②

패트릭 갸그니 자전소설
우진하 옮김

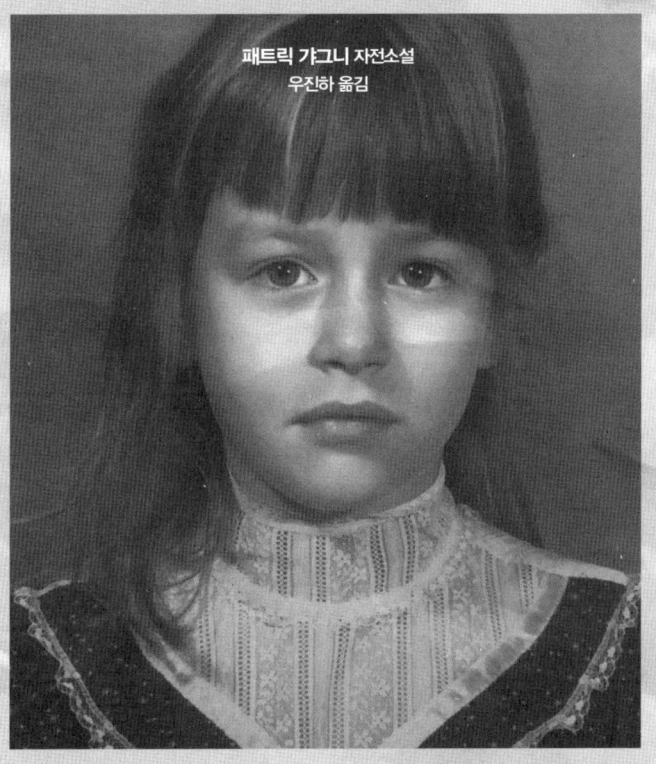

쌤앤파커스

데이비드를 위해

차례

제3부 _ 데이비드

제13장 – 집	010
제14장 – 자유	020
제15장 – 아리안느	030
제16장 – 심연	040
제17장 – 오리온	054

제4부 _ 매트릭

제18장	– 반항	070
제19장	– 익명의 협박	087
제20장	– 맥스	104
제21장	– 나는 여전히 소시오패스	126
제22장	– 공범	137
제23장	– 투명인간	154
제24장	– Killer Queen	166
제25장	– 나는 누구인가	185

에필로그: 새로운 사랑	209
감사의 글	244

제 3부

데이비드

제13장
집

파티 후 몇 주가 지난 어느 저녁, 문을 두드리는 소리에 깜짝 놀랐다. 문틈으로 밖을 살피고 입이 떡 벌린 채 문을 열었다.

데이비드가 초조한 듯 웃고 있었다. "네가 진심인지 아닌지는 잘 모르겠지만 한번 모험해 보기로 했지."

나는 거세게 그의 품 안으로 뛰어들었고 우린 거의 넘어질 뻔했다.

"어떻게 온 거야?" 내 숨결이 데이비드의 목에 닿자 그가 웃었다.

"좀 멍청하지만, 차를 몰고 왔어. 내가 가진 모든 물건을 챙겨 서쪽으로, 서쪽으로."

나는 여전히 어리둥절한 얼굴로 물러서서 그를 물끄러미 바라보았다. "나 때문에?"

"너 때문에." 그가 내게 입을 맞췄다.

내게 몇 없는 꿈이 눈앞에서 실현됐다. 순간 예전의 모든 감정이 되살아났다. 무감각은 산산조각이 났다. 데이비드의 따뜻한 품과

변함없는 표정은 내가 항상 돌아가야 할 고향이었다.

적응기의 어색함은 없었다. 우리는 줄곧 함께해 온 것 같았다. 하룻밤 사이에 나는 독신 미혼 여성에서 누군가의 반쪽이 되었다. 급격한 변화였다. 나는 성인이 되어서도 누구나 하는 식의 연애를 해 본 적 없었다. 성급하게 뭘 결정하는 사람도 아니었다. 내겐 사생활, 비밀, 원칙 등이 소중했다. 그래서 집만은 나만의 성역으로 두고 싶었다. 하지만 데이비드가 아무런 예고도 없이 나를 찾아온 바로 그 순간부터 그와 함께 지내기 위해 모든 걸 다 바꾸는 나 자신이 놀라웠다.

"너는 마술사 같아." 데이비드가 말했다.

햇살이 쏟아지는 모라가 포도밭에서 와인을 마시며 주말을 보내고 있었다. 그 개인 포도밭은 산타모니카 산맥 협곡에 있었고, 내가 로스앤젤레스 근교에서 제일 좋아하는 장소 중 하나였다. 몇 개월 전에 초대받은 와인 시음회에 데이비드와 함께 올 수 있어 무척 기뻤다. 그가 주위를 둘러보며 말을 이었다. "신기루 같은 환상적인 곳이네. 이런 덴 어떻게 알았어?"

그의 말이 옳았다. 모라가는 신기루 같은 곳이었다. 벨 에어 중심부에 숨은 이 아름다운 포도밭을 어느 날 산책하다 우연히 발견했다. 끝없이 늘어선 깨끗한 포도밭에 놀라서 입구를 찾아 두리번거리다가 문을 두드려 주인에게 나를 소개했다.

"다짜고짜 가서 문을 두드렸단 말이야? 주인한테 뭐라고 했는데?"

"그냥 있는 그대로 말했지! 정말 세계 최고의 비밀정원이네요. 이런 멋진 포도밭을 만드시다니, 여러분은 정말 대단해요."

"잠깐만. 주인이 여러 명이야?"

"응. 톰 존스랑 루스 존스라고 하던데."

데이비드가 눈을 크게 밝혀 떴다. "여기가 톰 존스 집이라고? 가수 톰 존스?"

"그건 아니야." 나는 웃음을 터트렸다. "톰 존스는 맞는데, 가수는 아니야. 그래도 나는 여기 있는 톰 존스가 최고라고 생각해. 정말이야."

"그러니까 너는 그냥 문을 두드리고 사람들을 불러내서 이름을 물어봤다는 거구나." 그가 고개를 흔들었다. "그들이 놀라지는 않았을까?"

"전혀! 아주 친절하게 포도밭에 대해 다 얘기해 주던걸. 그리고 다음에 시음회에 초대하겠다면서 이름이랑 주소도 적어 갔어." 나는 손으로 주변을 가리켰다. "그래서 이렇게 짜잔!"

그가 눈을 반짝이며 대답했다. "아까도 말했지만 넌 마술사야."

그런데 사실 마술사는 데이비드였다. 나는 이제 무감각을 관리하는 일로 더는 괴롭지 않았다. 그에 대한 압도적인 사랑으로 무감각이 흔적도 없이 사라진 것이다. 내 모든 걸 감싸 주는 이 정신 나간, 미친 사랑은 절대로 사라질 것 같지 않았다. 나를 지키기 위한 그 어떤 처방이나 전략도, 그리고 나를 불쑥불쑥 찾아오는 그 어떤 압박감이나 불안감도 염려할 필요가 없었다. 나는 편안해졌다. 평범한 삶을 여유롭게 누릴 수 있는 사람이 된 것이다.

예전에 어린이 전문 방송국에서 틀어 주던 '장난감을 잡아라^{Super Toy Run}'라는 방송이 생각났다. 여기 출연한 아이들은 대형 장난감 가게에서 5분 동안 원하는 모든 장난감을 들고나올 수 있었다. 어렸을 때 내가 출연자라는 듯 상황을 재현한 뒤, 이동 경로를 구상해 주어진 시간 동안 최고의 결과를 얻을 전략을 궁리하며 많은 시간을 보냈다. 그때로 돌아간 것 같았다. 내 목표는 인생이라는 주어진 시간 속에서 평범한 일들을 가능한 한 많이 경험해 보는 것이었다. 퇴근 후 저녁을 먹고 영화를 보는 게 즐거웠다. 일요일 아침에 커피 한 잔을 마시고 그와 손을 잡고 동네를 산책하는 건 가슴이 두근거리는 모험이었다. 평범하면 평범할수록 더 좋았다. 나는 보통 사람처럼 일상을 누릴 모든 기회를 놓치지 않으려 했다. 함께 장을 보거나 일과를 마치고 함께 침대에 눕는 평범한 일이 나를 만족감으로 가득 차게 만들었다. 처음으로 정서적으로 단절되지도 않고 어두운 유혹도 없는, 상상만 해 왔던 삶을 살고 있었다! 나는 자유로웠다! 정말이지 지붕 꼭대기에라도 올라가서 이런 설렘을 온 세상에 고백하고 싶을 정도였다.

감사함을 절감하는 사람이 나뿐만이 아니었다. 아빠는 빠르게 진전되는 관계를 보고 놀랐지만, 딸의 새로운 생활 방식을 두 손 들어 환영했다.

"너는 데이비드를 정말 좋아하는 것 같구나." 아빠가 말했다.

우리는 매주 일요일 저녁에 식당에서 만났다. 음료수를 마시며 음식이 나오기를 기다리고 있었다. 데이비드도 물론 이 '가족 식사'에 참여했지만, 그날은 조금 늦는 모양이었다. 데이비드가 없는 자리에서 솔직한 기분을 전할 수 있어 기뻤다.

"아빠, 저는 데이비드를 좋아하지 않아요. 저는 그 사람에게 미쳐 있는 거예요. 미친 듯이 사랑한다고요!" 나는 살얼음이 덮인 마티니를 한 모금 들이키고 그 위에 떠 있는 얼음 조각도 후루룩 삼켜 버렸다. "데이비드랑 함께 있으면요, 내 모든 결함이 전혀 문제가 없는 것처럼 느껴져요. 그냥 잠시 오해했을 뿐이구나, 뭐 그런 기분이 든다고요. 우리가 함께 있을 때 저는 최상의 모습을 보여 줄 수 있어요. 진심으로 내일이라도 당장 결혼하자고 하면 그럴 거예요."

"아하. 그래도 잠시 숨을 고르고 생각해 봐야지."

"왜요? 데이비드는 딱 내 사람이에요. 영혼의 단짝이에요. 정신 나간 소리 같겠지만 잃어버린 반쪽, 그것도 제 밝은 부분을 되찾은 것 같아요." 나는 나조차 믿을 수 없다는 듯 고개를 흔들었다. "제가 항상 느끼지 못해 힘들어했던 모든 것, 공감이나 감정 같은 것들을, 원래 그게 있어야 할 마음속을 데이비드가 다 채워 준 것 같아요. 무엇보다 데이비드는 정말 좋은 사람이에요, 아빠. 데이비드와 함께 있으면 더 나은 사람이 되고 싶어요. 나도 좋은 사람이 될 수 있을 것 같아요."

정말이었다. 데이비드는 참을성이 많았으며 생각이 깊고, 침착했다. 나의 무감각한 고요함과는 달리 그는 진짜 고요하고 편안한 분위기를 뿜어냈다. 단순히 겉모습만 그런 게 아니었다. 평범한 순간에도 고귀한 가치를 찾아내는 놀라운 능력이 있었다. 모처럼 시간을 내서 잘 만든 샌드위치를 사 먹을 때나 잠시 발걸음을 멈추고 밤하늘의 별자리를 올려다볼 때도 그는 천천히 그 순간을 음미했다. 그러면 나 역시 그와 비슷한 기분을 느낄 수 있었다. 이제는 식사 준비 같은 집안일조차 헤아릴 수 없는 기쁨으로 다가왔다.

나는 먹는 일에 늘 관심이 많았지만, 직접 요리해야겠다는 생각은 해 본 적이 거의 없었다. 그런데 데이비드와 함께 살게 된 후부터는 요리에 몰두하게 되었다. 가정주부라는 역할을 기꺼이 받아들이고 매일 저녁 식사를 준비했다. 처음에는 간단한 음식부터 시작했지만, 점차 대담하게 새로운 레시피를 찾아봤다. 퇴근하면 주방으로 직행해 재료를 준비하고 와인을 골랐다. 일단 뭘 해 먹을지 결정한 후에는 아침에 구워 냉장고에 넣어두었던 케이크를 식탁에 꺼냈다. 엄마가 그랬던 것처럼 실로 케이크를 층층이 자르고 각 층에 장식한 후 다시 탑처럼 쌓아 올렸다.

손끝에 묻은 초콜릿을 핥으면서 어릴 때 독일산 셰퍼드와 산책하는 남자를 미행한 끝에 목격한 완벽한 가정을 자주 떠올렸다. 그 장면은 장래 희망들을 붙여 놓은 게시판 구석에 오랫동안 간직한 폴라로이드 사진 같았다. 언젠가는 그런 가정을 이루고 싶다고 상상했는데 그 상상이 현실로 이루어진 것이다.

나는 데이비드가 돌아오기 전에 집이 완벽한 상태를 갖추도록 신경 썼다. 조심스럽게 식탁을 차리고 촛불을 켰다. 그리고 다시 집 안을 돌아다니며 모든 게 다 깔끔하게 정리되어 있는지 확인했다. 하지만 그 모든 과정은 가장 소중한 의식, 즉 저녁에 어울리는 배경 음악을 고르는 작업을 위한 전초전에 불과했다.

거실 벽난로 옆의 장식장에는 오래된 LP 수백 장이 있었다. 대부분 아빠로부터 물려받은 것이었다. 그가 음반 업계에서 평생을 보낸 증거라고도 할 수 있었다. 최근에는 나도 거기에 음반을 보태기 시작했다. 재키 맥린, 존 콜트레인, 행크 모블리, 델로니어스 몽크, B.B. 킹, 맥코이 타이너, 빌 에반스, 듀크 엘링턴, 그리고 니나 시몬 등이 내가 최근에 장식장에 입성시킨 뮤지션이었다. 오랫동안 여러 음반을 사들였지만, 항상 눈에 띄는 곳을 피해 숨겨 두었다. 물론 그럴 만한 특별한 이유가 있었다.

재즈는 심오하면서도 초자연적이었다. 내 무감각을 채워 준 건 아니었지만, 말 없는 동반자처럼, 그때그때 상황과 완벽하게 어울리는 와인 한 잔처럼 항상 곁에 있어 주었다. 나는 이 치료제 같은 음악을 너무 많이 들으면 약효가 떨어질까 걱정했다. 음악을 특정한 기억이나 시간과만 연관 지어 생각하게 될까 봐 두려워했는지도 모르겠다. 남용으로 내성이 생길 위험은 피하려 했다. 압박감이 견딜 수 없을 정도로 최고조에 달할 때까지 기다렸다가 음악을 튼 것이다. 재즈가 울려 퍼지면 외로움은 조금이나마 사라졌고 내면의 공허함도 받아들일 수 있었다. 기분에 맞춰 가사를 바꿔 부를 필요도 없었다. 그저 듣기만 하면 됐다. 재즈가 그 자체로 내적인 보상이 되어 내가 그 안으로 침잠해 들어갈 수 있게 해 주었다.

하지만 데이비드 덕분에 특별한 치료제가 필요 없어졌다. 음악이든 음식이든 와인이든 사랑이든 원하는 모든 걸 즐기고 누릴 수 있었다. 뭔가를 통제하며 계산할 필요도 없었다. 그와 함께 있으면 안전했다. 나는 자유로웠고 마음껏 평범해질 수 있었다. 저녁 식사를 준비하고 와인을 마시며 남자친구와 사랑을 나눌 수 있었다. 물론 음악도 언제든 마음대로 들을 수 있었다! 매일 밤 말이다!

엄밀하게 말하자면 데이비드가 집에 오기 전에만 그렇게 했다. 그는 유독 재즈를 싫어했고 심지어 비웃기까지 했다. "뭔가 제정신이 아닌 것 같은데! 터무니없다고!"

데이비드는 프로그래머였고 논리적이었다. 논리에 대한 신념은 그 어떤 것과도 타협할 수 없었다. 일을 처리하는 데 있어 그에게는 '올바른 단 하나의 방법'이 필요할 뿐이었다. 그게 아마 그가 업계에서 좋은 평판을 만든 비결이었을 것이다. 데이비드의 사전에 실수는 없었다. 항상 체계적이고 인내심이 강했으며, 무리한 일은 하지 않았다. 그는 무작정 나를 찾아 로스앤젤레스로 달려왔지만 얼마 지나지 않아 신생 인터넷 광고 업체에 취직했다. 그리고 그 회사는 곧 업계의 선두 주자가 됐다. 모든 일이 술술 풀려 가면서 생활이 안정된 건 그리 놀라운 일이 아니었다. 커리어는 간단히 안정되었고 우리의 축복받은 생활은 더 깊이 뿌리를 내릴 수 있었다.

"이거 자물쇠 여는 도구 아닌가? 이게 여기 왜 있지?" 데이비드가 물었다.

그는 자기 물건들을 두고자 내 옷장을 정리하고 있었다. 처음에는 분리된 공간을 궁리해 보기도 했지만, 우리는 곧 분명한 사실을 인정하게 되었다. "이제는 굳이 따로 뭘 구분할 필요가 없잖아?" 그도 고개를 끄덕였다.

"이건 어떻게 쓰는지 알고 갖다 놓은 건가?" 데이비드가 물었다. 그의 손에는 내부를 들여다보며 연습할 수 있도록 만든 투명한 연습용 자물쇠가 들려 있었다.

"물론이지!" 나는 자랑스럽게 말했다.

"아니 왜?"

나는 옷장 안쪽에 기대서서 데이비드를 바라보았다. "왜인지 알잖아."

그는 다 알고 있으면서도 종종 내가 뭔가를 밝힐 때마다 깜짝 놀라는 표정을 지었다. 그런 반응은 나를 혼란스럽게 만들곤 했다.

"널 도대체 어쩌면 좋지?" 데이비드가 나를 은근하게 감싸안았다. "넌 정말 사악해."

나도 웃으며 그에게 입을 맞췄다. "맞아."

"넌 이제 내 여자니까." 그가 조금 떨어져 내 눈을 똑바로 바라보았다. "맞지? 우린 지금 함께 있잖아. 그러니 이제 이런 건 필요 없어." 그리고 내 도구들을 쓰레기통에 던져 버렸다. 금속으로 된 쓰레기통에서 요란한 소리가 나서 움찔했다.

"오우, 자기야. 그래도 버릴 필요까지 있나?"

데이비드의 짙은 갈색 눈동자가 부드럽게 애원하는 듯했다. "나는 너를 지키려는 거야. 그러니 이제 이런 건 그만해 줬음 좋겠어. 나를 위해서라도."

나는 한숨을 쉬고 고개를 저으며 그의 뺨에 입을 맞췄다. "그래." 내가 아닌 다른 사람이 말하는 것 같았다. "널 위해서라면 할 수 있어."

몇 시간 뒤 세탁소에서 옷을 잔뜩 품에 안고 옷장 앞으로 돌아왔다. 비닐 포장을 걷어 내고 옷걸이에 옷을 거는데, 쓰레기통에 눈길이 갔다. 그 안에는 자물쇠 여는 도구들이 있었다. 비닐 포장을 쓰레기통에 버리면 내 물건이 쓰레기 밑에 파묻힌다는 게 끔찍했다.

'빌어먹을 거.'

나는 결국 손을 뻗어 쓰레기통에서 가죽 주머니를 꺼냈다. 부드럽게 달그락거리는 소리가 나를 위로하는 듯했다. 나는 비닐 포장을 쓰레기통에 처박고, 내가 가장 좋아하는 티셔츠들을 넣어 둔 서랍을 열었다. "자, 이제부터 이 안에 있으렴." 가죽 주머니를 밑으로 밀어 넣었다. 적당한 곳을 찾았다는 생각에 만족스러웠다. 도구들은 천 더미 아래 남몰래 조용히 쉬면서 다음 모험을 참을성 있게 기다렸다.

제14장
자유

"이게 영원히 지속될 수 없다는 거 알죠?" 칼린 박사가 물었다.

길 건너편 공원은 텅 비었고, 부드러운 잔디밭을 보니 나들이 가기에 더할 나위 없이 좋아 보였다. 데이비드와 처음 만났던 록펠러 저택 근처의 공원과도 비슷했다. 나는 칼린 박사에게 대답하는 대신 완벽한 소풍 준비를 위해 뭐가 필요할지 뭔지 머릿속으로 하나둘 생각하기 시작했다.

"패트릭? 어떻게 생각해요?"

나는 극적인 말투로 얘기했다. "제가 볼 때는 베르가못 스테이션이 여기 로스앤젤레스 전체를 통틀어서 가장 비밀스러운 장소 같아요." 베르가못 스테이션이란 산타모니카 중심부에 있는 일종의 거대한 문화 단지였다. 데이비드와 나는 최근에야 그 좋은 장소를 우연히 알게 되었다. "그런 곳이 있다는 사실이 정말 놀랍지 않은가요? 신비하고 이상한 나라 같아요. 선생님은 베르가못 스테이션에 가 본 적 있어요?"

"네." 그녀가 심드렁하게 대꾸했다. "그거야 웨스트사이드에 사는 사람이라면 뭐."

나는 장난스럽게 두 손을 치켜들었다. "이제 아시겠나요?" 그리고 아주 놀랍다는 표정을 지었다. "제가 말하고 싶은 게 바로 이거예요. 요즘 제 삶에서 새로운 것들을 정말 많이 발견하고 있어요!" 나는 의기양양하게 몸을 뒤로 기댔다.

칼린 박사는 화가 치밀어 오르는 모양이었다. "내 말은, 오해하지는 말아요. 저도 당신이 겪는 이 모든 새로운 경험들이 다 좋다고 생각해요. 그런데 그런 짜릿함, 새로운 경험, 집안일에 대한 집착, 가정에 대한 환상 등의 뿌리가 다 '리머런스'에 있는 것처럼 들립니다. 사랑의 첫 번째 단계인 이른바 '도취성 사랑' 말이에요." 그녀는 측은하다는 듯 고개를 저었다. "잘 알고 있겠지만, 그런 상태는 언젠가 끝나요."

나는 칼린 박사를 비웃듯 내려다보았다. "아하, 그런가요?"

"제가 당신의 상담사로서 솔직하기를 바라지 않나요?"

나는 잠시 머뭇거리다가 결국 알겠다는 듯 고개를 끄덕였다.

"계속 이 문제에 대해 생각하고 있었고, 얘기하고 싶었어요. 우리는 당신의 행동을 통제하기로 합의했었지요. 그런데 데이비드가 와 버려서 무감각과 압박감에 대해 좀 더 지속가능하고 건강한 대처 방법을 모색하기가 힘들어졌어요. 그러니 정말 솔직히 말해서 지금도 저는 당신이 아주 염려되는 상태라고 생각해요."

"왜죠?" 나는 오히려 밝은 표정으로 말했다. "지금까지 열심히 설명해드렸잖아요! 이제 무감각하지 않고요, 압박감도 느끼지 않아요. 제대로 된 치료법을 찾은 것 같다고요. 이제 치료가 되었다니까요?" 나는 반쯤 냉소적인 말투로 이렇게 선언했다. "사랑으로 치료받았다고요."

"잠시 나쁜 짓을 대신할 걸 찾은 거예요."

"뭐라고요?"

"그런 치료 효과는 영원하지 않아요. 사실은 어떤 방법도 영구적으로 효과가 있진 않지요. 잠시 주변에 관심이 생기고 감정을 느낄 수도 있지요. 하지만 아마 곧 압박감과 불안이 돌아올 겁니다. 그때 당신이 상황을 처리할 수 있는 건강하고 건전한 방법을 찾게 되기를 바랍니다." 그녀는 걱정이 가득한 얼굴로 한숨을 쉬었다. "소시오패스 성향은 그냥 사라지는 게 아니에요. 그걸 잘 알잖아요? 저는 그저 무슨 일이 일어나든 미리 잘 준비하고 있기를 바라기에 이렇게 말하는 겁니다."

"무슨 말인지는 알겠어요." 나는 진지하게 대답했다. "저는 준비가 되어 있어요. 어쨌거나, 준비하려고 노력 중이니까."

칼린 박사는 깜짝 놀란 모양이었다. "준비하고 있다고요?"

몇 주 전의 일이다. 거실에 앉아 음악을 들으며 데이비드가 집에 돌아오기를 기다리고 있었다. 창문 밖으로 길 건너편 집이 보였다. 내가 '치료'를 위해 몰래 드나들던, 부부가 모두 출근했는지 확인하기 위해 종종 지켜보았던 그 집은 이제 빈집이었다. 부부가 떠나고 매물로 나왔다고 하는데, 문득 빈집에 들어가면 예전과 같은 느낌

일지 궁금했다.

거실에 들어 놓은 마일스 데이비스 2집에서 트럼펫 연주가 울려 퍼졌다. 자물쇠 여는 도구가 든 가죽 주머니가 허벅지를 두드리는 경쾌한 소리가 들렸다. 해가 진 뒤에 그 집을 찾아간 적 없어서 뒷문으로 다가가는데 뒷마당이 이상할 정도로 낯설게 느껴졌다. 손잡이를 돌려 보니 문은 열려 있었다. "좋아. 나는 절대 무단으로 침입한 게 아니야." 나는 중얼거렸다.

나를 반겨 주던 샘슨은 이미 사라진 지 오래였다. 달빛이 창문을 통해 쏟아져 들어와 빈집을 둘러볼 수 있을 만큼 사방을 충분히 밝혀 주었다. 벽을 손으로 더듬으며 2층으로 올라갔다. 그런 다음 짧은 복도를 지나 부부가 침실로 쓰던 방으로 들어갔다. 창문으로 길 건너편에 있는 우리 집이 보였다. 누군가 여기 서 있는 나를 본다면 유령이라고 생각하지 않을까? 보이는 듯 혹은 보이지 않는 듯. 두 세계를 활보할 수 있는 최고의 존재.

나는 창틀을 어루만지다 잠금장치를 열고 창문을 살짝 들어 올렸다. 밀려드는 바람과 함께 우리 집 거실에서 여전히 울려 퍼지고 있는 재즈가 빈집을 가득 채웠다. 나는 모든 걸 다 느낄 수 있었지만 동시에 아무것도 느낄 수 없었다. 약에 취한 것처럼 몸이 무너져 내렸다. 창틀에 머리를 기대고 잠시 쉬었다.

나는 큰소리로 외쳤다. "여기가 천국이 아니라면 어디가 천국이겠어?" 벽에 드리운 그림자를 보며 빙그레 웃었다. 집은 이전과는 다른 인상이었다. 가구가 모두 빠졌기 때문만은 아니었다. 물론 바

뀐 게 더 마음에 들었지만, 정확히 뭐가 다르다고 콕 찍어 말할 수는 없었다.

그때 내가 좋아하는 라디오헤드의 노래가 한 곡 떠올랐다. "잠시였지만 그곳에서……" 나는 조용히 노래를 부르기 시작했다. "나는 내 모습을 되찾았지." 'Karma Police'의 한 구절을 나의 상황에 맞게 약간 바꾼 것이었다. 문득 소시오패스도 모자라 이제 수도승이 될 생각이냐던 아빠의 말이 떠올랐다. 나는 가벼운 마음으로 텅 빈 방을 둘러보았다. "이런 시간 한 번을 누리는 데 얼마나 많은 업(karma)을 쌓아야 하는 걸까?"

천천히 고개를 옆으로 젖혔다. 방 한쪽 구석에서 뭔가가 희미하게 번쩍였다. 엎드려서 보니 자유의 여신상 장식이 달린 열쇠고리 같았다. 고리는 끊어져 어디론가 사라졌고 여신상만 남아 있었다.

그걸 집어 들고 엄지손가락으로 매끈한 표면을 문질렀다. "이제 나랑 함께 가는 거야." 그리고 잠시 만족스러운 침묵 속에 앉아 있었다. 거리 저편에서 지나가는 차들의 전조등이 번쩍였다. 나는 일어서서 아주 길게, 그리고 만족스럽게 숨을 내쉬었다.

그날 밤 잠자리에 들기 전에 길 건너편 집에 다녀 온 얘기를 데이비드에게 하면서 전리품을 보여 주었다.

"이게 우리의 신호가 되면 좋겠어." 내가 말했다.

"응? 무슨 신호?"

"내가 뭔가를 할 때마다…… 그러니까 좀 '이단적인 짓'을 할 때마다" 나는 신중하게 단어를 선택했다. "이 자유의 여신상을 현관문 옆 탁자 위에 올려 둘게. 너도 알 수 있도록 말이야."

데이비드가 나를 끌어안았다. "이단적인 짓? 이제부터 그렇게 부르기로 했어?"

나는 킥킥대며 웃었다. "그래. 이제부터 이건 이단의 여신상이지. 배트맨의 배트 시그널 같은 거야."

그는 고개를 흔들었다. "이건 배트 시그널이랑은 전혀 다르잖아."

나는 얼굴을 찡그렸다. "상관없어. 중요한 건 이거지. 네가 이걸 보면 내가 무슨 일을 했는지 물어볼 수 있어. 정직하게 대답하겠다고 약속할게. 혹시 네가 알고 싶지 않다면 나도 아무 말 안 하겠어. 그러니 네 뜻대로 하면 돼."

"내가 지금 알고 싶은 건, 네가 그 집에 왜 갔는지야." 목소리에 실망감이 묻어났다. "최근 들어서 나쁜 짓을 하고 싶은 기분이 든 적이 없다고 했잖아. 나랑 살기 시작한 후로는 공허함도 사라졌다고 했었지."

"거의 그래." 나는 내게 일어난 변화를 설명할 생각에 들떴다. "왜냐하면 너랑 함께 있으니까. 당장 오늘 밤만 해도 전혀 공허하지 않거든. 내가 그 집에 간 건 그냥 그렇게 하고 싶어서야. 뭔가 흥분되잖아."

"뭐가 그렇게 흥분되는데?" 데이비드는 팔꿈치를 베개 위에 올리고 손바닥에 머리를 얹었다. "이해가 안 돼. 그런 일을 할 수밖에 없는 상황이 이제는 싫다고 했잖아. 평범하게 살 수 있어서 행복하다고도 말했고. 그게 네 소원이었다고 늘 말했었지."

"그래! 다 사실이야!" 그의 팔을 다정하게 끌어안았다. "이건 보통 일이 아니야." 손을 들어 사방을 가리켰다. "우리가 함께하는 모든 시간, 우리가 함께하는 모든 일이…… 다 정말 놀랍잖아. 이렇게, 이렇게 너랑 같이 사는 기분이란 마치……" 나는 웃음을 터트렸다. "기분, 그러니까 나도 감정을 느낀다고, 일관되고 평범한 감정을 말이야. 데이비드, 이건 말이야…… 너는 그게 어떤 건지 정말 상상도 못 할 거야."

"그런데 왜 그랬던 거야?" 그가 부드럽게 물었다. "너를 어떤 식으로든 판단하지 않겠다고 약속할게. 그냥 궁금해서. 무감각 때문에 공허함과 압박감이 느껴질 때 어쩔 수 없이 규칙을 어기게 된다면, 내 옆에서 그렇게나 많은 걸 느낄 수 있다면서 왜 오늘은 그 집에 들어간 거야?"

"확실히 내몰려서 한 짓은 아니야. 그냥 그렇게 하고 싶다는 생각이 들었어. 압박감이 치밀어 올라서 더 큰 일을 벌이기 전에 작은 일로 먼저 진정시키려고 한 게 아니야. 물이 끓어 넘치기 전에 뚜껑을 열어 김을 뺀 게 아니라고. 이런 일을 저지른다 해도 네가 나를 쉽게 판단하지 않을 거라는 믿음도 있고." 나는 몸을 일으켜 침대 위에 책상다리하고 앉았다. 피가 뜨겁게 끓어올랐다. "누군가 마음대로 나를 판단하지는 않을까, 그런 걱정이 전혀 들지 않는 사람이 소시오패스야." 나는 두 팔을 좌우로 펼쳤다. "이렇게 한쪽에 소시오패스인 내가 있어. 그리고 한쪽에 이제는 남의 시선을 신경 쓰는 평범한 사람이 된 내가 있지. 이렇게 헤어져 있던 반쪽들이 서로 만났어. 쾅쾅쾅!" 나는 요란한 소리를 내며 두 손을 맞잡았다.

"쾅쾅쾅?"

나는 얼굴을 찡그렸다. "그게 바로 문제인데. 반쪽들이 그렇게 만나서 어떻게 되느냐, 아직 그 부분은 해결하지 못했어." 데이비드는 침대에 등을 대고 똑바로 누워 천장을 바라보고 고개를 흔들었다.

"내가 말할 수 있는 건, 오늘 밤 그 집에서 느낀 감정이 초등학교 때 시드를 연필로 찔렀을 때, 그리고 여자아이들을 화장실에 가뒀을 때 느꼈던 감정과 똑같다는 거야." 나는 버지니아의 고양이 이야기는 하지 않기로 했다.

그러자 데이비드가 몹시 걱정하는 표정을 지었다. "어떻게 그게 똑같을 수 있어?"

나는 폭력적인 행위가 주는 희열과 내가 그런 행위를 확실하게 거부하게 된 이야기를 장황하게 늘어놓았다. 그는 참을성 있게 내 이야기를 다 들어 주었다. "지금까지는 그런 폭력 없이 똑같은 감정을 느낀 적이 없었어." 나는 말을 잠시 멈췄다. "적어도 오늘 밤까지는."

"그게 어떤 느낌인데?" 그도 몸을 일으켰다. "나한테 설명해 줄 수 있어?"

어떻게 설명해야 할지 고민하면서 커다란 흰색 이불의 접혀 있는 부분으로 눈길을 돌렸다. "굴복." 나는 천천히 대답했다. "무감각에 대한 전면적인 굴복. 모든 것에, 내가 무감각하다는 사실에까지 무감각해지는 거야. 진정한 내가 나 자신을 완전히 장악하는 거지."

"아직도 그게 왜 좋은지 모르겠어."

"내 나쁜 행동은 대부분 무감각에 대한 불안과 압박감의 결과였거든. 하지만 오늘 밤은 그런 게 전혀 없었어." 나는 생각만 해도 기분이 좋아서 빙그레 웃었다. "오늘 밤에는 순전히 내 의지로 나쁜 짓을 했어. 압박감이나 만성적인 긴장 상태가 나를 몰아붙인 게 아니지. 단지 내가 그렇게 할 수 있었고, 그 뒤에 어떤 죄책감도, 두려움도, 후회도 없을 거라는 사실을 잘 알고 있었어." 나는 어깨를 으쓱하며 다시 웃었다. "물론 재미도 있었고. 내 진짜 모습을 마음껏 누릴 허락을 받은 것 같아. 온 세상이 나와 통합된 것 같은 느낌이었어. 내 모든 걸 그대로 다 내보였지만, 압력에 내몰려서 그렇게 한 게 절대 아니거든." 나는 만족스럽게 한숨을 내쉬었다. "이게 나구나, 이게 나라는 사람이구나…… 이런 기분이었어. 누가 어떻게 생각하든 전혀 상관하지 않고, 조금도 나쁜 생각이나 부담이 들지 않았어."

여전히 데이비드가 내 말을 이해하려 애쓰고 있다는 걸 알 수 있었다. "알겠어. 자, 오늘 밤 네가 한 일은 그다지 큰일은 아니야. 엄밀히 말해서 하면 안 되는 일이지만 어쨌든 말이야. 그런데 내가 지금 생각하는 건 죄책감의 문제야. 그래, 사람이 살고 있지 않은 빈집에 들어가도 별로 거리낌이 없다는 건 특별한 문제가 아닐 수 있지. 하지만 더 심각한 다른 일에 대해서도 그렇다면 말이야. 정도가 더 심해질까 걱정된다고." 내가 뭐라고 반박하려 했지만, 그가 가로막았다. "지금 중요한 건 그게 아니라고 생각하고 있지? 하지만 실제로는 그렇지 않아. 죄책감이라는 건 사회를 지탱하는 기둥이야. 나쁜 일을 하고는 누구도 신경을 쓰지 않는다면 이 사회는 무너지고 말 거야." 잠시 말을 멈춘 뒤 덧붙였다. "죄책감이라는 말이 싫다면 미안해. 더 좋은 표현이 떠오르지 않아서."

"완전 성인군자네." 내가 진지한 표정으로 말했다.

데이비드가 웃음을 터트렸다. "가톨릭 학교에서 12년을 보낸 사람에게 뭘 기대하는 거야?"

나는 짓궂게 웃었다. "글쎄, 어쩌면 내가 그 학생을 타락시킬 수도 있을 것 같은데?" 데이비드 위로 기어 올라가 귀에 입술을 붙였다. "소시오패스에게도 나름대로 장점이 있어." 내가 속삭였다. "그 장점이 뭔지 저 집에 가서 확인해 볼까…… 나랑 함께?"

"지금 가자고?"

"뭐가 어때? 아무도 없는 집인데……."

데이비드가 내 허리를 잡고 침대 위에 눕혔다. 우리는 입을 맞추었고 빈집에 대해서는 모두 잊어버렸다.

다음 날 아침에 자유의 여신상을 침대 옆 탁자 서랍 안에 던져 넣었다. 당장은 쓸 기회가 있을 것 같지 않았다. 그런데 새로운 기회는 저절로 찾아왔다.

제15장
아리안느

"열쇠 여기 있어. 정말 갈 거야? 그렇게 해 줄 수 있어?"

이렇게 말한 아리안느는 MTV 제작자인 내 친구였다. MTV가 자랑하는 예능 방송 '속았지! Punk'd'를 촬영하던 날 아침이었다. 이 방송은 한동안 큰 인기를 끌었는데, 주로 유명 연예인을 대상으로 정교하게 계획한 짓궂은 장난을 벌여 그들이 깜짝 놀라는 모습을 화면에 담곤 했다. 내가 매니저를 맡았던 어느 뮤지션이 이 방송의 출연자로, 물론 본인 몰래 결정되었고, 공동 제작자인 아리안느는 세심하게 촬영 준비를 마쳤다. 하지만 그녀에게는 또 다른 계획이 있었다.

다른 계획은 몇 주 전쯤 세워졌다. 그녀는 내게 자기 남자친구 집에 몰래 들어가 그가 혹시 바람을 피우지 않는지 알아봐 달라고 부탁했다. 남자친구 제이콥은 '속았지!'의 촬영 담당이었다. 그의 일기장만 훑어보면 진실을 알게 될 거라는 게 아리안느의 설명이었다.

처음에는 그게 괜찮은 계획이라고 생각했다. 길 건너편 집에 들어갔던 것과 비슷한 일이 아닌가. 아리안느 역시 처음에는 가벼운 마음으로 제안했던 것 같다. 어쩌면 그것도 자기가 제작하는 방송쯤으로 생각했을지 모른다. 그런데 시간이 지날수록 강박적으로 변하기 시작했다. 온통 '계획'에 대해서만 얘기하고 싶어 했다. 그녀는 제이콥이 거짓말로 자신을 조종하고 있다고 확신했다. 그 배후에는 어떤 '수수께끼의 여자'가 있었다. 아리안느는 일단 증거를 확보하고 나면 '우리'가 나서서 뭘 어떻게 처리해야 할지 항상 고민했다.

나는 남의 연애에는 별로 참견하고 싶지 않았다. 모든 게 그저 유치한 삼류 연애담처럼 보일 뿐이었다. 무엇보다 나도 데이비드와 어려움을 겪고 있었다.

빈집에 다녀온 후 수습하기 어려운 감정적 균열을 경험하기 시작했다. 물론 더없이 행복했다. 데이비드와 함께한 지도 거의 1년이 지났고, 이보다 더 완벽한 생활은 상상할 수 없었다. 내가 원했던 모든 것이 생활 속에 있었다.

그런데 문제는 내가 여전히 소시오패스였다는 점이다. 칼린 박사의 말처럼, 나는 문제를 근본적으로 해결하지 않고 잠시 덮어둔 상태였다. 딱히 획기적인 심리적 돌파구를 마련한 것도 아니었다. 단지 데이비드와의 관계라는 임시방편을 잠시 빌려 쓰고 있었다. 그의 감정을 앞세워 내 모습을 있는 그대로 받아들이는 척, 평범하게 생활하는 척했다. 그야말로 한여름 밤의 꿈과 같았다. 비유가 아니라 실제로도 그랬다. 열네 살 무렵 처음 데이비드를 만났을 때부터 이런 생활을 상상해 왔었다. 하지만 압박감이 다시 찾아올 거라는 칼린 박사의 경고가 늘 머릿속을 맴돌았고 모든 게 엉망이 될까 두려웠다.

"한 번 더 말해 봐. 정확하게 내가 뭘 하면 되는 건지."

아리안느는 내 손에 열쇠를 꼭 쥐어 주었다. "2시쯤 가면 집에 아무도 없을 거야. 제이콥이 일하는 시간이니까." 그녀가 숨을 들이쉬었다. "집에 들어가서 일기장만 살펴보면 돼. 침대 옆 탁자 안에 있으니까." 그녀는 흐르는 눈물을 감추려는 듯 고개를 들어 하늘을 올려다보았다. "제이콥은 일기장에 다 기록해. 그런데 내게는 한 번도 보여준 적이 없지."

"일기라는 건 원래 그런 거니까." 나는 딱딱하게 말하고 열쇠를 움켜쥐었다. 마지막으로 한 번만 더 확인받고 싶었다. "아리안느, 정말 내가 그렇게 했으면 좋겠어? 농담하는 거 아니야. 이건 제정신으로 할 짓이 아니야. 내 말 알아듣겠어?"

그녀가 내 말에 귀를 기울일 거라고 확신했다. 내 성격을 모를 정도로 요령이 없지는 않았으니까. 나는 그녀가 정신을 차리고 이 일을 포기하지 않을까 내심 기대했지만, 하얗게 질린 얼굴로 나를 바라볼 뿐이었다.

"패트릭, 부탁할게." 아리안느가 떨리는 목소리로 애원했다. "더는 이렇게 못 살아. 입맛도 없고, 잠도 안 오고, 일도 못 하겠고, 이 생각뿐이야. 정말 미치겠다고."

친구가 울먹이는 모습을 보니 일말의 동정심이 느껴졌다. 공감할 수 없었지만 미칠 것 같은 기분이 어떤 건지는 이해가 갔다. 하지만 계속 신경 쓰이는 부분이 있었다.

"그런데 왜 하필 오늘이야? 오늘은 할 일이 너무 많잖아?"

오후에는 할리우드에서 촬영이 있었고 막바지 준비가 한창이었다. 모든 일을 제시간 안에 처리하려는 우리의 노력은 이미 한계에 이르렀다. 그렇지만 아리안느는 한 걸음도 물러서지 않았다. 그녀가 다시 정신을 가다듬고 말했다. "제이콥은 2시부터 8시까지 촬영장에 있을 거야. 집은 여기서 조금만 가면 되고. 줄잡아 20분 정도면 충분히 갔다가 돌아올 수 있어."

우리 제작진은 방송을 촬영하는 곳에서 그리 멀지 않은 그리피스 공원에 모여 있었다. 내가 너무 가까이 있으면 주인공이 방송을 눈치챌 수 있기에 주차장에 세워 둔 제작진 차량에서 화면으로 촬영 과정을 지켜보기로 했다.

"알겠어." 나는 결국 이렇게 대답했다.

아리안느는 고맙다는 듯 나를 바라보았다. 눈은 여전히 부어 있었지만 안도한 것 같았다. "고마워." 그녀가 속삭였다. "소시오패스 친구가 있어서 든든해."

그날의 기억은 희미하다. 촬영 준비부터 이런저런 세부적인 작업까지 숨 쉴 틈 없이 흘러갔다. 마침내 2시가 되자 혼자가 되었다. 잠시 뒤 나는 제이콥 집 앞에 차를 세웠다. 차에서 내려 집으로 향하는데 몇 집 건너 다른 집 문 앞에 앉아 있던 나이 든 남자가 눈에 들어왔다. 그가 내게 손을 흔들자 문득 레이건 대통령이 떠올랐다. 레이건은 "인간의 내면에 말(馬)의 멋진 외면보다 좋은 건 없다."라고 말했는데, 우리 할아버지도 늘 그 말을 즐겨 했었다.

나는 웃으며 생각했다. '인간의 내면에 남의 집에 들어가는 것보다 좋은 건 없다.' 내가 바꾼 버전이 더 좋았다.

구두 굽이 현관에 부딪혀 날카로운 소리가 났다. 문의 잠금장치는 알 만한 회사 제품이었지만 내게는 대수롭지 않은 방해물일 뿐이었다. '내 장비들로 열리겠는데.' 코웃음을 치며 생각했다.

집 안이 무척 깔끔해서 놀랐다. 가구들은 소박했지만, 감각적으로 배치되어 있었다. 한쪽 벽은 전체가 다 책장이었는데, 저자 이름에 따라 알파벳순으로 꼼꼼하게 꽂아 놓은 비문학 서적들이 가득했다. 제이콥의 방으로 이어지는 복도에는 아리안느의 흑백 사진 액자도 몇 개 있었다. 내가 상상했던 것보다 훨씬 더 흥미로웠다. '어떤 남자일까?' 궁금증을 푸는 데는 그리 오랜 시간이 걸리지는 않았다.

일기장은 아리안느가 말했던 곳에 있었다. 일기장을 뒤집어 뒤에서부터 읽기 시작했다.

5월 13일
아리안느를 세인트 닉이라는 술집에 데려갔다. 술 마시는 모습이 너무 귀엽다.

다음 장을 펴 보았다.

5월 10일
아리안느와 싸웠다. 내 일을 싫어한다. 나도 내 직업이 싫다. 그나저나 집에 가서 아빠가 잘 계신지 확인해 봐야지.

나는 불안감을 느끼고는 바닥에 앉아 일기를 처음부터 읽기 시작했다. 다 읽고 나니 4시가 넘어 집 안이 어두컴컴해진 걸 보고 깜짝 놀랐다. 아리안느는 제이콥에 대해 잘못 알고 있었다. 그는 그녀를 속인 적이 없었고, 이기적이거나 밥 먹듯 거짓말을 일삼는 성품도 아니었다. 오히려 아주 진지하고 신실한 사람으로, 그의 일기장은 신에게 도움을 구하는 편지처럼 삶에 대한 온갖 질문과 간청으로 가득 차 있었다.

나는 몸을 일으키며 이를 악물었다. "내가 이런 짓을 했다는 게 믿기지 않아." 집 안에 드리운 그림자를 보며 말했다. 마음이 무겁고 기분이 좋지 않았다. 이런 걸 원했던 게 아닌데. 거울에 내 모습이 비쳤다.

"꺼져." 나는 씩씩거리다가 일기장을 서랍 안에 던져 넣고 서랍을 닫지도 않고 그대로 집을 뛰쳐나오고 말았다.

그리피스 공원까지 돌아오는 동안에도 기분은 전혀 나아지지 않았다. 도착했을 때는 이미 예상보다 시간이 많이 늦어 4시 반이 넘었다. 가까스로 정시에 제작진 차 안으로 들어가 촬영이 무사히 진행되는지 지켜보았다. 모든 작업이 마무리되자 총감독을 찾아가 감사 인사를 전했다. "돌아가서 후반 작업만 하면 다 끝납니다." 감독이 말했다. "뒤풀이에 따라올래요? 아리안느도 곧 돌아올 텐데요." 그녀는 촬영장 일을 거들었는데, 아직 거기 있는 모양이었다.

나는 고개를 흔들었다. "오늘은 컨디션이 별로여서요. 그냥 가 봐야 할 것 같아요." 거짓말이 아니었다. 아리안느와 다시 볼 걸 생각하니 화가 치밀고 속이 뒤틀렸다. 빨리 자리를 떠나고 싶었다. 차로 걸어가는 동안 얼굴을 스치는 이른 저녁 공기가 시원했다. 데이비드에게 전화를 걸었고 늘 그렇듯 그는 바로 전화를 받았다.

"안녕, 우리 쿨걸. 오늘 어땠어?"

묵직한 목소리에 마음이 좀 가라앉았다. "놀라웠어. 빨리 말하고 싶어서 못 견딜 정도야."

"무슨 일 있었어?"

"문제는 무슨. 아무 일도 없어."

"그래, 알았어. 어쨌든 나도 지금 퇴근한다. 그러면 그 일식당에서 저녁 먹을까?"

"좋지. 누가 먼저 도착하나 보자."

스시 노자와는 내가 로스앤젤레스에서 제일 좋아하는 일식당이었지만 그날은 뭘 먹느냐가 중요한 게 아니었다. 중요한 건 데이비드였다. 제이콥의 집을 다녀와서 이상한 부담감을 떨쳐버릴 수 없었다. 그런데 데이비드의 목소리를 듣자마자 그 이유를 깨달았다. 그는 나를 땅에 정박할 수 있게 해 주는 닻이었고 내가 가장 사랑하는 사람이었다. 내 어두운 면을 보고서도 나를 안전하게 지켜 주는 사람이었다. 그런데 나는 무슨 짓을 한 거지? 데이비드라는 닻을 끊어내고 바다를 표류한 게 아닌가? 분노가 치밀었다. 데이비드와 함께하는 평범한 생활로 헤엄쳐 돌아가고 싶었다.

전화를 끊고 막 차에 올라타려는데 누군가 내 이름을 외쳤다. "패트릭!" 아리안느였다.

나는 억지로 입가에 웃음을 머금었다. "안녕. 촬영 잘 끝냈더라."

"그렇지?" 그녀가 환하게 웃었다. "정말 끝내주게 해냈지. 체포하겠다고 위협했을 때 거의 오줌을 지릴 뻔했다고. 무슨 영문인지 전혀 모르는 눈치였어."

얼떨결에 그녀를 따라서 빙그레 웃었다. "아주 훌륭했어."

"잠깐 기다려." 내가 갈 준비를 하는 걸 알아차린 아리안느가 말했다. "지금 가는 거야?"

"그래, 데이비드와 밖에서 저녁 먹기로 했어."

"어? 잠깐만." 그녀는 목소리를 낮추고 주위를 두리번거렸다. "어떻게 된 거야? 그거…… 했어?"

"그래." 퉁명스럽게 대꾸했다. "전부 다 읽었어."

"아니, 아니, 그래서?" 그녀는 내 말투가 변했다는 사실을 알아차리지 못한 듯 다그쳤다.

"좋은 소식이야." 나는 분위기를 가볍게 바꾸려 노력했다. "절대로 너를 속일 사람이 아니야."

"정말!?" 아리안느는 활짝 웃으며 내 어깨에 손을 얹고 자기 기분이 어떤지를 전하듯 부드럽게 흔들었다. "그거 정말 좋은 소식이다! 그렇지?"

나는 억지로 고개를 끄덕였다. "어쨌거나 제이콥은 정말 좋은 사람인 것 같아. 그런 사람을 만나다니 운이 좋네. 하지만 데이비드가 기다리고 있어서 이제 진짜 가 봐야겠어."

"아니, 잠깐 기다려 봐." 그녀가 계속 내 어깨를 붙잡고 늘어졌다. "그 일기에 다른 내용은 없었어?"

나는 어깨를 으쓱했다. "별거 없던데."

"별게…… 없어?" 그녀가 손을 치웠다.

"그래, 없어. 나한테 제이콥이 바람을 피우는지 알아봐 달라고 했었지? 그런 일 없음. 이상 끝."

아리안느는 놀란 표정을 지었다. "일기장을 다 읽어 봤다면서 그거 말고는 정말 할 말이 없는 거야?"

"없어."

어안이 벙벙한 모양이었다. 하지만 그녀는 곧 두 손을 허리에 올리고 본래의 건방진 모습을 드러냈다. "제이콥에게 무슨 일이 있는지 알고 싶은데. 그걸 왜 알려 주지 않는지 그것참 이상하네."

그녀를 노려보았다. "왜 자기 남자친구 일기장을 읽어 보라고 했는지 그것참 이상하네." 나도 이제 친한 척하던 가면을 벗어 버리고 솔직하게 말했다. "더 궁금한 게 있으면 그 빌어먹을 집구석에 기어 들어가서 직접 읽어 보면 될 텐데."

"아니…… 뭐라고?" 그녀가 울컥했다. "나한테 지금 화내는 거야? 나는 아무 짓도 안 했어!"

"아니, 네가 나한테 그 짓을 시켰잖니. 하나부터 열까지 정말 멍청한 짓거리였지. 그걸 좋다고 한 나도 구역질 나는 인간이고. 그러니까 내가 너라면 이쯤하고 그냥 찌그러질 거야."

아리안느는 거친 질책을 받을 준비가 되어 있지 않았다. 그녀는 주위를 불안한 듯 둘러보더니 태도를 바꿨다. "미안해." 그녀가 속삭였다. "그러니까 나한테 그렇게 소리 지르지 마."

"이거 봐. 나는 오늘 아주 피곤하다고. 그러니 그냥 빨리 돌아가고 싶어."

문을 열고 차에 올라탔다. 아리안느는 슬프고 혼란스러워 보였다. 나는 감정 섞인 뒤끝을 남기고 싶지 않았기에 억지로 마음을 가라앉혔다. "소리 질러서 미안해. 그냥 오늘 좀 피곤하고 짜증이 나서 그래."

"그걸 이해 못 하겠다니까. 왜 짜증이 났냐고?"

다시 화가 났다. "아까 말했잖아. 오늘 쓰레기 같은 짓거리를 했다고."

"아니, 그게 무슨 상관이야? 넌 소시오패스라며?"

나는 천천히 한숨을 쉬고는 태양을 등지고 있어서 잘 보이지도 않는 그녀의 얼굴을 올려다보았다. "아리안느, 당장 내 앞에서 꺼져."

아리안느의 입이 딱 벌어졌다. 차 문을 거칠게 잡아당기자 그 서슬에 물러섰다. 나는 차의 시동을 걸고 속도를 높이며 주차장을 빠져나갔다.

제16장
심연

다음 날 데이비드에게 무슨 일이 있었는지 말했다. 자유의 여신상 열쇠고리를 탁자 위에 올려 두었다. 솔직히 말해서 그가 보지 않았으면 했다. 설사 봤더라도 그냥 모른 척 넘어갔더라면, 그래서 내가 어떤 '이단적인 짓'도 하지 않은 것처럼 넘어갈 수 있었다면 어땠을까.

"완전히 엉망진창이네." 우리는 거실에서 서로를 마주하고 앉아 있었고, 그는 나 대신 양심의 가책을 받는 듯한 표정으로 나를 바라보았다. "패트릭, 진심으로 묻는 건데, 최소한 찜찜한 기분이라도 느끼는 거야?"

클레클리 박사의 임상적 특징 목록 6번, "후회나 수치심이 부재"

"느껴지는 아무거라도 있어?"

"잘 모르겠어. 일기장을 다 읽고 나니 확실히 뭔가 다른 느낌이기는 했는데…… 나쁜 짓을 했을 때 보통 느끼는 기분하고는 좀 달랐어."

"그건 무슨 뜻이지?"

슬슬 짜증이 났다. 데이비드는 그게 무슨 뜻인지 정확히 알고 있었다. 이 문제에 대해서 우리가 한두 번 대화를 나눴던 게 아닌데, 이미 답을 알고 있으면서 왜 또다시 질문하는 걸까? 나는 눈길을 돌리지 않고 깊이 숨을 내쉬었다. 그리고 답답한 심경을 드러내지 않으려 애썼다.

"전에도 한번 말한 것처럼," 나는 또박또박 말하기 시작했다. "그럴 때 평상시에 나는 행복을 느껴. 나쁜 짓을 하고 나면 뭔가 속이 풀리는 것처럼 편안해진다고." 제이콥의 일기를 읽고 나서 내가 어떤 느낌을 받았는지 정확히 기억해 내려고 애를 썼다. "하지만 이번에는 달랐어. 뭔가 부정적인 느낌에 더 가까운…… 오히려 큰 부담을 느꼈어. 다시는 그런 짓을 하지 않을 거야. 절대로."

그는 한숨을 내쉬었다. "그래, 최소한 그런 생각은 했구나." 그가 다가와 옆에 앉았다. 그리고 내 목에 손을 얹고 손가락으로 가볍게 토닥였다. "내 말 좀 들어 봐. 너를 사랑해. 때로는 너무 사랑해서 내 마음을 감당할 수 없을 것 같다고 생각할 때도 있어. 네가 마치 나의 일부처럼 느껴지거든. 네가 뭘 하든 내 마음이 달라지지는 않아. 그게 뭐든 말이야."

나는 아랫입술의 한쪽 끝을 깨물며 고개를 끄덕였다.

"그런데 말이야…… 가끔은 널 이해하기 힘들 때가 있거든. 어떻게 다른 사람 집에 멋대로 들어가서 일기를 읽고…… 아무 일도 없었다는 듯 돌아와 태연하게 나랑 저녁을 먹을 수 있지? 나는 그게 너무 괴로워. 왜 식당에서 내게 말하지 않았어?"

"그래서 지금 말하고 있는 거야." 나는 어깨를 으쓱하고 방석에 달린 장식을 잡아당겼다. "그리고 정확히 말하면 내가 멋대로 침입한 것도 아니야."

"그런 얘기가 아니잖아. 그 일 자체로 충분히 문제가 있는 거잖아. 그리고 아리안느는…… 소위 '친구'라면서 너를 끌어들여서 그런 짓을 하게 만들어? 정말 가당치도 않은 일이야."

나는 생각에 잠긴 채 그를 올려다보았다. "아니, 그렇다기보다는…… 아리안느가 그렇게 나쁜 사람은 아니야. 너무 감정에 휘둘리다 보니까 그렇게 된 거지."

"사람들은 대부분 감정에 휘둘려."

"나도 알아. 통제하지 못하고 선을 넘는 사람은 위험하지. 특히 나한테는 위험해."

"알았어." 그가 나를 끌어안았다. "그래서 앞으로는 네…… 상태를 밝히고 싶으면 상대를 조심해서 골라야 할 것 같아."

나는 가르치는 듯한 말투에 움츠러들었다. "알겠습니다, 아빠."

"농담하는 거 아니야." 그가 으르렁거렸다.

데이비드는 아빠를 점점 더 경계했다. 내가 아빠 밑에서 일하는 걸 싫어했고 나를 보고 일을 그만두라고까지 말했다. 무엇보다 내가 업무를 위한 회의나 심야 공연에 자주 참석하는 것에 신경 썼다. 그런 자리에는 남자들이 많이 모였다. 최근에는 업무적으로는 뛰어나지만 기괴한 성벽을 가진 제작자와 저녁 식사를 함께했는데, 그 일 때문에 우리 두 사람 모두 신경이 곤두서기도 했었다.

"미안해." 나는 중얼거렸다.

내가 하고 싶은 말은, 네가 소시오패스라는 게 결국 너한테 불리하게 작용할지 모른다는 거야. 사람들은 네가 규칙을 마음대로 어기는 사람이라고 생각하겠지. 남의 물건에 손대고, 거짓말하고, 무단 침입도 하고…… 그러면서도 아무런 신경도 쓰지 않는 네 성향이 별 빌어먹을 인간들의 관심을 끄는 거야. 자기들이 이용해 먹을 수 있는 무슨 초능력인 양 생각한다는 거지."

"그런 일은 없는 거 같은데."

"그건 네가 그런 빌어먹을 인간들처럼 사고하지 않으니까 그렇지. 하지만 내 말을 믿어 줘. 사람들 대부분이 다 그래. 너는…… 남들과는 달라. 그래서 문제가 되는 일을 할 수 없거나 하기 싫은 사람들이 너에게 관심을 가지는 거야. 너를 이용하려고." 그는 내가 알아들을 때까지 잠시 기다렸다가 덧붙였다. "내 생각에는 네 아빠도 때로는 너를 이용하는 것 같아. 아리안느는 확실히 그랬고."

그냥 듣고 있기가 어려웠다. "아리안느 얘기는 알겠어. 그런데 우리 아빠는 안 그래."

"어쨌든 자신에 대해서 너무 알려 줘서는 안 될 것 같아. 아니, 그냥 가만히 있어. 아무 득이 될 게 없으니까." 그가 자세를 바로 했다. "네가 그동안 공부했던 것들을 생각해 봐. 나에게 제일 많이 했던 말이 뭐야?"

나는 능글맞게 웃었다. "결국 진실을 말해 줄 거라면 당장은 거짓말해도 괜찮다?"

데이비드는 눈을 부릅떴다. "소시오패스라고 해도 항상 나쁜 일만 저지르는 건 아니지. 그런데 왜 굳이 사람들에게 이용당하려고 해? 너는 나쁜 소시오패스와 좋은 소시오패스 중에서 무엇이 될지 선택할 수 있어. 네가 선택하는 거야, 패트릭. 누구도 대신해 줄 수 없다고."

다음 주에 득달같이 칼린 박사에게 달려갔다.
"지난주에 뭔가를 했어요. 아니, 일단 들어주세요. 안 좋은 행동을 했다는 걸 나도 알고 있으니 다시는 그런 일은 없을 거라고 약속할게요. 그것만은 알아 주세요. 그런데…… 이번 일은 이전에 했던 일과는 이유가 좀 달랐어요. 다른 상황이었다고요."

칼린 박사는 내 말에 귀를 기울였다. 나는 몇 개월 전 길 건너편 빈집에 들어갔다고 고백했다. 데이비드와 자유의 여신상에 관해서, 그리고 아리안느 일과 데이비드의 반응도 설명했다. 그녀는 뭔가 미심쩍은 표정이었다. "뭐가 어떻게 다른 상황이었다는 건가요?"

"그냥 하고 싶어서 한 일이에요! 내가 선택했다고요. 물론 최선의 선택은 아니었지요. 그건 나도 알아요. 중요한 건 억지로 해야만 하는 기분이 들어서 한 게 아니라는 점이에요. 아리안느의 경우는 돕고 싶어서 그렇게 한 거고요."

그녀는 한숨을 내쉬었다. 딱히 깊은 인상을 받지 못한 게 분명했다. "패트릭, 어떤 말을 덧붙여도 그건 여전히 잘못된 행동이에요."

나는 고개를 끄덕였다. "저도 알고 있어요. 하지만 제가 하고 싶은 말이 뭐냐면, 요컨대 강박으로 인한 행동이 아니라면, 무감각에 대한 불안으로 어쩔 수 없이 정말 나쁜 행동을 하게 되는 게 아니라면, 소시오패스 고유의 심리적 특성도 꼭 부정적으로만 볼 수는 없다는 거예요. 슬랙 교수님과도 정확히 이런 대화를 나눴던 적 있어요."

"대학에서 만났다는 그 교수님?"

"네, 맞아요. 그때 그 특성이나 특징이 주로 행동에서 드러난다는 걸 확인했어요. 거짓말, 도둑질, 조작 같은 반사회적 행동들이요."

"그래서요?"

"그런 행동은 잘못된 행동이에요. 그렇지요? 누가 봐도 분명히 '나쁜' 행동이라고요." 나는 특히 '나쁜'이라는 부분을 강조하며 말했다. "달리 반박할 여지가 없잖아요."

"그렇지요."

"그렇지만 소시오패스의 심리적 특성은 '좋다, 나쁘다'로 판단할 수 없어요. 무감각 자체를 보고 '잘못되었다'라고 말할 수 없는 것과 비슷해요. 그런 성향으로 나쁜 선택을 할 수도, 좋은 선택을 할 수도 있는 거니까. 그리고 우리가 그런 사실을 더 많이 알릴수록, 소시오패스가 자신이 틀리거나 나쁜 게 아니라는 사실을 이해할 수 있도록 더 많이 배운다면, 소시오패스는 자신에게 그런 특성이 있다는 사실에 대해 압박감을 덜 받겠지요. 그러면 좋지 않은 행동을 하려는 충동을 덜 끼게 될 겁니다."

칼린 박사가 내게 계속 말하라고 손짓했다.

"타고난 심리적 기질은 보완할 여지가 없을 수도 있어요. 하지만 행동은 교육으로 보완할 수 있죠. 데이비드가 제 기질을 초능력이라고 표현했을 때 떠올랐어요. 저와 같은 소시오패스들은 감정이나 사회적 압력에 의해 무언가를 내면화하지 않기 때문에 특별한 거예요. 적어도 저는 그래요. 그런 일로 갈등을 겪지 않죠."

"데이비드가 초능력이라고 말했나요?"

"확실히 전략적 이점이 돼요. 한번 생각해 보자고요. 수많은 사람이 감정에 휘둘립니다. 그것도 아주 위험할 정도로요. 아리안느를 볼까요? 감정이 넘쳐흐르지 않나요? 말 그대로 사랑에 빠졌잖아요. 그렇지요? 사랑이라는 감정이 휘둘리던 아리안느가 뭘 했죠? 저를 남자친구 집에 무단으로 침입하게 만들었죠." 나는 눈을 치켜떴다. "아리안느는 제이콥이 자기에게 제일 중요한 사람이라고 말하지만, 정작 그런 감정 때문에 제이콥의 신뢰를…… 완전히 저버린 거예요."

"그렇군요. 하지만 패트릭, 사람들의 나쁜 행동 뒤에 언제나 감정이 자리하고 있는 건 아니지요."

"하지만 무감각 때문에 나쁜 행동을 하는 것도 아니에요! 아시잖아요? 이건 동전의 양면이라는 걸. 평범한 보통 사람들은 감정이 너무 격해져서 압박감을 느낄 때 어떤 행동을 취하고, 반대로 소시오패스는 감정이 부족해서 압박감을 느낄 때 행동합니다. 생각해 보세요. 데이비드가 지금 곁에 있다고 해서 내게 어떤 감정이 끓어오르는 건 아니에요. 내 말은, 그래요…… 나는 데이비드를 사랑하고 저는 그게 더할 나위 없이 좋아요. 하지만 그렇다고 해서 긴장감이나 압박감이 사라진 건 아닌 것 같아요. 불안감이 사라진 건 그 자리를 사랑이라는 감정이 대신 채워서가 아니에요. 제가 그 불안감을 있는 그대로 받아들이자고 생각했기 때문이에요. 데이비드는 제가 무심하게 굴 때 그런 저를 판단하지 않아요. 제가 무덤덤하게 조용히 있다고 해서 이상한 사람으로 보지도 않고요. 세상에 아무런 관심이 없는 저 자신을 끊임없이 변명하고 방어할 필요가 없어지면서 비로소 긴장감이나 압박감을 덜어낸 거예요."

나는 알아들을 수 있게 더 자세히 설명하려 애썼다. "감정이 없다, 혹은 감정을 느끼지 못한다는 걸 나쁘게 보는 게 사회의 주류 견해니까 소시오패스들은 아주 어릴 때부터 기질을 숨기거나 아예 부정하는 법을 배워요. 안 그러면 또래 집단으로부터 괴물 취급을 받거든요. 그러다 보니 무감각을 실감할 때마다 바로 불안감을 느끼고 바짝 긴장해요. 그게 다시 파괴적인 행동으로 이어지고요. 그야말로 악순환의 연속이지요. 그런 신념 체계를 재구성할 수 있다면, 소시오패스들이 자신들의 타고난 기질 자체는 나쁜 게 아니라는 걸 배우고 이해하게 된다면 불안해하고 긴장하는 대신 그냥 받아들이고 자연스럽게 지낼 수 있겠지요. 나쁜 행동도 덜 하게 될 거고요." 나는 고개를 격하게 흔들었다. "어쨌든 이론적으로 보자면 그렇다는 거예요."

"그렇다고 반사회적 행동까지 정상으로, 윤리적으로 문제없다고 받아들이는 건 좋지 않아요. 그래서 저는 당신 자신만의 해결 방식을 중단하자고 제안한 겁니다. 우리가 좀 더 건전한 대처 전략을 찾아낼 수 있기를 바랐어요."

"저는 소시오패스의 나쁜 행동을 정상적인 행동으로 받아들이자는 게 아니에요. 심리적인 특성까지 이상한 눈으로 보는 걸 중단하자고 제안하는 거예요. 저는 소시오패스가 자기 성격 유형에 대해 더 많이 알수록, 그리고 무감각을 덜 염려할수록, 거칠고 이상한 행동을 덜 한다는 사실을 알고 있어요. 무감각은 증상이지 원인이 아니라는 사실을 기억해야 한다고요. 예컨대 저는 어떤 경우에도 제가 소시오패스라고 느끼니까요."

"무슨 말을 하는지 파악이 잘 안 되네요."

"최근 들어서 극단적인 행동을 하고 싶은 충동을 느끼지는 않았지만…… 저는 여전히 저예요. 저는 여전히 선생님과는 달리 어떤 감정도 제대로 경험하지 못해요. 수치심과 죄책감도 전혀 느끼지 못하고요."

"그렇다면 제이콥의 일기를 몰래 읽었을 때 불편함을 느끼지 않나요?"

"아무런 감정이 없어요. 단지 아리안느가 내게 뭘 부탁할 수 있도록 여지를 준 상황이 유감스러울 뿐입니다. 내가 하고 싶지 않은 일을 시킬…… 나를 이용할 수 있는 여지를 준 거잖아요. 그게 너무 화가 났다고요. 나쁜 쪽을 선택한 나 자신에게 화났어요."

"잠깐만요. 선택은 항상 본인이 하는 건데 거기에 대고 화낸다고요?"

"그건 다른 얘기예요. 강박장애를 가진 사람이 숫자에 집착하거나 손을 반복해 씻을 때, 그러니까 '해야만 한다'고 느끼는 일을 할 때 그걸 선택이라고 여기지 않잖아요."

칼린 박사는 내가 하는 말이 미덥지 않은 눈치였다.

"제가 계속 말하고 싶은 게 이 지점인데요!" 나는 목소리를 높였다. "소시오패스가 저지르는 부정적인 행동 중 상당수는 정말 어쩔 수 없는 거예요. 불안과 무감각을 없애려는 충동이 그런 행동을 끌어낸다고요. 어쩔 수 없다는 점에서는 강박장애와 다를 게 없어요. 그렇지만 불안감이 없을 때는 소시오패스에게도 선택권이 있어요. 다시 길 건너편 집 얘기로 돌아가 보면, 저는 제가 원해서, 그리고 제가 선택했기 때문에 그 집에 간 거고, 불안이 저를 움직인 게 아니니까 편한 마음으로 경험을 즐길 수 있었어요."

"좋아요. 그렇다면 그 얘기를 더 해주세요."

나는 고개를 흔들며 뭐라고 말해야 할지 고민했다. "저는 태어나서 지금까지 늘 평범한 사람이 되고 싶다고 생각했어요. 보통 사람이 되고 싶었는데, 지금은 그렇지 않아요. 누가 어떻게 생각하는지 신경 쓰지 않는 내가 좋아요. 죄책감에 짓눌리지 않는 게 좋고, 정말 솔직하게 말하면 가끔은 아무 감정을 못 느끼는 상태도 좋아해요. 아무것도 없는 텅 빈 느낌…… 갑자기 그레이트 블루 홀이 떠오르네요."

칼린 박사가 눈을 껌벅거렸다. "그레이트…… 뭐요?"

나는 웃으며 말했다. "그레이트 블루 홀이요. 남아메리카 벨리즈 연안에 있는 수중 싱크홀입니다. 깊이는 수백 미터에 달하고, 그 주변부는 물 색깔이 연하고 수정처럼 맑은데 바닷물이 쏟아져 들어가는 중심부는 색이 아주 짙어요." 나는 창밖을 내다보았다. "그레이트 블루 홀은 저를 정말로 무섭게 만드는 몇 가지 중 하나예요. 어렸을 때 사진을 보고 거기서 헤엄치는 생각만 하면 늘 뭔가를 하고 싶었는데……." 갑자기 깊은 적막을 느꼈다.

"뭘 하고 싶었나요?"

나는 얼굴을 찡그리며 그녀의 눈을 바라보았다. "누군가를 해치고 싶었어요."

칼린 박사는 직시하는 눈으로 계속하기를 기다렸다.

"저는 무감각이 무감각이라는 사실을 실감하기 전부터, 아주 어렸을 때부터 그게 깊은 심연 같았어요." 나는 고개를 숙였다. 카펫의 무늬 속에 섞여 들어 사라질 것 같았다. "어둠 속에서 내가 상상조차 할 수 없는 괴물이 튀어나올 것 같아서 무서웠어요."

"그러면 지금은요?"

나는 어깨를 으쓱했다. "글쎄요, 이미 괴물은 만났고," 그리고 웃으며 말했다. "굴복하곤 하죠."

시곗바늘 소리가 들릴 만큼 사방은 고요했다. 오후의 그림자가 오래된 친구처럼 나를 둘러쌌다. 그때 나는 뭔가를 깨달았다.

"다 저처럼 되어야 해요. 소시오패스는 이렇게 느끼고 생각해야 한다고요. 그게 희망이니까. 지금 여기 앉아 있는 제가 전 좋아요. 요즘 살면서 처음으로 저 자신이 좋다고요. 내 모습 그대로도 아주 평화로워요. 그런 와중에 깨닫게 되었어요. 내가 불만족했던 건 내 행동들이었다는 거. 저는 제가 저지른 일들이 마음에 들지 않았어요."

칼린 박사는 고개를 끄덕였다.

"이게 바로 소시오패스가 가진 어둠의 이면이에요. 모든 소시오패스가 그걸 느껴야 해요." 나는 얼굴을 찡그렸다. "그런데 안타깝게도 누구나 여기에 도달할 수 없어요."

"무슨 말일까요? 왜 누구나 그렇게 할 수 없죠?"

나는 어깨를 으쓱했다. "알려 줄 사람이 없으니까요. 몇몇 떠들어대는 사람은 다 가짜 소시오패스고, 소시오패스를 소재로 삼은 작가들은 엉터리 정보를 믿는 바보들 뿐이지요. 선생님, 진짜 소시오패스들은 이 상황을 어떻게 해결해야 할까요?"

"당신이 잘 풀어 나가는 것 같은데요."

"운이 좋았어요." 나는 냉소적인 웃음을 흘리며 말했다. "제가 소시오패스에 대해 이 정도라도 이해할 수 있게 된 건 도서관에서 방대한 자료를 접했기 때문이에요." 나는 의자에 등을 기대며 다시 창밖을 바라보았다.

"하지만 저만큼 운이 좋지 않은 사람들은요?" 나는 힘없이 손을 들어 올리며 물었다. "상담은 받을까요? 주변에서 지지는 받을까요?" 나는 화가 났다. "아니면 최소한 제대로 된 책이라도 있어야 하잖아요?"

칼린 박사는 잠시 말없이 있다가 말했다. "그러면 당신이 책을 쓰세요."

나는 정신 나간 소리라도 들은 것처럼 박사를 보았다.

"패트릭, 전에도 했던 말이지만 제 생각에 당신은 심리학에 정말 재능이 있는 것 같군요. 그러니 대학원을 알아보는 게 어때요?" 그녀는 내 반응을 살폈다. "제 생각에 당신이 직접 책을 써야 할 것 같아요."

나는 정말 깜짝 놀랐다. "제가 소시오패스를 위한 책을 쓸 수 있다고요?"

"우선 당신은 사회에 잘 적응한 소시오패스니까요." 그녀가 웃었다.

"그야 그렇지요. 그렇다고는 해도 소시오패스인 내 말을 어떤 정신 나간 사람이 들어주나요?"

"소시오패스들이 귀를 기울이겠지요. 당신이 말했잖아요. 다른 소시오패스들을 이해할 수 있다고. 게다가 당신은 소시오패스로 산다는 게 어떤 건지 잘 알고 있고 개인적인 관점과 전문가적인 관점 모두에서 분석할 수 있으니 차별화된 위치에 있어요. 물론 모든 문제에 확실한 해답을 제공할 수 있는 건 아니지만, 스스로를 도왔던 것처럼 다른 소시오패스들을 이해하고 도울 통찰력이 있는 건 분명합니다."

나는 익숙한 공원 풍경을 돌아보았다.

"사람들은 소시오패스가 충동적이고 비합리적이며 성찰이 불가능하다고 말해요." 그녀가 고개를 흔들었다. "하지만 저는 다른 모습을 봤어요. 소시오패스는 누군가를 사랑할 수 없다고요? 당신은 그렇지 않잖아요." 그녀는 내 주의를 끌려는 듯 몸을 앞으로 숙였다. "사람들이 또 뭐라고 하더라? 소시오패스는 공감할 수 없다고요?"

나는 칼린 박사와 눈을 마주쳤다. "공감이 확실히 힘들기는 한데……." 그리고 말꼬리를 흐렸다.

"아니, 그렇지 않아요." 그녀가 내 말을 가로막았다. "적어도 소시오패스들에게 공감할 수 있잖아요." 그리고 등을 뒤로 기대며 팔짱을 꼈다. "그럼 아무나 얘기해 봐요. 당신보다 이 일을 잘할 수 있는 사람이 있나요?"

나는 시계를 흘끗 보았다. "와, 몇 시나 됐는지 좀 보세요." 나는 자리에서 몸을 일으켰다. "벌써 시간이 다 되었네요."

칼린 박사는 알겠다는 듯 웃으며 손을 흔들었다. "어쨌거나 한 번 잘 생각해 봐요."

제17장
오리온

몇 주인가 지났을 무렵 아빠와 함께 경비 보고서를 검토하고 있었다. 날씨는 그날따라 우중충했다. 커다란 사무실에서 그런 풍경을 보고 있자니 머릿속에서 칼린 박사의 말이 계속 맴돌았다. 눈을 가늘게 뜨고 컴퓨터와 씨름하고 있는 아빠에게 물었다. "아빠, 제가 공부를 계속하는 거 어떻게 생각해요?"

그가 무슨 소리냐는 듯 나를 바라봤다.

"심리학 말인데요, 칼린 선생님이 나한테 잘 맞을 것 같다고 해서요."

"좋은 생각 같은데? 정말 좋은 생각 같아. 좀 늦은 감은 있기는 하지만."

"공부하기에 늦었다고요?"

"아니, 네가 좋아하는 일을 찾기에. 데이비드는 뭐라고 하니?"

"글쎄요, 어쨌든 이 일을 그만둔다고 하면 아주 좋아할걸요. 그건 확실해요."

아빠가 고개를 갸웃거렸다. "확실히 나를 별로 좋아하지 않는구

나. 그렇지?"

나는 어깨를 으쓱했다. "아빠를 좋아하지 않는 게 아니라요. 그냥 이쪽 일이 싫은가 봐요."

"걔 같은 사람들은 그게 문제야." 아빠는 무시하듯 손을 흔들었다. "세상 모든 걸 다 흑백논리로 보거든. 사실 세상은 대부분 회색인데, 그걸 인정을 안 해요."

화제를 돌리고 싶었다. "하지만 그래서 제가 데이비드를 사랑하는 거예요. 균형이 맞거든요."

아빠는 아무런 말도 하지 않았다.

"막연하게 들리죠? 공부를 다시 시작하려면 제대로 된 목표와 계획이 필요할 테니까."

"데이비드 취향에 맞춰서 말이지." 아빠가 놀리듯 말했다. "분명 무척 좋아할 거다."

"사실은 그렇지도 않아요."

"정말이냐? 그것참 뜻밖이구나."

사실은 나도 데이비드의 반응에는 좀 놀랐다.

칼린 박사를 만나고 돌아온 날 저녁, 데이비드와 새로운 얘기를 나눌 수 있어 기뻤다. 물론 대학원 진학이라는 발상 자체가 큰 충격이기도 했고, 당장은 어떤 확신도 없었지만, 막상 집에 돌아와 생각해 보니 뭔가 잘 될 것도 같았다.

우리는 저녁을 막 먹은 상태였고, 거실에는 키스 자렛의 피아노가 은은하게 울려 퍼지고 있었다. "그러니까 내가 이해하기로는 상담을 마치고 나와서 집에 돌아오는 중에 결정을 내린 거야? 대학원에 진학하기로? 심리학 전공으로?"

나는 웃으며 대답했다. "응."

"타이밍이 좀 이상하긴 하네. 보통은 그렇게 갑자기 진학을 결정하지는 않잖아."

"나는 보통이 아니니까." 내 정체성을 다시 한번 일깨워 주었다.

"그야 그렇지." 그는 웃음을 터트렸다. "나는 사실 지금은 우리 미래를 위한 계획을 세울 때가 아닌가, 뭐 그런 생각을 하고 있었지. 우리의 미래 말이야."

나는 영문을 알 수 없었다. 그가 나에게 몸을 기울여 이렇게 속삭였다. "자녀 계획이라든가."

"자녀 계획?" 내가 깜짝 놀라서 되물었다. "그런 말이었어? 우리는 아직 정식으로 결혼도 안 했잖아."

"알지. 그래도 언젠가 결혼할 거잖아." 그는 빙그레 웃었다. "그렇잖아?"

나도 모르게 배시시 웃음이 나왔다. 데이비드를 처음 본 순간부터 결혼을 꿈꿨다. 정해진 미래였고 논쟁의 여지는 없었다.

"그래. 네 말이 맞아."

"우리는 둘 다 결혼과 아이를 원하지. 그러니까 지금 당장 학교로 돌아가는 건 무리가 아닐까?"

"가능할 것 같은데." 내가 얼굴을 찡그리며 말했다. "지금이야말로 진학할 수 있는 제일 좋은 시기인 것 같아. 네가 말한 것처럼 아직 결혼 전이고 아이도 없으니까. 여기서 시간이 조금만 더 지나면 학교로 돌아가는 건 더 어려워질 거야."

그러자 데이비드가 자리에서 일어나 내 손을 잡았다. "잠깐 나를 따라와 봐." 우리는 뒷마당으로 이어지는 유리문으로 향했다. "저거 보여?" 그가 하늘을 가리켰다. "별 세 개가 한 줄로 늘어서 있는 거?"

나는 눈을 가늘게 뜨고 그의 손가락이 가리키는 곳을 보았다. "응, 보여."

"오리온 별자리야. 사냥꾼이자 수호자. 내가 어렸을 때 우리 엄마가 가르쳐 줬어. 엄마는 그리스 신화에 나오는 별자리는 다 알고 있었지. 하지만 역시 제일 좋아하는 건 오리온이었어."

그가 과연 무슨 말을 하려는지 궁금했다. "멋있네." 나는 키미가 늘 무난하게 대답하던 걸 떠올리며 말했다.

데이비드는 한 걸음 뒤로 물러나더니 내 두 손을 꼭 쥐었다. "너에게 언제 말을 하나 적절한 때를 기다리고 있었어." 뭔가 흥분을 감추려 하는 것 같았지만 제대로 되지 않는 것 같았다. "지난주에 새로운 일자리를 제안받았거든."

"그랬어?" 나도 가슴이 두근거렸다. "어디에서?"

"산타모니카에 있는 스타트업인데 기술 쪽 전문가가 필요한가 봐. 스타트업이라고는 하지만 자본금도 충분하고."

"좋은 소식이네!" 내가 소리치자 그는 약간 긴장한 것 같았다.

"좋은 소식인 것 맞지?"

"응, 그런 것 같아. 그래도 당분간은 좀 정신이 없겠지. 업무량이 상당히 많을 테니까. 하지만 일단 어느 정도 궤도에 오르면 그다음부터는 다 잘 될 거야."

나는 고개를 갸웃거렸다. 데이비드가 진짜로 하고 싶은 말이 뭘까?

"패트릭, 나는 너를 사랑해. 너와 결혼하고 싶어. 죽을 때까지 너를 보살피며 살고 싶다고." 그가 나를 끌어당겨 꼭 안았다. "대학원 같은 건 잊어버려. 더는 아빠하고 일할 필요도 없어. 원한다면 내일 당장 그만둬도 괜찮아."

나는 뭐라고 대답해야 할지 알 수 없었다. "그렇지만 나는…… 그렇게 하고 싶지 않은걸." 그의 품을 벗어났다. "데이비드, 이상하게 생각하지는 마. 나도 물론 네가 보살펴 주면 좋지. 그런데 꼭 그렇게까지 할 필요는 없어."

그는 어색한 웃음을 지었다. "그래, 꼭 그럴 필요는 없겠지만…… 내가 그렇게 하고 싶어. 네가 자유롭고 편한 삶을 살기를 바란다고. 단순히 직장을 그만두라는 말이 아니야…… 평생에 걸쳐 신경 써 온 모든 일로부터 자유로워지라는 거야." 그는 고개를 흔들었다. "네가 항상 원했던 평범한 삶이 바로 그거잖아." 그가 내 손에 입을 맞췄다. "아니, 우리가 항상 원했던 삶이지."

데이비드의 깊은 갈색 눈동자는 따뜻하고 매력적이었다. 오직 데이비드만 보여 줄 수 있는 것, 나의 가장 어두운 생각을 모두 알고 있는 사람의 얼굴에 나타나는 자비로운 표정이었다. 그는 내 머릿속에서 벌어지는 싸움을 장난처럼 받아들이지 않았다. 내가 저지를 수도 있는 끔찍한 일들에 대해서도 절대로 부정하지 않았다. 그러기는커녕 모든 걸 있는 그대로 다 받아들였다. 순간 내 모든 것을 다 드러낸 것 같은 기분이 들었다. 마치 내 영혼이 그와 대화를 나누는 것 같았다. 데이비드는 태어나서 지금까지 나 혼자서만 속삭여왔던 일들을 큰소리로 들려줬다. 나도 우리 두 사람이 얘기해 왔던 것 이상으로 그런 삶을 원했다. 자유를 원했다.

신에게 맹세코, 나도 노력은 했다.

몇 개월 동안 대학원과 소시오패스에 대한 모든 걸 잊고 지내려고 노력했다. 데이비드는 곧 새 직장에 출근하기 시작했고 나는 계속 아빠 밑에서 일했다. 하지만 우리 두 사람 사이가 예전 같지 않다는 사실은 인정하지 않을 수 없었다. 새로운 직장에 대한 데이비드의 예상도 옳았다. 업무량이 얼마나 많은지 그를 집에서 볼 수 있는 시간이 크게 줄어들었다. 평일에는 늦은 밤까지, 때로는 주말 내내 회사에 틀어박혀 일했다. 나는 생활의 급격한 변화에 미처 준비하지 못했다.

처음 몇 개월 동안 나는 데이비드를 완벽하게 내조했다. 밥 먹듯 야근하는 그를 위해 저녁이면 도시락을 싸 들고 멀리 있는 그의 직장까지 달려가서 밥을 함께 먹었다. 토요일 아침에 출근하는 모습을 봐도 그냥 입을 다물었다. 약속 시간이 거의 다 되어서 저녁 약속을 취소하는 전화가 걸려 와도 화내지 않으려고 노력했다. 불만이나 의견이 있어도 혼자서만 간직했다. 하지만 시간이 지날수록 견뎌내기가 힘들어졌다.

"지금 나랑 장난해?" 어느 날 밤 데이비드가 전화로 또 야근한다고 말하자 폭발했다. 이번 주만 벌써 세 번째였다. "또 야근이라고?"

"패트릭, 정말 미안해. 정말 막 문밖으로 나가고 있는데 샘이 회의를 소집하더라고."

샘은 데이비드의 상사였는데, 사회성도 없고 융통성은 찾아보려야 찾아볼 수 없는, 정말 별로인 인간이었다. 샘보다 더 싫은 사람은 손꼽을 정도였다. 불쾌함은 나날이 늘어만 갔다.

나는 생크림 그릇을 주방 조리대 위에 큰 소리가 나도록 내려놓았다. "방금 후식까지 다 만들었어. 키 라임 파이야. 좋은 재료를 찾느라 시내를 다 뒤졌다고." 거칠게 한숨을 쉬었다. 목소리는 조금 부드러워졌다. "그냥 오늘은 집에 가야 한다고 말하면 안 돼? 회의에 못 들어가겠다고? 딱 한 번인데?"

"한번 말은 해 볼게." 그가 전화를 빨리 끊으려 한다는 걸 알 수 있었다. "그렇지만 샘이 다음 주 신제품 출시에 대해 걱정이 많아서…… 그러니까 일주일만 더 고생하면 돼. 일주일만 지나면 모든 게 정상으로 돌아올 거야. 약속할게."

데이비드가 장담했던 것처럼 정말 일주일 뒤에 모든 게 다 정상으로 돌아왔고 우리는 다시 좋은 시간을 보냈다. 6시쯤 퇴근하면 함께 저녁을 먹고 텔레비전을 봤다. 하지만 다시 일주일이 지나자 원래 생활로 돌아갔다. 특히 월말이 다가오면서 이른바 '분기별 점검'을 위해 밤낮없이 업무에 몰두해야 했다. 데이비드의 업무 중에서 내가 제일 싫어하는 일이었다. 일은 끝이 없었다. 그는 전력을 다했지만 맡은 업무가 끝나면 즉시 새로운 업무가 떨어졌다. 그럴 때마다 그는 샘이 "이번이 마지막"이라고 약속했다며 얼버무렸다.

'정말 못 견디겠어.'

또다시 약속 시간이 거의 다 되어 퇴근하지 못할 것 같다는 전화를 받았다. 나는 혼자 촛불을 밝힌 식탁 앞에 앉았다. 생선 요리는 이미 차갑게 식었고 샐러드는 숨이 죽었다. 나는 준비한 와인을 모두 비운 뒤 거실로 자리를 옮겼다. 그리고 될 대로 되라는 기분에 턴테이블 소리를 크게 높이고 창가에 앉았다. 길 건너편 집이 아직 비었나 궁금했다. 새로운 주인이 보안 장치를 잔뜩 설치한 편집증 환자가 아니기를 바랐다.

몽환적인 블루스가 거실을 가득 채웠다. 벽에 머리를 기대고 주방 쪽을 바라보았다. 오래된 케이크 접시 위에 피라미드 모양으로 완벽하게 쌓아 올린 사과 더미가 있었다. 나는 영화 '두 여인 Beaches''을 떠올렸다. 영화에서 배우 바바라 허쉬가 분한 힐러리는 남편의 성공을 내조하기 위해 자기 경력을 포기한다. 그러던 어느 날 아침 남편은 출근하기 전에 아내에게 오늘은 뭘 할지를 묻는다.

"스패너를 하나 사려는데." 아내가 남편에게 말한다.

남편은 잠시 생각하더니 이렇게 대답한다. "당신, 대단한데!"

힐러리는 희미하게 웃으며 출근하는 남편을 배웅한다. 두 사람이 앉아 있던 식탁 위에는 사과 접시가 있다. 힐러리는 사과 하나를 머리에 올리고 그대로 가만히 앉아서 움직이지 않는다.

나는 사과 접시를 바라보며 눈을 가늘게 떴다. 그리고 자리에서 일어나 주방으로 걸어갔다. 잘 익은 사과 하나를 집어 들고 식탁에 몸을 기댔다. 그리고 사과를 한 입 베어 문 뒤 영화에서처럼 머리 위에 올려놓고 균형을 잡았다.

"나도 스패너를 하나 사야 할까." 괜찮은 생각 같았다. 사람은 그리 쉽게 변할 수 없는 법이다. 내 안의 또 다른 내가 당장 밖으로 뛰어나가 스패너를 사라고 부추겼다. 사 오기만 한다면야 쓸 곳은 얼마든지 있었다. 무엇보다 데이비드의 직장에 가면 그의 차 옆에 샘의 차가 나란히 주차되어 있지 않은가.

하지만 영화 속 힐러리는 가슴 두근거리는 반사회적 임무를 수행하기 위해 스패너를 사려는 게 아니었겠지. 딱히 혼자서 할 일이 없었기 때문에 그런 생각이라도 한 게 아닐까. 갑자기 그녀의 마음이 이해되면서 화가 치밀어 올랐다. 함께하는 평범한 생활을 원한다는 데이비드의 말은 거짓이 아니었지만, 평범함에 대한 관점이 나와는 달랐다. 그는 자기 목표를 달성하기 위해 밤낮없이 일에만 몰두했다. 그렇다면 나도 그렇게 할 수 있지 않을까?

데이비드와 이에 관해 대화할 기회는 잘 오지 않았다. 대화를 나누기에 '적절한 시간'을 결코 찾을 수 없다는 게 문제였다. 내가 말을 꺼내려 할 때마다 데이비드는 짜증부터 냈다.

"도대체 무슨 생각으로 그런 거야?"
 데이비드의 직장에 찾아가서 함께 점심을 먹고 있을 때 나는 그만 UCLA 심리학과에 전화해서 한 시간가량 통화했다고 말하는 큰 실수를 저질렀다.
 "나한테 그런 식으로 말하지 마." 그의 거친 태도에 크게 실망했다.
 "미안해." 그는 태도를 누그러뜨렸다. "그냥 좀 피곤해서. 잘 모르고 화부터 냈네. 학과 사무실에 전화는 왜 했어?"
 "슬랙 교수님이 잘 계시는지 확인해 보려고." 나는 분위기를 바꾸려 애쓰며 대답했다. "슬랙 교수님 알지? 교수님은……."
 하지만 데이비드는 시큰둥했다. "그래서?"
 "교수님께 대학원에 관해 좀 물어볼 수 있을까 생각했지. 대학원이 이 근처에 UCLA만 있는 건 아니니까. 정말로 진학을 고려한다면 가능한 여러 곳에 지원해야 하지 않을까. 그래야 선택의 폭도 넓어지고."
 "그래서 대학원에 가겠다고?" 그가 어리둥절한 표정으로 물었다. 나는 끓어오르는 분노를 느꼈다.
 "제발 좀 그만할 수 없어?" 내가 울컥하며 소리쳤다.
 "뭘 그만해?!"
 "다 알면서 모르는 척 물어보는 거!" 나는 이제 정말 참을 수 없을 정도로 화가 났다. "말끝마다 그러는데 아주 짜증이 나서 미치겠다고."

"너부터 말이 안 되는 소리를 하잖아!" 그도 목소리를 높였다.

"누가 말이 안 되는 소리를 하는데? 데이비드, 네가 '말이 된다'고 생각하는 건, 너는 밖에서 일하느라 집에 안 들어오고 나는 그저 집에 앉아 얼빠진 가정주부 역할이나 하는 거잖아!"

그는 충격을 받은 것 같았다. "내가 그런 걸 원한다고?"

"그러면 내 말이 틀려? 나보고 일도 그만두라며. 그리고 내가 대학원에 가는 것도 분명히 반대하고 있는⋯⋯."

"그건 다 너를 지키려고 그러는 거잖아!" 그가 내 말을 가로막았다.

나는 순간 굳었다. "나를 지키려고 그런다고? 나를 왜 지키는데?"

데이비드는 한참을 머뭇거리다 입을 열었다. "네가 대학에 다닐 때 무슨 일이 있었는지 나한테 다 말했잖아."

"아, 이 사람아." 짜증이 났다. "나는 이제 그때와는 전혀 다른 사람이야."

"나도 알아. 하지만 나는 우리가 수천 킬로미터 떨어져 있던 시절에 네가 다른 사람 차를 훔쳐 타고 생판 모르는 남의 집에 무단으로 침입하고 그랬던 게 너무 싫어. 지금은 내가 여기 있으니까 그런 일이 일어나지 않도록 너를 돌볼 수 있잖아." 데이비드는 잠시 숨을 몰아쉬고는 이렇게 덧붙였다. "그래서 그 열쇠고리도 놓아

두기로 한 거 아니야?"

그가 상황을 얼마나 크게 오해하고 있는지 깨닫고 그와 눈을 맞췄다. "데이비드, 그건 아니야." 나는 필사적으로 상황을 정확히 설명하려 했다. "열쇠고리를 그렇게 하기로 한 건 너랑 나 사이에 비밀을 만들고 싶지 않아서였어. 내가 약속했으니까. 너에게는 무슨 일이든 항상 솔직하게 다 알려 주고 싶었어. 네가 나에 대해서 모르는 게 없도록. 하지만 그게 나를 보호해 달라는 뜻은 아니었다고."

데이비드는 내 눈을 피했다.

"데이비드……." 나는 조용히 자리에서 일어나 옆으로 다가갔다. "이건 진심으로 하는 말이야. 나는 네 동반자지 보호가 필요한 환자가 아니야." 그의 얼굴을 두 손으로 감싸 쥐고는 두 눈을 그윽하게 바라보았다. "정말 진심이야. 네가 내게 그런 종류의 책임감을 느끼는 건 절대 바라지 않아. 혹시라도 나 때문에 그런 기분이 들었다면 정말 미안해."

"아니야, 나야말로 미안해. 지금은 정말로 기분이 엉망진창이네." 그는 고개를 끄덕였다. 그리고 책상 위에 있는 컴퓨터를 가리켰다. "샘이 지금 새로 개발한 이 빌어먹을 프로그램 때문에 다그치고 있어. 일단 이거 끝내고 얘기하자." 그는 한숨을 쉬었다. "당연히 네가 대학원에 가면 응원할 거야." 그가 입꼬리를 축 늘어뜨리는 그 매력적인 웃음을 지었다. "패트릭, 그러니까 나중에 얘기하자."

나는 얼굴을 찡그렸다. "오늘도 밤새 야근한다며."

"아, 이런, 미안해." 그는 어깨를 으쓱했다. "그러면 내일 밤이나 이번 주말은 어때?"

"좋아." 나는 부드럽게 대답했다. 전화가 오자 그는 전화를 받았고 나는 그의 이마에 입을 맞춘 후 잠시 어색하게 서 있다가 사무실을 나왔다.

차를 몰고 집으로 향하며 머릿속이 복잡했다. 로스앤젤레스에서 교통 체증이 가장 심한 늦은 오후였다. 조금씩 차들이 움직이는 걸 보며 우리가 나눈 대화에 대해 생각해 보았다. 데이비드는 왜 내가 대학원에 진학하는 걸 그렇게나 염려하는 걸까?

'이건 정신 나간 짓이야. 나는 성실한 학생도 아니었잖아.'

그렇지만 나는 소시오패스와 심리학을 몇 년이나 혼자서 공부했기에 대학원 진학도 지극히 자연스러운 과정처럼 보였다. 할 만한 모험이었다. 나는 분명 해낼 수 있었다.

브렌트우드를 빠져나와 고속도로를 피해 405번 국도로 가기로 했다. 웨스트우드를 향해 달리면서 깊은 생각에 잠겼다. UCLA 근처에 도착했을 때는 빨간불 앞에 차를 세우고 잠시 옛 생각에 젖었다. 그 교차로는 도시의 어느 곳보다도 익숙한 곳이었다. 내가 로스앤젤레스에 도착해서 처음 살았던 곳이 아닌가. 나는 기숙사가 있던 자리를 내려다보았다. 그동안 많은 것들이 변했다. 거리도 더 커진 것 같았다. 대학교 전체가 개발로 규모가 폭발적으로 커졌다. 물론 여전한 것들도 있었다.

나는 꼭 움켜쥐고 있던 운전대를 돌려 캠퍼스 안으로 들어섰다. 교정 북쪽에 돌을 쌓아 올려 두른 벽 위에 'UCLA'라고 적힌 커다란 금색 글자가 번쩍거렸다. 사방이 한가롭게 텅 비어 있었고 어딘지 모르게 마음이 편안했다. 나는 예상치 못한 자유로움을 느꼈다. 100미터쯤 아래에는 샛길이 있었다. 재빨리 좁은 길을 따라 방향을 틀어 근처에 있는 주차장으로 차를 몰았다. 그곳이 내가 아는, 심리학과 건물과 가장 가까운 주차장이었다.

주차장에 차를 세우면서 나는 '딱 30분만'이라고 생각했다. '어차피 30분 후엔 건물 문을 닫는 시간이지. 슬랙 교수님께 시간을 내어 달라고 부탁하는 데 그 정도면 충분해.'

차에서 내리자 이른 저녁 공기가 내 마음을 편안하게 어루만졌다. 나도 모르게 고개를 들어서 오리온 별자리를 찾았다. 그리고 웃었다. 내가 올바른 결정을 내렸다는 걸 이미 알고 있었다. 오늘의 결정으로…… 인생의 방향이 바뀌겠지. 나는 앞으로의 계획을 떠올리며 심리학과 건물로 향했다.

"대학원에 진학하자. 석사뿐만 아니라 박사 학위까지 도전해야지. 전공은 소시오패스 연구로 할 거야."

그게 충동이었든 아니든 미래는 분명해졌다. 이미 출발선은 등 뒤에서 멀어지고 있었다.

제 4 부

패트릭

제18장
반항

1년 반이 흘렀다. 나는 멀홀랜드 드라이브 옆에 있는 어느 낡아 빠진 작은 집 거실에 서 있었다. 얼마나 낡았는지 지붕에는 구멍까지 나서 환한 캘리포니아 하늘을 배경으로 초승달의 희미한 윤곽을 볼 수 있었다.

그 집은 내가 최근에 대학원 2년 차 과정을 시작한 웨스트 로스앤젤레스의 어느 대학교에서 그리 멀지 않은 곳에 있었다. 당시 나는 남의 집에 침입할 시간은커녕 혼자 쉴 시간도 거의 가질 수 없었다. 대학원 공부는 물론이고, 여전히 아빠 일을 돕느라 시간이 모자라서 '이단적인 짓'을 할 여유 같은 건 거의 없었다. 하지만 그날 오후만은 예외를 두기로 했다.

나는 새로운 친구와 함께 있었다. 에벌리라는, 최근에 우리 회사와 계약을 맺은 밴드 소속 여자 뮤지션이었다. 나는 우리가 매니징하는 여러 뮤지션 중에 그녀를 특히 좋아했는데, 매지 스타와 코트니 러브를 뒤섞은 듯한, 작사와 작곡에도 능한 재능 있는 뮤지션이었다. 얼마 전 자신이 만든 곡을 여러 주요 레이블에 보내 큰 호평을 받기도 했다. 이제는 나와 함께 첫 공연을 준비하며 많은 시간을 보내는 중이었다.

데이비드도 여전히 눈코 뜰 새 없이 바빴다. 다니는 회사도 큰 성공을 거두어 기업공개와 상장을 눈앞에 두고 있었다. 그는 이미 1년 넘게 작업에 매달리고 있었다. 계획대로만 된다면 미래의 금전적 자유는 물론 커리어적 자유까지 보장받을 좋은 기회였다.

커리어만 따지면 우리 두 사람은 살아남기만 한 것이 아니라 큰 성공을 거두고 있었다. 물론 엄청난 대가가 뒤따랐다. 데이비드와 나는 서로를 스쳐만 가는 낯선 사람들처럼 일터와 학교를 오고 갔고 때로 무기력하거나 힘든 시간을 겪어야 했다. 함께할 기회는 거의 없었고 그나마 생긴 시간에도 말다툼을 벌였다. 우리가 함께 산 지 벌써 몇 년이 지났지만 데이비드는 '꿈에 그리던 사랑'이 소시오패스라는 사실에 잘 적응하지 못하는 것 같았다. 소시오패스로 사는 게 좋은 사람이나 나쁜 사람이 되는 것과 아무런 관계가 없다는 사실을 받아들이지 않았다. 소시오패스는 성격 유형이며, 그로 인한 특성들 역시 단지 내 총체적 심리를 구성하는 일부일 뿐이었다. 그 무렵 나는 데이비드가 더는 나를 무한정 수용하지 않는다는 걸 알아차렸다. 그는 내가 소시오패스적인 특성을 선택할 수 있다고 생각했고, '아무런 문제가 없는 선택'들만 받아들이려 했다.

그는 자기 마음에 거슬리는 소시오패스적 성향이나 행동에 대해서는 바로 반대 의견을 내세웠다. 한편 내 행동이 자기 목적에 부합할 때는 모든 걸 기꺼이 받아들였다. 예를 들어, 자신에게 잘못한 사람이 있을 때 내가 아무도 모르게 보복 아닌 보복을 하는 건 전혀 개의치 않았다. 또 더 짜릿한 섹스를 위해 빈집에 들어가는 일에도 서슴없었다. 나는 데이비드의 허락이 없으면 소시오패스가 될 수 없는 것 같았고, 그런 위선은 내게 좌절감을 주었다. 그건 내가 사회에서 반복해 겪어 온 위선이기도 했다.

칼린 박사와 이 문제를 논의한 이후 나는 내 특성이 남들에게 왜 부정적으로만 보이는지 골몰하느라 머리를 싸맸다. 그런 부정적 시각이 너무 근시안적인 것 같았다. 소시오패스의 특성은 분명 건설적으로 사용될 수 있었다. 예를 들어, 감정을 잘 느끼지 못하는 나는 감정 과잉으로 인해 타인과의 불편한 관계에 더 예민하게 반응하는 데이비드보다 훨씬 냉정하고 실용적인 결단을 내릴 수 있었다. 죄책감으로 인한 심정적 부담이 없다는 점도 좋았다.

심리학을 공부하면 할수록, 죄책감은 자유를 억압하는 마음 상태라는 사실에 확신하게 되었다. 죄책감을 행동 원칙 제일 앞에 내세운다면, 주체적으로 생각할 필요도 아예 없었다. 소시오패스에 관한 연구는 극도로 부족한 데 비해 수치심이나 죄책감의 악영향에 대한 참고 자료는 모자람이 없었다. 낮은 자존감, 불안 및 우울증 같은 정서적 반응에서부터 수면 및 소화 문제, 교감 신경계 활동 증가 같은 신체적 반응에 이르기까지 수치심과 죄책감의 부정성은 긍정성을 압도하는 듯 보였다. 그리고 내 새로운 친구도 이에 동의했다.

에벌리에게 죄책감의 부작용이라는 개념은 익숙했다. 그녀는 떠오르는 신예 밴드를 이끌고 있었지만, 종종 남들에게 '좋은 사람'이 되려는 지나친 부담에 발목이 잡혀 앞으로 나아가지 못했다. 나는 그 사실에 깜짝 놀랐다. 어떻게 보아도 에벌리는 좋은 사람이고 훌륭한 사람이었다. 하지만 그녀는 항상 회한과 싸우고 있었다. 여러 가지 면에서 에벌리는 데이비드와 비슷했다. 두 사람 모두 유난히 친절하고, 동정심 많고, 사랑이 넘치는 사람들이었다. 둘에게는 감정을 통해 감응하고 소통할 개방성과 정서적 유연함이 있었다. 내게 가장 부족한 기질이기도 했다. 하지만 얄궂게도 두 사람은 강박에 가까운 도덕성으로 인해 종종 위축됐다. 에벌리는 내가 그런 경험을 한 번도 해 본 적 없다는 사실에 크게 매료되었다.

"그게 얼마나 드문 경우인지 아세요? 사람들 대부분은 아무짝에도 쓸모없는 죄책감과 수치심에서 벗어나기 위해 평생 애를 써요. 나도 그런 사람이고요. 하지만 당신은 특별해요." 소시오패스적 정체성에 대한 호감은 내가 긍정적으로 받아들여진다는 기분이 들게 했다. 데이비드는 이제 내게서 수치심과 죄책감을 끌어내는 데 집착하는 듯했지만, 에벌리는 나를 있는 그대로 받아들였다.

"당신과 어울리면 죄책감이 사라져요." 그녀는 버려진 집을 둘러보며 말했다. "제가 이전에도 이런 폐가에 들어와 봤으리라 생각하지 말아요. 저는 못해요. 그렇지만 당신을 따라 할 수는 있어요. 당신의 어두운 면과 동행하면 즐거워요."

나는 빙그레 웃으며 다 무너져 가는 거실 한구석의 오래된 그랜드 피아노로 눈길을 돌렸다. 나무로 된 본체는 세월의 풍파를 맞아

온통 지저분한 얼룩투성이였지만, 자세히 보면 의외로 떨어져 나간 곳 없이 멀쩡했다. 피아노 앞에 앉아 건반을 눌러 보니 놀랍게도 소리까지 제대로 났다. 집 안을 돌아다니는 에벌리를 힐끗 보았다. "집이 마음에 들어요? 저는 이 집을 사고 싶네요."

"매물로 나온 집이에요?"

"아직은 아니지만, 곧 그렇게 될 거예요."

"환상적이네요." 에벌리는 바닥에 쌓인 쓰레기 더미를 조심스럽게 발로 툭툭 건드렸다. "그나저나 이 집은 어떻게 찾아냈어요?"

"아, 몇 년 동안 눈여겨봐 온 집이거든요. 제가 이전에 말했던 바로 그 집인데, 노부부가 항상 집 밖에 나와 있곤 했어요."

"여기가 바로 그 집이라고요?"

"네!" 나는 열심히 고개를 끄덕였다. "정말 놀랍지 않나요?"

"그렇네요." 에벌리는 웃음을 터트리고는 다시 주위를 둘러보았다. "놀라울 정도로 다 쓰러져 가네요."

집은 정말 거의 무너지기 일보 직전이었다. 천장에는 커다란 구멍이 뚫려 있었고 깨진 창문은 덩굴로 뒤덮여 있었다. 주방은 1940년쯤 만든 것처럼 보였고 마지막으로 전기가 들어온 게 언제였는지도 알 수 없었다.

"이 집이 매물로 나온다는 걸 어떻게 알았나요?"

사실 며칠 전에야 겨우 사정을 알게 되었다. 노부부가 정원 가꾸는 모습을 못 본 지 몇 개월은 족히 지났을 무렵 한참을 여기저기 기웃거린 끝에 결국 사연을 들었다. "남편이 차에 치였다는군요.

뭘 사러 자전거를 타고 가다가 사고가 났대요."

에벌리는 놀라서 입을 딱 벌렸다. "돌아가신 건가요!?"

"아, 아니요. 아무 일도 없었어요. 병원으로 무사히 옮겨졌고요. 그런데 경찰이 그 사실을 알리러 집을 찾아왔을 때, 부부가 이런 집에서 살아왔다는 사실을 알게 된 거예요." 나는 온갖 쓰레기며 망가진 채 방치된 집 구석구석을 손으로 가리켰다. "그래서 부부를 다른 곳으로 보냈다고 하더군요."

에벌리가 우울한 목소리로 말했다. "그것참 슬픈 일이네요."

나는 어깨를 으쓱했다. "적어도 이제는 전기와 수도가 있는 곳에 살고 있을걸요. 그리고 공무원들이 부부 대신 집을 처분할 겁니다. 후견인 제도 같은 절차에 따라서요."

그녀는 안심한 듯한 표정으로 다시 주위를 둘러보았다. "와…… 그게 가능한가요? 이런 곳에서 생활하는 게?"

"전 사실 좋을 것 같은데요." 나는 피아노 맞은편에 있는, 무너져가는 계단에 자리를 잡고 앉았다.

"아, 당신은 그럴 수도 있겠네요." 그녀는 웃음을 터트렸다.

"정말 살려면 이런 낡은 부분들은 손을 좀 봐야겠지만, 뭐랄까, 신선한 기운이 넘쳐나는 것 같아요. 하비샴이 살던 집도 생각이 나고요."

"《위대한 유산》에 나오는 그 하비샴이요?" 그녀가 미심쩍은 표정으로 물었다. "하지만 하비샴이 살던 저택은 다 허물어져 폐허가 되지 않나요?"

나는 그렇지 않다는 듯 고개를 저었다. "수양딸인 에스텔라가 물려받아 그럭저럭 다시 살 수 있을 정도로 고치지 않았을까 싶어요. 물론 내 상상이지만." 그녀는 이해하겠다는 듯 고개를 끄덕였다.

데이비드와 나도 몇 개월 동안 집에 대해 의논해 왔다. 콜드워터에 있는 우리 집에서는 더 살기 어렵다는 게 그의 생각이었다. 직장과 더 가까운 곳에 집이 필요하다는 말에 나도 어쩔 수 없이 동의했다. 하지만 아빠에게 물려받은 집이 여전히 마음에 들었고 이사도 내키지 않았다. 특히 데이비드의 직장 때문이라면 더욱더. 그러다 문득 이 멀홀랜드 드라이브의 낡은 집을 사들이는 게 어떨까 하는 생각이 떠올랐다. 창의력 넘치는 모험이 될 것 같았다.

에벌리가 빙그레 웃으며 피아노 쪽으로 걸어가더니 몸을 기댔다. "이래서 제가 당신을 좋아하는 거예요. 누가 이런 집을 원하겠어요? 오직 당신 같은 사람만이 그 정도 배짱이 있을걸요." 그녀는 주위를 둘러보며 다시 얼굴을 찡그렸다. "나 같은 사람은 그냥 신경이 곤두서요. 생각나는 거라고는 '머니 핏 Money Pit' 같은 영화뿐이고요."

나 역시 톰 행크스가 낡은 집 때문에 고생하는 그 영화를 떠올리긴 했다. "그렇지만 그 집이 결국 톰 행크스에게 복덩이가 됐잖아요."

"그게 제가 하고 싶었던 말이에요. 당신은 두려움이 없으니까 자기 선택을 의심할 필요도 없죠."

"소시오패스로 살면서 그 정도 유익은 있어야겠지요."

에벌리가 화제를 바꿨다. "그러니까 하는 말인데요. 오늘 밤 있을 공연에 그 두려움을 모르는 배짱을 좀 빌려야겠어."

그날 밤에는 그 유명한 록시 극장에서 에벌리 밴드의 오프닝 공연이 있을 예정이었다. 밴드는 일정 기간 극장에 머무르며 창작과 공연 활동을 하는 레지던시 계약을 따냈다. 데모 음반만으로도 호평받고 있는 분위기를 이어가기 위해 여러 주요 기획사와 레이블 대표들을 초대해 두었다.

그때 휴대전화가 울렸다. 데이비드가 보낸 문자였다.

'오늘 밤 다 잘될 거야. 사랑해. 보고 싶어 죽겠다!!'

저절로 웃음이 나왔다. 여전히 내가 아빠와 일하는 걸 좋아하지 않는데도 격려와 관심을 쏟아 준다는 사실이 정말 고마웠다.

나는 답장을 보냈다. '자기야, 고마워. 정말 기대되는 밤이야.'

"데이비드예요? 데이비드도 오늘 공연에 오는 거 맞지요?"

"물론이죠." 내가 휴대폰을 집어넣으며 말했다. "퇴근하자마자 곧장 공연장으로 오는 거라 시간이 좀 빠듯하기는 하지만."

그녀는 고개를 흔들었다. "당신 남자친구는 내가 아는 누구보다도 일을 많이 해요. 농담이 아니라 벤이 그만큼 일에만 빠져 있으면 아마 마녀처럼 벤을 잡으러 달려갈지도 몰라요."

벤은 같은 밴드에 있는 에벌리의 남자친구였다. 밴드와 관련된 여러 업무를 맡고 있었다. 나를 짜증 나게 만드는 부분이 몇 가지 있었다. 우선 벤이 자기 친구들이나 밴드에 한 몫 끼고 싶은 객원 연주자들 앞에서 미래 계획을 미주알고주알 떠드는 게 마음에 들지 않았다. 또한 에벌리의 재능을 키우려는 나의 모든 노력에도 강력한 거부감을 드러냈다. 에벌리 개인의 역량에는 전혀 관심이 없는 것 같았다.

나는 벤이 어디서 뭘 하든 누가 신경을 쓰겠냐는 생각에 눈을 굴렸다. 그런데 에벌리는 데이비드에 대한 자기 얘기에 내 기분이 상했다고 오해한 모양이었다.

"그런 눈으로 보지 말아요!" 그녀가 웃음을 터트렸다. "내가 당신을 얼마나 질투하는데. 나도 당신을 좀 닮았으면 좋겠어요." 그녀는 두 팔로 내 목을 감싸안았다. "거칠 것 없는 나의 작은 고양이!"

"그만, 그만!" 나는 몸을 빼려고 안간힘을 썼다. 그녀는 내가 그렇게 끌어안기는 걸 얼마나 싫어하는지 잘 알고 있었다.

"나한테도 한두 가지쯤 배울 게 있을걸요. 애정 표현 같은 거!" 그녀는 내 뺨에 요란하게 입을 맞췄다. "서로 상부상조해야지요!" 그리고 소리쳤다. "우리를 서로 섞어 놓으면 완벽한 사람이 만들어질 텐데!"

나는 웃으며 그녀와 떨어졌다. "오늘의 상부상조는 여기까지면 충분해요." 나는 시계를 보았다. "어쨌거나 이제 가야 할 시간이에요. 30분 뒤에 리허설을 시작할 테니까."

"네!" 에벌리가 파란 눈을 반짝이며 대답했다. "자, 그러면 무대를 부수러 가 볼까요!"

무대 뒤편 분장실에서 초대 손님 명단을 살펴보았다. 애초에 사교적이지도 않은 성격이지만, 나는 뮤지션을 홍보하는 일이 내 성향과는 잘 어울리지 않는다는 사실을 번번이 깨달았다. 그날따라 주변에는 아무도 없었다. 나는 초대 손님들과 형식적인 인사를 나눈 뒤 눈을 내리깔고 할 일에만 열중했다. 물을 마시지도 않았다. 그러다 공연 시작 20분 전에 위층으로 올라가 카우치에서 빠르게 쪽잠을 자려고 누웠다. 좁은 분장실은 사람들로 가득했다. 명단을 옆에 던져 놓고 카우치 팔걸이에 머리를 기댔다. 오가는 대화 소리가 마치 자장가처럼 들렸다. 눈꺼풀이 점점 무거워졌다.

"안녕하세요?" 토니가 발끝으로 나를 쿡 찔렀다. 나를 늘 웃게 만드는 이 다정하고 재치 있는 밴드의 운전기사 겸 경호원을 보고 빙그레 웃었다. "곧 공연이 시작되는데 여기서 잠이나 자고 그럴 거예요?"

"말도 안 되죠." 에벌리가 내게 눈을 찡긋거리며 장난스럽게 말했다. "당신은 숨는 걸 좋아하니까. 부디 편히 잠드소서!"

갑자기 분장실 문이 활짝 열렸다. "나 왔어!" 나를 항상 불쾌하게 만드는 키 작은 남자가 나타났다. "드디어 공연 시작이다!" 데일은 벤의 동료였는데 정확히 무슨 일을 하는 사람인지 불분명했다. 로스앤젤레스 사람의 모든 진부한 모습을 다 담고 있는, 정말 구린 내 나기 짝이 없는 걸어 다니는 잡탕 냄비나 다름없었다. 나는 그런 인간을 상대해야 한다는 게 견딜 수 없을 정도로 곤혹스러웠다.

"늦어서 쏘리." 데일은 요란스럽게 코를 문지르며 말했다. "개같은 주차 자리를 찾는 데만 한 시간이 넘게 걸렸지 뭐야. 결국 웨더리 근처에 차를 두고 왔어."

"웨더리?" 데일의 말을 들은 벤이 꽥꽥거렸다. "그 근처는 모두 거주자 우선 주차구역이야. 단속에 걸리면 벌금 나올 텐데."

벤이 다시 나를 보며 징징거렸다. 이렇게 된 게 다 내 탓이라는 듯 짜증을 냈다. "패트릭, 데일에게 여기 주차권 한 장 얻어다 줄 수 있어요?"

"그럼요." 나는 자리에서 일어서며 말했다. "그냥 차 열쇠를 주세요. 알아서 처리할게. 차는 무슨 차에요?"

데일은 으쓱대는 듯한 눈빛으로 나를 보며 고개를 앞으로 기울였다. 번들거리는 'Z'가 새겨진 야구 모자가 눈에 들어왔다. 데일은 모자를 가리키며 눈썹을 치켜올렸고 내 대답을 기다렸다. 나는 무슨 말인지 모르겠다는 듯 고개를 저었다. "무슨 말이에요?"

"이거 몰라요?" 데일이 믿기지 않는다는 듯 말했다. "닛산 Z라고요." 닛산에서 생산하는 이 인승 스포츠카를 말하는 거였다.

"아, 그냥 빨리 패트릭에게 열쇠나 줘." 에벌리가 말했다. "우리도 네가 주차 벌금 내는 건 싫으니까."

데일은 그런 에벌리를 비웃으며 주머니에서 열쇠 뭉치를 꺼냈다. 커다란 은색 'Z' 장식이 달린 열쇠가 있었다. 데일은 싸구려 삼류 최면술사처럼 내 눈앞에서 열쇠고리를 흔들었다. 나는 웃음을 간신히 참으며 열쇠를 받기 위해 천천히 손을 내밀었다. 그런데 내 손이 닿기도 전에 데일은 열쇠를 치웠다. "꿈도 꾸지 말아, 아가씨."

그리고 옆에 있는 탁자 위에 열쇠를 던졌다. "내 차는 아무도 못 건드려. 술이나 한 잔 줘 봐요."

에벌리는 난감한 듯 소리쳤다. "데일, 패트릭은 웨이터가 아니야." 일말의 친절한 말투도 모두 달아나 있었다.

데일도 자신이 좀 지나쳤다는 걸 깨달은 듯 두 손으로 입을 가렸다. 그리고 짐짓 반성하는 척 미안한 눈을 했다. "아이고, 이런! 정말 미안해요!"

"괜찮아, 괜찮아." 이번에는 벤이 웅얼거렸다. "그게 저분 일이잖아."

"전 뭐가 됐든 괜찮아요." 내가 에벌리에게 말했다. 거짓말이 아니었다. 지금 당장 이곳을 나갈 수만 있다면 내게 무슨 짓을 해도 상관없었다.

그때 주머니 속 휴대전화가 울렸다. "잠깐만요. 데이비드 전화예요. 아마 밖에 와 있나 본데…… 마중하러 나가 봐야겠네요."

"데일에게 마실 거 한 잔 갖다주는 거 잊지 말아요!" 내 뒤에서 벤이 소리쳤다.

뒷계단을 따라 출입구로 곧장 달려갔다. 휴대폰이 계속 울렸다. "여보세요. 지금 가고 있어." 뭐라고 하는 데이비드의 목소리가 들렸지만 몰려 있는 사람들을 뚫고 지나가느라 무슨 말인지는 알아들을 수 없었다. "지금 막 문을 나왔어."

수많은 사람 사이에서 데이비드의 얼굴을 찾았지만, 어디에도 보이지 않았다. 이상한 일이라고 생각했다. 다시 휴대폰을 보니 문자가 와 있었다.

'갑자기 일이 생겼어. 정말 정말 미안해! 나중에 꼭 몇 배로 갚아줄게. 약속해. 오늘 잘해!!!!!!!'

나는 숨을 크게 들이켰다. 문자 자체는 별로 낯설지 않았다. 지난 몇 개월 동안 비슷한 내용의 문자를 수십 통은 받았으리라. 하지만 특별히 더 화가 치밀어 올랐다. 나는 전화기를 꽉 움켜쥐고 발길을 돌려 다시 공연장 안으로 향했다. 손가락 끝의 핏기가 사라져 허옇게 변했다.

공연이 끝난 후 에벌리를 축하해주기 위해 분장실로 돌아왔다. "정말 멋졌어요."

아직 흥분이 가시지 않은 듯 그녀의 얼굴도 붉게 달아올라 있었다. "뒤풀이를 진하게 해야겠는데요!" 그녀가 내 손을 꼭 잡았다. "우리 도리안네로 가요."

밴드 멤버인 도리안의 집은 걸어갈 수 있는 거리에 있었다. 평소 같으면 잠시라도 뒤풀이 장소에 머물렀겠지만, 그때는 집에 돌아가고 싶은 생각뿐이었다. 나는 고개를 숙이고 머리를 흔들었다. 실망감을 들키고 싶지 않았다. "실은 집에 가야 해서요."

에벌리가 씁쓸한 표정으로 나를 바라보았다. 그 이해심 어린 눈길이 내 마음을 꿰뚫고 들어오는 것 같았다. "데이비드가 안 온 거죠?"

"괜찮아요." 나는 딱 잘라서 말했다.

에벌리가 고개를 흔들었다. "기분 잡쳤네요. 제 말은, 저도 데이비드를 정말 좋아하는 거 알죠? 그렇지만 오늘 안 온 건, 아니 매번 이렇게 오지 않는 건 정말 너무하네." 그녀가 내 손을 잡았다. "같이 가요." 그녀가 간절하게 말했다. "가서 와인도 한잔하고, 밤하늘 보면서 같이 수영도 해요."

언덕 꼭대기에 있는 도리안의 집의 멋진 수영장을 떠올리자 저절로 웃음이 나왔다. "그러면 조금 있다 갈까 봐요." 나는 마음을 풀고 말했다.

에벌리 얼굴에도 웃음이 돌아왔다. "좋아요! 토니랑 같이 와요." 그녀는 내 뺨에 입을 맞췄다. "금방 준비하고 올게요. 데일은 벤이랑 함께 가라고 하지요, 뭐. 그러면 차 열쇠 좀 갖다줄래요?" 그녀가 화장실로 사라지며 부탁했다.

나는 두리번거리면서 아까 탁자 위에 던져 놓은 그 빌어먹을 열쇠를 찾았다. 그때 갑자기 어디선가 바람이 불어왔다. 분장실 한쪽 구석에 열려 있는 창문이 보였다. 그 지역에는 산타 아나라고 불리는 강하고 건조한 바람이 마치 기병대가 돌격해 오듯 들이닥치곤 했다. 좁은 창문 사이로 머리를 밀어 넣고 저 아래 골목에서 맹렬하게 휘몰아치는 산타 아나를 내려다보았다. 그리고 고개를 들어 관광 명소인 선셋 플라자 뒤편의 언덕들을 감탄스럽게 바라보았다. 바람은 군대처럼 가로막는 모든 것들을 다 쓸어 버리고 마치 할 일을 다 마치고 숨이라도 고르듯…… 그렇게 사라졌다. 나는 유리창에 머리를 기대고 고요함을 느꼈다. 바람은 곧 다시 돌아오겠지. 파도가 밀려왔다가 물러가듯. 바람도 잠시 숨을 죽이고 있을 뿐이지. 한줄기 시원한 바람이 뺨을 토닥였다. 나는 창문 밖으로 손을 내밀었고 날씨가 조금 쌀쌀해졌다는 사실을 깨달았다. 드디어 가을이 시작된 것이다.

"계절이란 참 마법 같아." 나는 빙그레 웃으며 중얼거렸다.

그때 번뜩이는 빛이 눈을 사로잡았다. 길에 고인 물웅덩이에 되비치는 달빛을 보기 위해 고개를 숙였다. 달을 내려다보는 게 좀 이상하다는 생각에 고개를 갸웃거렸다. 달 모양은 흔히 체셔의 달이라고 부르는, 지평선 위로 드러누운 초승달 모양이었다. 이른 오후에 낡은 집에서 본 달의 모습과 똑같았다. 데이비드의 문자를 떠올리자 나도 모르게 표정이 어두워졌다. 오늘 잘하라고? 씁쓸하게 문자를 곱씹었다. 대체 무슨 뜻일지. 고개를 흔들었다. 언제부터 데이비드가 나보고 잘해라 마라 말하게 되었을까. 언제부터 데이비드는 약속을 마음대로 어길 수 있게 된 거지? 왜 매일 멋대로 야근하는 걸까? 가정 문제는 왜 또 자기 마음대로 결정하고…… 왜 매일매일 '잘하기 위해' 그렇게까지 일에 몰두하는 걸까?

다시 바람이 울부짖었다. 일격이 지나가고 남은 혼란을 부러운 심정으로 응시하고 있는데 유쾌한 생각이 하나 떠올랐다. 차 열쇠를 바라보았다. 은빛의 Z 장식은 여전히 불쾌하기 짝이 없었지만, 무한한 가능성, 가령 내 남자친구에게 한 방 먹이고, 지금 내가 절실하게 필요로 하는, 완전히 머리를 비워 낼 기회를 암시하는 것 같았다.

"저기, 에벌리? 햄버거 가게에 좀 다녀올게요. 뭐 필요한 거 있어요?"

에벌리는 별로 생각하지 않고 바로 대답했다. "더블더블 치즈버거, 그리고 감자튀김 둘에 초콜릿 셰이크요."

"그러면 이따가 도리안네에서 봐요."

차가 있는 곳까지는 걸어서 1분밖에 걸리지 않았다. 열쇠를 손바닥 위에 올려놓고 길 아래쪽에 멈춰 서서 언덕을 바라보았다. 닛산 Z가 어떻게 생겼는지 전혀 몰랐기에 눈에 보이는 모든 차를 향해 경보 해제 장치를 하나씩 눌러 봤다.

"만나서 반갑다." 내가 속삭였다.

차 문을 열자 환영하듯 산들바람이 시원하게 스쳐 지나갔다. 운전석에 편안하게 앉아서 등과 머리를 기댔다. 언제나처럼 남의 차 안은 감압실처럼 느껴졌다. 무감각을 밀어내지 않고 가득 끌어안았다.

이상한 기분이었다. 차 안은 전혀 안전하지 않았다. 나는 불법적인 동시에 위험천만한 모험을 막 시작하고자 사서 재난을 불러들이고 있었다.

클레클리 박사 임상적 특징 목록 8번, "판단력이 부족하며 경험을 통해 학습하지 않음." 차에 앉아 생각해 보니 정말 맞는 말 같기도 했다.

탈취의 쾌감은 여느 때와 달랐다. 새로운 종류의 자유, 더 넓고 깊은 자기 인식 속에서 나는 확장되었다. 진화된 해방감이었다. 누군가의 비위를 맞추는 대신 자신을 이해하고 본능을 따르는 데서 오는 해방감이었다. 애써 진정하거나 끓어오르는 내면을 피하지 않았다. 나는 분명하게 내가 규칙을 위반하고 싶다는 사실을 인식했다. 아주 명징한 이유가 나를 행동하게 했다. 나는 반항하고 싶었다.

눈부시게 아름다웠던 시간에도 불구하고 데이비드와의 관계는 냉담해져 갔다. 사랑이 너무 과했던 것일까. 그가 품은 이상과 기대에 부응해야 한다는 부담이 나를 분노로 가득 채웠다. 단순한 분노가 아니라 어린 시절에 만들어진 날카로운 창과 같은 익숙한 분노였다. 내 성인기의 대부분은 그 창에 다친 상처를 외면하는 과정이었다.

데이비드가 이곳에 온 날부터 나는 자신을 억누르려고 노력해 왔다. 그가 원하는 착한 아이가 되려고 했다.

"착한 아이가 된다……." 나는 시동을 걸며 코웃음을 쳤다. "그러면 재미는 언제 볼 건데?"

차를 몰고 주차장을 빠져나와 속도를 높였다. 언덕길을 내려가자 차가 붕붕거리며 듣기 좋은 소리를 냈다. 내가 지금 뭘 하고 있는지 안다면 데이비드는 분명 이렇게 말했으리라.

'소용없는 짓이야.'

그런데 정말 그랬다. 도로를 내 것처럼 마음껏 질주했지만, 이전과 같은 쾌감은 느낄 수 없었다. 데이비드가 옳았다. 소용없는 짓이었다. 하지만 이제 더는 견딜 수 없었다.

제19장
익명의 협박

몇 주 뒤, 사무실에서 일하는데 이메일이 한 통 왔다는 알림이 모니터에 떴다. 내용은 다음과 같았다.

패트릭에게,

우리가 실제로는 한 번도 만나지 못해서 아쉽지만 당신 아버지에게 얘기는 많이 들었지. 내가 누굴까. 나는 근무 시간 이후에 사무실을 찾아가는 네 아버지의 여러 '여자들' 중 하나야. 그와 '좋은 시간'을 보내는 사람이지. 그런데 내게는 네 아버지와 다른 여자들이 함께 찍힌 사진이 있어. 사진이 공개되면 네 아버지는 물론 네 경력도 그걸로 끝장나지 않을까? 그는 나를 연예인으로 만들어 주겠다고 약속했는데 딱히 지켜지지는 않은 것 같아. 그러니 내 요구를 좀 들어줘야겠어. 5만 달러를 현금으로 준비해서 베스트 웨스턴 호텔 옆에 있는 할리데이 모텔로 가져와. 내가 현금을 확인하고 사진이 든 봉투를 그리로 보낼 거야.

경찰은 물론 누구에게라도 말하면 널 가만두지 않을 거야. 나는 네가 어디 사는지도 알아. 너를 찾아가 그 예쁘장한 얼굴에 멋진 상처를 남겨 주지. 네 남자친구도 얼굴이 망측한 여자친구는 질색할 것 같지 않아? 그러니 잘 생각해서 결정해!!!!!!

눈을 가늘게 뜨고 화면을 바라보았다. 익명이었지만 발신자가 누구인지 짐작이 됐다. 지니 크루시가 보낸 건 아닐까? 지니는 올리버라는 뛰어난 재능을 지닌 뮤지션의 어머니였지만 평판이 여간 나쁘지 않았다. 올리버의 매니징 팀에서 일하면서 그녀의 눈살 찌푸려지는 행동을 직접 목격하기도 했다. 한마디로 그녀는 '계약상 권리'를 마음 내키는 대로 해석하는 사람이었다.

그녀가 생각하기에 자기 아들이 성공해서 벌어들이는 돈은 마땅히 모두 자기 몫이 되어야 했다. 연예인 뒤에 있는 대부분의 열성 엄마들처럼 지니 역시 불로소득을 탐욕적으로 갈망했다. 게다가 자식 하나만으로는 성에 차지 않는지 최근에는 막내아들 리암까지 연예인으로 만들려 한다는 소문이 돌았다. 올리버와는 다르게 리암에게는 아무런 재능이 없었는데도 아빠를 찾아와 리암도 올리버처럼 만들어 달라고 사정했다.

어찌어찌 계약을 맺은 아빠는 발성과 악기부터 연기와 스타일 연출에 이르기까지 개인 트레이너를 붙여 줬다. 또 제작자로서 할 수 있는 최선을 다해 도움을 주려 했다. 하지만 리암은 끝내 깊은 인상을 남기지 못했다. 분명 목소리는 감미롭고 노래 실력도 더할 나위 없었지만, 문제는 의욕이었다. 리암은 가수에 뜻이 없었고, 몇 개월에 걸친 레이블들과의 실랑이 끝에 결국 아빠는 나쁜 소식을 전할 수밖에 없었다.

"유감스럽게 되었습니다." 아빠는 지니와 리암을 찾아가 말했다. "가수로 키워 보려고 최선을 다했지만, 지금으로선 어렵군요. 몇 년 뒤를 기약하는 게 어떨지." 속뜻은 분명했다. 리암은 형 올리버처럼 될 수 없었다. 적어도 그럴 가능성이 지금은 보이지 않았다. 계약은 해지되었다. 그런데 그때부터 지니 크루시의 횡포가 시작됐다.

협박 전화가 걸려 왔다. 지니는 시간을 가리지 않고 마구 사무실로 전화를 해댔다. 분노를 표출하는 방법도 각양각색이었다. 항상 아빠를 먼저 찾았지만, 아빠가 없을 때는 기꺼이 나를 공격 대상으로 삼아 분풀이해댔다.

"아가씨, 내 말 좀 들어 봐. 너희 부녀는 내게 빚이 졌어. 나는 리암을 뒷바라지하려고 다니던 직장까지 그만뒀다고. 그러니 네 아빠한테 선금이든 계약금이든 돈을 좀 융통해 달라고 말해 봐."

나는 그럴 때마다 다 알겠다는 듯, 무심하게 대응했다. 아주 차분한 말투로 "잘 알겠습니다. 대표님께서 돌아오시면 바로 보고하겠습니다."라고 말하곤 했다. 전화를 끊은 뒤에는 다 잊어버렸다. 그리고 몇 주가 조금 지나면 전화로 협박하는 건 아무 소용이 없다는 걸 깨닫고는 직접 사무실로 찾아왔다. 요구 금액도 상승했다. 그녀의 돌발행동이 당혹스럽기는 했지만, 딱히 위협으로 느껴지지는 않았다. 다만 시간이 지날수록 점점 더 성가셔졌다. 일주일에 몇 번씩이나 사무실로 찾아와 직원을 붙잡고 겁박했다. "내가 지금 장난하는 것처럼 보여?"

마침내 야구 방망이까지 휘두르는 극적인 사건이 일어난 후 아빠는 더는 참지 않고 변호사를 동원해 법적 조치를 취할 수도 있다고 경고했다. 이후 그녀는 자취를 감췄다.

이메일을 다시 읽어 보니 그녀가 자판을 두드리며 뿜어냈을 그 지독한 입냄새가 느껴지는 듯했다. 지니가 범인이 틀림없다고 생각했지만, 확실히 하기 위해 전문가의 도움을 받기로 했다.

가끔 아빠 일을 돕는 사립 탐정 앤서니 토니 파센티에게 연락했다. 연예인 전문 탐정으로 잘 알려진 토니의 조사 방식이 항상 합법적이라고는 할 수 없었다. 하지만 일 처리만큼은 확실했다. 그래서 몇 주 뒤 그에게 답변이 왔을 때 바로 그의 사무소로 달려갔다.

"지니 크루시가 맞는 것 같아. 그 여자 집을 찾아가 봤지." 토니는 지니가 컴퓨터 자판을 두드리는 모습을 담은 흑백 사진 한 장을 내밀었다. "이메일이 계속 오지? 지난밤에도 한 통 오지 않았나?"

실제로 그랬다. 첫 번째 이메일에 아무런 답장을 보내지 않았기 때문에 계속 이메일이 왔고 협박 내용이나 강도도 더 심각해졌다. "맞아요." 나는 노트북을 꺼내며 말했다. 확인해 보니 저녁 8시쯤 온 걸로 되어 있었다.

토니는 고개를 끄덕였다. "현행범이나 마찬가지군. 이게 발신자의 IP 주소지?" 그가 화면 숫자를 가리켰다. "그리고 이건 지니 크루시의 집 IP 주소고. 두 주소가 똑같잖아." 그는 IP를 적어 둔 수첩도 보여 주었다. "사진이 찍힌 시간을 좀 봐. 7시 40분이지. 아마 그때 이메일을 쓰고 있었을 거야."

사진을 자세히 들여다보았다. 그녀의 절박한 표정에 나도 모르게 슬며시 웃음이 나왔다. "고마워요, 토니. 딱 필요한 정보였어요."

지니 크루시는 한적한 로스앤젤레스 교외에 있는 낡은 주택단지에 살고 있었다. 나는 몇 차례 그녀의 집으로 모험을 떠났다. 그녀가 처음 우리 사무실을 찾아왔을 때처럼 나도 악의는 없었다. 초반에는 그저 집 앞에 차를 세우고 앉아 있기만 했다. 남몰래 찾아왔다는 만족감이 나를 가득 채웠다. 예전에 몰래 집을 빠져나와 창문으로 이웃들의 밤 생활을 훔쳐보던 기분과 여러모로 비슷했다. 물론 지니는 이웃이 아니었고, 나도 예전과 같은 평범한 관찰자가 아니었다. 나는 나쁜 짓에 대한 갈증을 느꼈다. 그런 욕망을 자제하고 싶은지도 확신할 수 없었다. 그런 기분이 좋았다.

거의 한 달이라는 시간을 그렇게 보냈다. 데이비드는 새로운 프로젝트를 맡아 자정이 넘어서야 집으로 돌아왔다. 덕분에 나는 그가 눈치채지 못하게 계속 지니의 집을 찾아갈 수 있었다. 나는 선을 넘지 않으려고 애썼으나, 갈증의 강도는 저항할 수 없을 만큼 커졌다. 그래서 어쩔 수 없이 걸음을 더 내딛게 됐다.

어느 날 밤, '방문자 전용'이라고 표시된 곳에 차를 세워 두고 지니의 집으로 걸어갔다. 근처의 시설들은 분명 행정 당국의 관리가 필요해 보였다. 하지만 등이 나간 가로등과 좁디좁은 인도 덕분에 내 모습은 눈에 거의 띄지 않았다. 높다란 나무 울타리를 손가락으로 쓸다가 틈 사이로 안쪽을 들여다보았다. 마당은 텅 비어 있었고 거실을 뺀 사방이 어두웠다.

나는 울타리 위에 몸을 걸쳤다가 부자연스러운 소리와 함께 안쪽으로 떨어졌다. 거실 쪽에 미닫이 유리문은 집이 넓어 보이는 동시에 내부가 훤히 다 보이게 했다. 울타리를 보호막이라고 생각하는지 창문에 달린 싸구려 블라인드도 내리지 않았다. 자신의 생활을 몰래 엿볼 사람은 없다는 듯 살고 있었지만 이렇게 내가 찾아올 줄 누가 알았으랴. 여러모로 그날은 일을 벌이기에 완벽한 타이밍이었다.

그 무렵 일들이 유난히 잘 풀리지 않았다. 지니의 협박도 협박이거니와, 데이비드와의 관계도 문제였다. 데일의 닛산 Z를 즐겁게 몰고 돌아다녔다는 고백을 그가 달갑지 않게 여겼을 때, 나는 또다시 모든 걸 시시콜콜 알리는 게 좋은 생각인지 의심했다.

"염병할, 또 차를 훔쳐 탔다고?" 데이비드는 믿을 수 없다는 듯 굴었다. "도대체 왜?"

그는 자리를 박차고 일어섰고 그의 손에는 자유의 여신상 열쇠고리가 최면술사의 도구처럼 흔들거렸다. 나는 우리가 최면에 걸린 듯 그대로 잠들기를 바라며 열쇠고리를 뚫어져라 바라봤다.

나는 어깨를 으쓱했다. "그냥 그러고 싶었어."

그가 나를 노려보았다. "하지만 너도 그게 잘못된 행동이라는 걸 알고 있었잖아."

"알고 있었지. 하지만 그건 나를 멈출 이유가 안 돼. 알잖아. 규칙을 따른답시고 늘 올바른 선택을 해서 내가 얻는 게 뭐지? 아무것도 없어. 아무것도."

에벌리가 우리의 우정을 '상부상조'라고 묘사한 이후부터 계속 그렇게 생각했다. 에벌리가 나의 어두운 면을 쉽게 받아들인 것처럼 나 역시 그녀의 밝은 면에 도움을 받았다. 그게 바로 심리적 상부상조였다. 우리는 서로를 돕고 지지했다. 에벌리와의 우정이 공평한 주고받기를 바탕으로 하고 있었다면 데이비드와의 관계는 그렇지 못했다.

"그게 무슨 빌어먹을 소리야?" 그가 흥분했다.

"너는 네가 얼마나 내게 자주 도움을 받는지 모를 거야. 너는 내 관점이 적당히 도움이 되면 다 괜찮다고 넘어가곤 하지. 하지만 나는 네가 그런다고 신경 안 써! 네가 그런 식으로 너 자신의 새로운 모습을 발견해 나가는 게 좋으니까. 네가 내 영향을 받는 게 좋다고. 그런데 너는 전혀 그런 것 같지 않아. 나는 너의 좋은 짝이 되기 위해 필사적으로 최선을 다했어. 너를 이해하려고 최선을 다했다고. 근데 너는 너를 내게 보여 주지도 않을뿐더러 나보고는 제대로 살아야 한다고 하면서 필요하면 내 소시오패스 성향에 의지하잖아. 하, 못 해 먹겠네."

"패트릭, 나는 너처럼 차를 훔치지는 않아."

"오, 나도 어제까지는 그런 사람이 아니었어. 하지만 너한테, 너한테 반항하고 싶어서 그렇게 했어. 그러면 넌 화를 내고 우리는 싸우게 되겠지……. 어떤 식으로든 이제 결판을 지어야 할 것 같았어."

"그래서 내가 잘못했다는 말이야?!"

나는 주먹을 꽉 쥐고 눈을 감았다. 뒷마당으로 향하는 문이 열려 있었고 이웃집 굴뚝에서는 장작 태우는 냄새가 흘러들었다. 세상에, 스테레오 스피커에서 흘러나오는 재즈를 들으며 손에는 와인 한 잔을 들고 저렇게 난로에 불을 피울 수 있다면 얼마나 좋을까. 그리고 창가에 앉아 행복한 기분으로 데이비드가 퇴근하기만을 기다릴 수 있다면. 하지만 나는 내 집에서조차 편히 쉴 수 없는, 시궁창에 빠진 듯한 기분이었다. 지금 나는 데이비드를 흠씬 혼내주고 싶다는 충동과 갈등했다.

"아니." 나는 침착하게 대답했다. "그렇지만 우리 관계의 균형이 깨졌다는 생각이 들어." 그의 손에 들려 있는 자유의 여신상을 가리켰다. "우선, 그건 이제 좋은 방법이 아닌 것 같아."

그는 자신도 모르게 열쇠고리를 움켜쥐었다. "뭐가? 왜?"

"멍청한 짓이니까! 내가 왜 너한테 모든 걸 다 고백해야 하지? 너는 내 남자친구지 고해성사를 들어주는 신부님이 아니잖아." 그의 손을 잡았다. "너는 그냥 내가 사랑하는 사람이야. 내가 너를 받아들이는 것처럼 너도 나를 있는 그대로 받아들여 주었으면 좋겠어. 우리는 동반자가 되어야 해. 서로가 동등한."

데이비드는 혼란스러운 듯했지만, 그가 노력하고 있다는 걸 알았다. "나도 그렇게 하고 싶어."

우리는 다시 뜻을 하나로 모았다. 서로를 지지하기 위해 최선을 다하겠다, 그리고 더 열심히 소통하겠다……. 하지만 변한 건 없는 것 같았다. 데이비드는 일에 더 몰두했다. 나는 결국 분노보다는 큰 실망감과 마주해야 했다. 물론 내게도 책임이 있었다. 나와 관계를 맺는 일은 산책처럼 쉬운 일이 아니었으니까. 하지만 데이비드가 나를 자기 이익을 위해 이용하는 건 다른 문제였다. 그는 소시오패스인 나의 관점에 말미암아 자기 행동을 합리화했다. 그는 나를 앞세워 자기 결함을 감췄다. 나는 마치 단두대에 서서 칼날이 떨어지기를 기다리는 것처럼 무기력했다.

더는 개선될 여지가 없었다. 막다른 길에 선 느낌이었다. 유일한 피난처였던 집은 이제 가장 꺼리는 곳이 되었다. 집에 있으면 행복했던 과거의 시간만 떠올랐다. 나는 손가락 사이로 점점 빠져나가는 듯한 '평범한 삶'의 추억에 사로잡혀 있었다. 그래서 집에 있는 게 짜증 났다. 결국 폐소공포증 증세까지 나타나면서 나는 지니의 집 앞을 더 자주 찾게 되었다. 점점 불안해져 가는 내게 완벽한 곳이었다. 만약 데이비드가 더는 나를 있는 그대로 수용해 줄 생각이 없다면 나도 그를 이해하고 존중할 필요가 없다고 생각했다. 한편으로는 그런 생각을 하고 나서야 나는 스스로를 온전히 받아들일 수 있었다. 동물원을 탈출한 호랑이가 된 것 같았다. 얼마나 굶주렸는지와는 별개로, 드디어 나만의 사냥을 할 수 있다는 사실에 흥분됐다. 그런데 보아하니 우리를 빠져나온 호랑이가 한 마리 더 있는 것 같았다.

최근 몇 주 동안 지니는 필사적으로 돈을 갈취하려 시도했다. 이메일을 꾸준히 보내다가 답장하지 않으니 전화로 협박하기 시작했다. 밤낮을 가리지 않고 휴대폰에 알 수 없는 발신자의 문자가 떴다. 상식 밖의 내용을 담은 음성 녹음은 점점 늘어났다. 누가 봐도 그녀의 짓이 분명했다. 계속되는 협박은 내 어두운 면이 먹어치울 수 있는 먹이, 아무런 위험부담이 없는, 심연에서 온 선물이나 마찬가지였다. 그녀가 그 어떤 기괴한 방식으로 협박한다 해도 내 무감각의 체급과는 상대가 되지 못했다. 오히려 익명의 이메일이며 신원미상의 전화는 내가 적극적으로 반응하도록 자극했다. 그중 아빠의 평판에 흠집을 내려는 시도도 있었다. 그런데 사실 나는 그에 대해 어떻게 대처해야 할지 오리무중이었다.

아빠가 바람둥이라는 소문은 익히 들어 알고 있었지만 한 번도 신경 쓴 적은 없었다. 물론 그의 바람기가 엄마에게 미친 영향을 생각한다면 나도 마땅히 화내야 했을지도 모른다. 게다가 그는 다른 비슷한 부류의 남자들처럼 자신의 행동을 기가 막히게 합리화했다. "난 태생이 자유로운 영혼이라서. 예술가들은 다 그렇잖니."

늘 무심한 나조차도 아빠의 사생활에 문제가 있다는 걸 인정했다. 다들 하는 식의 비판은 아니었다. 단지 상황이 올바르지 않다는 미묘한 인식 정도였다. 완성된 퍼즐에서 조각이 딱 하나 빠진 것처럼 찜찜한 기분이었다. 한 번은 아빠와 저녁을 먹는데 우리 사이를 오해한 어떤 여자가 화장실까지 나를 따라와 "조심해."라고 경고한 적이 있었다. 다락방을 청소하다가 아빠가 젊은 여자들과 찍은 사진을 수십 장 발견하기도 했다. 여자들의 노출 정도가 참 다양했다.

내가 정말 곤란했던 지점이 바로 여기 있었다. 많은 성공적인 협박이나 사기가 그렇듯, 지니의 정보들은 신빙성이 있었다. 나는 아빠가 종종 사무실에서 늦게까지 일한다는 사실을 알았고 자정 이후까지 사무실에 있는 걸 직접 본 적도 여러 번 있었다. 또 지니가 확보했다는 사진도 내가 다락방에서 발견한 사진들과도 비슷한 것 같았다. 그런데 문제는 내 윤리 감각에 있었다. 지니는 아빠가 불법을 저질렀다고 겁박했던 적이 없다. 그저 자기 아들을 성공한 연예인으로 만들어 주지 않았다는 게 유일한 불만이었다. 확보했다고 주장하는 사진 역시 고발이나 신고가 아니라 협박을 위한 수단일 뿐이었다. 아빠가 '즐거운 사생활'을 위해 업무 시간 외에 사무실을 좀 드나든 게 무슨 문제가 되는가?

내게는 남의 행동에 도덕적 잣대를 들이대서 좋고 나쁨을 판단할 능력이 없었다. 이는 칼린 박사와의 첫 상담에서도 확인한 특성이었다.

"당신은 행동 병리적 현상에 대단히 수용적이에요." 칼린 박사가 말했다.

그게 무슨 의미인지 묻자 그녀는 이렇게 설명했다. "두려움에 대한 한계치가 높다고나 할까요. 남들이 보통 위험하거나 문제가 있다고 인식하는 사람이나 상황을 당신이 똑같이 받아들이지는 않는다는 말입니다. 당신은 잠재적으로 위협이 될 만한 상황도 그렇지 않다고 인식하는 왜곡된 판단력을 가지고 있어요. 소시오패스들에게는 꽤 흔한 모습이지요." 새끼 고양이를 가지고 어린 나와 동생을 꾀어냈던 남자가 기억이 났다.

내가 또 뭔가를 잘못 판단하고 있는 걸까? 우리 아빠가 사회적으로 용납하기 힘든 행실을 일삼는 걸까? 내가 소시오패스라서, 판단력이 왜곡되어 있어서 보통의 사람들은 볼 수 있는, '위험하거나 문제가 될 만한 상황'을 또다시 제대로 보지 못하는 것일까?

경찰에 연락할 수도 있었다. 아니, 제대로 정신이 박힌 사람이라면 다 그렇게 하리라. 그렇지만 나는 이 문제를 경찰은 물론이거니와…… 누구에게도 말하고 싶지 않았다.

문제를 공론화하면 겨우 찾아낸 배출구가 사라지고 만다. 그러기엔 아직 마음의 준비가 되지 않았다. 지니를 직접 상대하는 게 정말로 즐겁기에 경찰의 힘을 빌리고 싶지 않았다. 나는 야생의 호랑이였고, 다시 우리로 돌아가기 전까지 최대한의 자유를 누리고 싶었다.

평일 밤이었다. 지니의 집 뒷마당에서 창문 안쪽을 지켜보았다. 그날은 특히나 기분이 좋았다. 집에 놀러 온 할로위, 에벌리와 오후 내내 멀홀랜드 드라이브에 있는 그 집에서 시간을 보냈다. 그곳은 내가 집에서 느끼는 좌절감을 잠시나마 풀어 주는 휴식처 역할을 했다.

지니의 집에 온 것은 즉흥적 결정이었다. 저녁 식사 이후 할로위를 아빠의 집에 데려다주고 돌아가던 중이었다. 집, 텅 빈 집. 데이비드가 집에 돌아오려면 몇 시간 이상을 더 기다려야 했고 그 사실을 깨달은 순간 귀가하고픈 기분이 싹 사라졌다.

오랜만에 편안했다. 우울함은 사라지고 장난기가 발동했다. 나는 지니의 집을 다녀와야 하루를 완벽하게 마무리할 수 있으리라 생각하며 고속도로를 달렸다. 작은 마당에 드리운 어두운 그림자가 따뜻한 목욕물처럼 나를 감싸주었다. 지니가 거실을 왔다 갔다 하는 동안 나는 마당 한쪽 구석에 있는 커다란 나무 뒤에 몸을 숨기고 서 있었다. 밤공기가 무척이나 상쾌했다. 그런데 가만히 보니 그녀는 불안해 보였다.

아빠의 집에서는 먼 길을 돌아와야 했지만, 기분이 좋지 않은 지니를 본 건 뜻밖의 수확이었다. 나는 그녀가 화내는 게 좋았다. 비록 내가 직접적인 원인 제공자는 아니더라도 지니가 비참하게 전락하기를 바랐다. 그런데 그것도 한 30분 정도 지나니 지루해지기 시작했다. 막 자리를 떠나려는데 휴대폰이 울렸다.

"알 수 없는 발신자"

상황이 믿기지 않아 지니를 확인하려고 고개를 들었다. 그녀는 전화기를 귀에 대고 창문 앞에 서 있었다. 흥분을 가라앉히기 위해 한 손으로 입을 틀어막고 전화를 받았다.

"여보세요?" 일부러 부드러운 남부 억양을 섞어 전화를 받았다.

그런 식으로 억양을 바꿔 전화를 받으면 지니는 잠깐 당황하며 평정심을 무너트렸다. 여지없이 열받은 듯했다. 그녀는 전화를 제대로 걸었는지 다시 확인하며 당혹스러운 표정을 지었다.

"여보세요?" 이번에는 완전히 경계하는 목소리로 바꿔 말해 봤다.

"아, 전화 받는 분이 할로위?"

동생의 이름이 나오자 얼굴에서 핏기가 가실 정도로 놀랐다.

"여기 놀러 왔다면서? 그러면 언니에게 내 말을 좀 전해 줘." 목소리에서 적대감과 악의가 묻어났다. "이제 내게 빚을 갚아야 한다고 말야. 안 그러면 내가 애꿎은 할로위 당신을 찾아가서 보복할 수도 있어요. 비행기를 타고 플로리다까지 가는 한이 있더라도요."

전화를 끊었다. 지니는 수화기를 의기양양하게 바라보다가 내려놨다. 오랫동안 잊고 있던 기억이 의식 속에서 떠오른 순간 몸의 모든 근육이 한순간 딱딱하게 굳었다.

미시시피의 할아버지 농장에는 말을 키우는 마구간이 있었고 어린 시절의 할로위와 나는 그곳에서 노는 걸 좋아했다. 할아버지 농장에는 온순해서 쉽게 올라탈 수 있는 말도 있었지만 그렇지 않은 말도 있었다. 샬롯은 헝클어진 갈기를 길게 늘어트린 거대한 덩치의 암말로 성질이 고약했다. 고집도 세고 도무지 사람 말을 듣지 않기로 악명이 높았기 때문에 어린 우리 자매가 있을 때는 결코 마구간 밖으로 나오지 못했다. 나는 샬롯이 마치 항의라도 하듯 냈던 소리를 잊지 못한다. 자기만 남겨 두고 목초지로 나가는 다른 말들을 본 샬롯은 마구간 문을 거세게 걷어찼다.

"샬롯!" 그러면 할아버지는 이렇게 소리쳤다. "가만있어!" 그런 다음 할아버지는 우리에게 이렇게 속삭였다. "그냥 무시해라." 하지만 쉽게 무시할 수 없었다. 샬롯은 발길질을 멈추지 않았고 항의는 강력하면서도 리드미컬했다. 마구간 벽 널빤지가 흔들릴 정도였다. 쾅, 쾅.

샬럿이 자기 의지를 내보이듯 검은 눈동자로 나를 냉정하게 응시하던 모습을 기억한다. 쾅, 쾅, 쾅. 하지만 마구간 밖에 선, 키 작은 내게 보이는 샬럿의 몸통은 전혀 움직이는 것 같지 않았다. 몸통에는 아무런 영향을 주지 않으면서도 힘찬 발길질로 절제된 항의를 계속하는 모습이 지극히 금욕적이면서도 질서정연해 보였다.

휴대폰을 손에 쥔 나는 내 마음 깊은 곳에서도 뭔가 끓어오르고 있다는 사실을 깨달았다. 몇 년 동안의 훈련과 절제, 상담을 통해 발견한 희망 아래 깊이 묻어 두었던 것이 샬롯의 발길질처럼 쾅, 쾅, 쾅 터져 나오기 시작했다.

문이 열리는 소리를 듣고 정신을 차렸다. 지니는 담뱃불을 붙이고 문밖으로 걸어 나왔다. 내가 숨어서 자기를 훔쳐보는 마당을 골초인 그녀가 담배를 태우며 돌아다니는 이 인지적 불균형이 좋았다. 완전히 투명인간에 가까워지는 느낌이었다. 심지어 가끔 내가 있는 곳으로 시선을 옮겼다가도 내가 있을 거라고는 상상도 못 하는 그녀의 모습은 나를 흥분시켰다. 그런데 그날 밤은 뭔가 달랐다. 지니는 지극히 만족스러운 표정으로 담배 연기를 빨아들였다. 그

표정에는 어떤 동요나 혼란도 느껴지지 않았다. 들뜬 것 같기도 했는데, 그 이유를 짐작할 수 있었다.

'내 동생을 협박해서 기분이 째지는구먼, 망할 년.'

지니는 담배꽁초를 자기 옆에 있는 화분에 던졌다. 그러더니 전에는 한 번도 안 하던 짓을 시작했다. 하릴없이 어슬렁거리다가 한 걸음 한 걸음 내가 뒤에 숨어서 지켜보고 있는 나무 쪽으로 점점 더 가까이 다가오기 시작했다.

아무것도 알아차리지 못한 그녀로부터 불과 몇 걸음 떨어진 곳에서 내 어두운 면과 그보다 아주 조금 더 주도권을 가진 내 자제력이 지극히 소시오패스적인 내적 갈등을 벌이고 있었다. 일촉즉발의 상황이 되자 만족감은 급격히 증폭됐다. 맙소사, 나는 그런 방식으로 느껴지는 감정이 좋았다. 내가 가진 힘, 과감함, 공허감, 수용력 등이 모두 하나로 합쳐졌다. '저 년은 무슨 일이 일어나고 있는지 꿈에도 모르지.' 저절로 웃음이 나왔다.

내가 이제 뭘 해야 할지 고민하는 동안 온몸의 근육은 혹시 있을지 모를 상황을 대비했다. 지니와의 거리는 이제 1미터 정도에 불과했다. 내게 필요한 건 딱 한 걸음이었다. 그녀가 한 걸음만 더 움직여 주면 내 안의 어두운 면이 주도권을 잡을 것 같았다. 그러면 별다른 힘을 들이지 않고도 그 친구가 다 해 줄 것 같았다. 그 도취와 해방의 순간을 더는 기다리기 힘들었다.

순간 지니가 멈췄다. 영원히 그 자리에 굳은 듯하다가 내가 숨어 있는 나무를 향해 다시 걸음을 디뎠다. 나는 움직일 준비를 하며 천천히 숨을 들이켰다. 그때 현관에서 문이 닫히는 큰 소리가 났다. 우리는 동시에 그쪽을 바라보았다. "누구세요?" 지니가 소리쳤다.

대답이 없었다. 우리는 가만히 서서 거실 쪽을 응시했다. 어린 남자아이가 모습을 드러냈다.

"엄마!" 리암이 말했다. 지니가 테라스 쪽으로 돌아가는 동안 리암은 거실 쪽에 가만히 서 있었다.

"영화는 잘 봤니?" 그녀가 물었다.

아이는 어깨를 으쓱했다. "바보 같은 내용이었어요."

"배고프지?" 그녀는 아들을 끌어안고 뺨에 입을 맞췄다. "피자 시켜 먹을까?"

리암이 웃었다. "치즈 추가?"

그녀는 고개를 끄덕였다. "마음대로."

지니는 아들을 팔로 감싸안고 집으로 들어갔다. 나는 내 어두운 면이 그림자 속으로 움츠러드는 걸 느꼈다. 그리고 잠시 얼어붙은 듯 움직이지 못했다. 혼란한 마음으로 모자의 모습을 지켜봤다. 그들은 텔레비전을 켜고 야식을 위해 탁자를 치웠다.

지니의 또 다른 면을 목격하고 마음이 복잡해졌다. 어쩌면 나는 거기서 밤새 머물러 있게 될지도 몰랐다. 그런데 순간 그녀가 지금까지 한 번도 한 적 없는 일을 했다. 창가로 다가오더니 블라인드를 친 것이다. 나는 마치 극장에 너무 오래 앉아 있었던 사람처럼, 마당 한쪽 구석에 어색하게 서서 블라인드가 천천히 주변에 어둠을 몰아넣는 모습을 지켜보았다.

제20장
맥스

상황이 좋지 않았다. 생활은 엉망이 되었다. 내가 벌이는 은밀한 활동 역시 정말 도움이 되는지 의심스러웠다. 급기야 정신병원 입원까지 진지하게 고민하기 시작했다.

칼린 박사를 마지막으로 본 지도 몇 주가 지난 상태였다. 직장과 학교, 지니의 집을 오가면서 밥 먹을 시간도 내지 못할 정도로 바빴다. 상담 치료를 받기 위해 그 먼 곳까지 왔다 갔다 할 시간은 더더군다나 없었다. 하지만 사실 시간은 핑계였다. 소시오패스적 본능이 다시 고개를 치켜들면서 나를 보호하기 위해 칼린 박사와 거리를 두게 됐다. 내가 타라소프 규정을 들먹일 수 있는 영역을 넘나들었다는 건 결국 칼린 박사와 관계를 지속할 수 없다는 사실을 의미했다.

나는 이제 정말 혼자 남겨졌다.

내 손가락이 컴퓨터 키보드 위에서 날카롭게 딸깍거리는 소리를 만들었다. 지니의 집에 다녀온 다음 날 아침, 일은 제쳐두고 근처의 정신병원을 검색했다. 몹시 불안했다. 아직 누가 다치지는 않았지만, 이제 통제가 가능한지도 의심스러웠다. 내 행동이 제어할 수 있는 일탈에서 언제든 잔혹한 참사로 나아갈 수 있다는 사실을 깨닫고 크게 당황했다. 그리고 날이 밝자 결심했다. 나에게는 전문가의 도움이 필요했다. 도움을 얻기 위해 무엇이든 할 생각이었다.

"거식증." 화면에 떠오른 글자를 읽었다. "조현병, 조울증, 우울증······." 캘리포니아 북부에 있는 유명한 재활 기관에서 다루는 질병 목록이었다. 나는 목록을 계속 살펴보며 얼굴을 찡그렸다.

"시발······." 목록에 소시오패스가 없다는 사실에 실망하며 중얼거렸다. 현실도 사전과 다를 바 없었다.

수십 개에 달하는 병원과 재활 기관을 일일이 확인하며 몇 시간째 전문적인 도움을 받을 방법을 모색했지만 적절한 선택지가 하나도 없었다. 혹시나 하는 마음에 전화도 해 봤지만 역시 누구도 제대로 된 안내를 해 주지 않았다. 어떤 여자는 병원에서는 소시오패스 치료가 그렇게 중요하거나 심각하게 다뤄지지는 않는다고 설명하기도 했다. 그런데 조현병 치료는 놀랄 만큼 인기가 있다고 했다.

"혹시 머릿속에서 목소리가 들리거나 하지는 않나요?" 여자가 물었지만 나는 제대로 생각하지도 않고 그냥 아니라고 대꾸했다.

클레클리 박사 목록 2번 "망상을 비롯한 기타 비합리적 사고의 징후가 보이지 않음" 심리학자들이 이론적으로 정리한 소시오패스는 조현병 환자들이 겪는 징후와는 상관이 없었다. 연구에 따르면 소시오패스는 논리적 추론을 할 수 있으며 반사회적 행동의 상당 부분을 스스로 통제할 수 있다. 소시오패스는 망상 속 목소리의 강요가 아니라, 자신의 의지로 폭력적인 행동을 일삼는다.

그때 내선 전화로 비서에게 연락이 왔다. "대표님께서 부르세요."

나는 깊게 한숨을 쉬고는 자리에서 일어났다.

복도를 따라 걸어가면서 내게 조현병이라도 있다고 해야 하는 건 아닐까 생각했다. 머릿속에서 목소리가 들리는 것도 사실 아닌가. 그게 내 목소리이긴 하지만 말이다. 물론 그 목소리가 지니 크루시에게 끔찍한 일을 저지르라고 부추겼다.

"어서 와라." 아빠가 나를 맞아주었다. "허드슨 데모 확인해 봐." 허드슨 데모란 우리가 기획한 아티스트의 데모곡을 담은 샘플이었다. 아빠는 할리우드의 한 녹음실에서 녹음과 제작 막바지 단계에 들어간 그 샘플을 몇 주째 기다리고 있었다.

나는 입원을 위해 조현병이 있다는 인상을 확실하게 주려면 뭘 어떻게 해야 할지 계속 생각하는 중이었기 때문에 그가 하는 말을 잘 듣지 못했다.

아빠가 다시 불렀다. "지금 내 말 듣고 있니?"

"아, 네. 죄송해요. 잠깐 다른 생각 하느라. 그래서 녹음은 마무리 된 건가요?"

"아직 안 끝났어." 그가 날카롭게 말했다. "하지만 이게 마무리 되어야 본격적으로 다른 작업에 들어가지. 다음 주에 다른 세 군데 레이블과 접촉해 볼 생각이다. 그러니까 네가 녹음실에 가서 작업을 좀 다그쳐 줬으면 좋겠어."

사무실에서 녹음실까지는 차로 금방이었다. 입구의 안내 직원에게 손을 흔들고 담당 직원을 찾아 긴 복도를 걸어갔다. 어렸을 때부터 녹음실을 좋아해서 출근하는 아빠를 따라온 적이 많았다. 녹음실은 어둡고 축축하며 항상 음악으로 가득 찬 예술의 보물창고였다. 어떤 예상치 못했던 보물을 찾을 수 있을지 기대했다.

한동안 사방을 둘러본 끝에 음악 감독을 발견했다. 닐은 열어둔 녹음실 문에 기대어 내게 보이지 않는 누군가와 대화를 나누고 있었다.

"어이, 패트릭." 내가 다가가자 닐이 말했다. "여기는 웬일이야?"

"안녕, 닐." 나도 웃으며 인사했다. "혹시 근처에서 빌 못 봤어요?" 나는 우리 일을 맡은 다른 음악 감독을 찾았다. "허드슨 작업 때문에."

바로 그때 녹음실 안에 있던 다른 남자가 우리를 슬쩍 엿보고 있었다. 물론 나는 그가 엿보기 전에 먼저 그를 알아챘는데, 따라오길래 자세히 보니 보기보다 키가 컸다.

"안녕하세요." 남자가 말했다.

"오, 뭐야." 닐이 말했다. "두 사람은 서로 아는 사이야?"

남자는 고개를 저었고 자신만만하게 녹음실 밖으로 걸어 나와 손을 내밀었다. 나는 웃음을 터트렸다. 이렇게 유명한 사람들과 만나는 일이 항상 흥미로웠다. 어릴 때부터 연예계 근처에서 자랐고,

성인이 되고 나서도 수많은 연예인, 성공한 뮤지션과 일하고 생활해 왔지만, 내가 이미 일방적으로 그들을 알고 있다는 점에서 첫 만남의 순간이 우습게 느껴지기도 했다. 나는 이를 그에게 말해 줬다.

"오, 나는 그렇게 생각하지 않는데." 그가 슬며시 웃었다. "나는 당신이 생각하는 그런 사람이 아니라고." 그가 눈을 장난스럽게 반짝였다. "처음 뵙겠습니다." 그는 악수를 요청하며 손을 내밀었다. "제 이름은 맥스, 맥스 메이거스라고 합니다."

"멋지네요." 나도 그의 장난에 동참했다. "배트맨에서 악당 역할을 할 것 같은 이름인데요?"

"당신은 누구시죠?" 맥스가 말했다.

"저는 패트릭이라고 해요."

그가 알겠다는 듯 고개를 끄덕였다. "패트릭, 이 근처에 가 볼 만한 식당이 있을까요?"

"네."

"그러면 함께 점심을 먹는 건 어떻게 생각해요?"

나는 고개를 저었다. 맥스의 자신감이 인상 깊기도, 꺼려지기도 했다. "제안해 줘서 고마워요." 나는 웃으며 말했다. "그런데 제 남자친구는 낯선 사람과 밥을 먹는다고 하면 인상부터 써서요."

"아, 여기에서 남자친구 평계라…… 정말 적절하네요." 그가 바로 대꾸했다. "닐, 지금 하는 말 들었어? 나 지금 아주 정중하게 거절당했거든. 아, 지금 이건 농담이에요. 저도 여자친구가 있는 몸이라서요."

"좋은 남자친구네요!" 나는 웃음을 터트렸다.

"그러면 이건 어떨까요? 자, 이제 내가 당신에게 수작 거는 게 아니라는 걸 알았을 테니 그 문제는 해결이 되었고…… 나는 정말 배가 무척 고픈데 닐은 지금 바쁘다네요."

"그게 누구 때문인데? 지금 네 음반 작업을 하고 있잖아." 닐이 투덜거렸지만, 맥스는 무시하듯 손을 흔들었다.

"저도 지금은 근무 시간이에요. 그냥 데모를 가지러 왔을 뿐이에요." 내가 말했다.

"마이크!" 갑자기 맥스가 이렇게 소리쳤고 한 남자가 복도에 나타났다. "왜 그러세요?"

"자, 무슨 작업을 점검하러 오셨죠?" 맥스가 진지한 눈빛으로 나를 바라보았다.

나는 짐짓 화가 난 듯 한숨을 내쉬었다. "허드슨 데모 가지러 왔어요. 빌 그로스가 음악 감독이고요."

마이크가 휴대폰을 들었다. "잠시만요. 확인해 볼게요."

"자, 이제 일이 처리됐죠?" 맥스가 말했다.

"저 데모 가지고 사무실로 돌아가 봐야 해요."

"나도 바쁜 몸입니다." 맥스는 물러서지 않았다.

나는 결국 포기했다. "제가 다녀올 때까지 근처에서 기다리시면 근처에 스모크 하우스라는 곳이 있으니까……."

스모크 하우스에 도착하니 맥스가 이미 식탁에 자리를 잡고 앉아 기다리고 있었다. "꽤 오래 걸렸네요." 그가 말했다.

사실 안 오려고 했다. 하지만 오전에는 정신병원을 탐색하는 미친 시간을 보내다가 갑자기 낯선 유명인과 예상치 못한 시간을 보내는 것도 꽤 괜찮은 일처럼 생각되었다. 최근에 내가 머리를 식히기 위해 해 봤던 어떤 행동보다도 건전했다. 게다가 스모크 하우스의 분위기는 완벽했다. 전체적으로 짙은 색 목재를 사용한 인테리어, 구석에 놓인 식탁, 높은 등받이의 의자는 나를 세상의 여러 문제로부터 보호해 주는 것 같았다. "이런 장소는 어떻게 알게 되었나요?" 내가 자리에 앉자마자 맥스가 물었다.

"로스앤젤레스에서 제일 오래된 식당 중 하나인데, 제가 좋아하는 곳이에요. 굳이 따지자면 자르나 제임스 비치, 엘 코요테, 그리고 조르지오 발디 같은 장소들과 동급이죠. 물론 제가 갈 수 있는 식당에 한합니다."

"아, 이거 대단한 미식가시군요. 그러면 한번 들어봅시다. 지금 당장 전 세계 어느 식당이든 갈 수 있다면 어디로 갈 건가요?"

나는 주저하지 않고 대답했다. "퍼 세는 언젠가 꼭 가고 싶은 식당 리스트의 꼭대기에 있어요."

"당신 취향이 아주 기대되는데요." 그가 겸손하게, 혹은 자신도 미식가임을 자랑하듯 말했다.

나는 웃으며 포근한 가죽 의자에 등을 기댔다. 맥스는 재미있는 사람이었고 오래된 친구와 대화를 나누는 듯한 느낌이 들었다. 굳이 복잡하게 생각할 필요도 없이 아무 주제나 가지고 마음대로 수다를 떨 수 있는 친구.

종업원이 가져온 음료수를 마시며 그가 문득 물었다. "혹시 자신이 미쳤다고 느낀 적 있나요?"

당황했다. 나를 무방비하게 만들려는 전략 중 하나 같았다. 나도 종종 사용하는 방법이기도 했다. 하지만 딱히 기분이 나쁘지 않았다. "네, 그런 적이 있네요."

그러자 그가 목소리를 낮추며 몸을 살짝 앞으로 기울였다. "아니, 내 말은 진짜로 미치는 거요. 사실 지금 내가 완전히 제정신이 아닌 것 같거든요. 내가 저지른 일, 그러니까 몇 개월 전에 했던 일을 떠올려 보면 완전히 정신 나간 짓이었지요. 그때는 그렇게 생각하지 않았는데. 왜, 무슨 일을 저지르는 당시에는 항상 완벽하게 논리적인 결정으로 보이잖아요."

"자기 인식에 문제가 있다고 걱정하는 건가요?"

"네." 맥스는 내가 즉각 이해했다는 사실에 놀라며 대답했다.

"그러니까, 자신의 행동이 옳은지 그른지 모르겠다는 거네요."

"아이고 맙소사." 그는 숱 많은 검은 머리를 한 손으로 쓰다듬었다. "네, 그래요."

"저도 비슷해요. 사실은 오늘 오전 내내 정신병원을 검색했어요. 어지간하면 입원해서 치료받아 보려고요."

나는 그런 말을 입 밖으로 내는 걸 즐겼다. 솔직하게 말하는 게 좋았다. 맥스의 반응은 좋든 나쁘든 내게는 아무런 의미도 없었다.

잃을 것이 하나도 없는 상황이기에, 그냥 내 있는 모습 그대로를 보여 주기로 했다. 물론 이런 자유가 언제까지 이어질지는 모르지만 그냥 즐기는 것도 나쁘지 않을 것 같았다.

맥스가 나를 가만히 바라봤다. 내가 진심인지 아닌지 가늠이 잘 안 되는 모양이었다. 나는 지갑에서 정신병원 목록을 인쇄한 종이를 꺼냈다. "저는 소시오패스예요. 몇 년 전에 진단을 받았고 그 이후로 계속 문제를 해결하려고 애쓰는 중이고요."

그는 몇 번 깊게 숨을 쉬더니 의자에 등을 기댔다. "소시오패스라는 게 정확히 무슨 뜻입니까?"

나는 소시오패스를 치료하는 방법이 없다는 사실에 좌절감을 느끼고 많은 어려움을 겪었다는 사정을 털어놓았다. "한동안 상담사를 찾아갔어요. 좋은 사람이었지만 역시 소시오패스 전문가는 아니더라고요. 내게 필요한 건 진짜 전문가인데." 나는 잠시 말을 멈췄다. "그리고 최근에는 문제가 좀 생겨서……."

"문제라면 어떤 문제?" 그는 내 말에 완전히 빠져든 것 같았다.

"일종의 충동 조절과 관련된 거예요. 지난 몇 개월 동안 제게서 돈을 갈취하려고 협박하는 여자가 있었어요. 그러다가 바로 어젯밤에…… 제 대응 방식이 좀 심각해졌어요."

"심각해져요? 어떻게요?"

나는 어깨를 으쓱했다. "그 여자 집 뒷마당에 숨어 있다가 여자에게 덤벼들 뻔했으니까."

맥스는 목이 막힌 듯 컥컥거리더니 휴지를 집어 들었다.

"좋은 소식은 적어도 오늘 아침 눈을 떴을 때 몇 가지 예방 조치를 취해야만 한다는 걸 스스로 깨달았다는 거지요. 하지만 저를 진짜 도와줄 사람을 찾을 정도의 운은 없었어요." 나는 얼굴을 찡그렸다. "소시오패스는 '치료가 가능한 장애'로 취급되지 않아요. 그래서 저는 지금 소시오패스 연구를 위해 심리학 박사 과정을 밟고 있어요."

"네?" 맥스가 입을 닦으며 말했다. "저는 당신이 음반 기획자나 이쪽 일을 하는 줄 알았는데요."

"그것도 맞아요."

"야, 대단한 이중생활이네." 맥스가 감탄한 듯 말했다. "그러면 그 사람은 누군데요?"

"누구요?"

"돈을 갈취하려는 사람!"

"아, 그 사람은 올리버 크루시의 엄마예요."

그가 나를 향해 목을 쭉 뻗으며 눈을 크게 치켜떴다. "올리버 크루시? 가수요?!"

"네."

"우리 쪽 기획사에서 나한테 올리버랑 함께 일해 보지 않겠냐고 묻던데."

"글쎄요, 손해 보는 일이 있어도 아무렇지도 않은 성향이라면야. 저라면 절대 내 프로젝트에 그 여자 이름을 올리지 않을 거예요." 나는 음료수를 한 모금 마셨다. "뭐, 내가 뭔가를 판단할 사람은 아니지만."

맥스가 고개를 흔들며 말했다. "잠깐만요. 다시 하던 얘기로 돌아갑시다. 도대체 왜 올리버의 엄마가 당신을 협박한다는 건가요?"

나는 두 눈을 문질렀다. "그 여자가 우리 아빠를 곤란하게 만들 사진이 있다고 하더군요. 하이랜드에 있는 할리데이 모텔에 현금으로 5만 달러를 가져오지 않으면 언론에 폭로하겠다나요. 칼로 내 얼굴을 어떻게 하겠다고도 하고요. 아니, 칼로 나를 찌르고 언론에 대서특필되겠다고 했던가? 잘 기억이 나지 않네요."

맥스가 놀란 듯 잠시 아무런 말도 하지 않았다. 그러다 우리는 웃음을 터트렸다. 이 기가 막힌 부조리가 처음으로 좀 우습게 느껴졌다.

"좋아요. 한번 생각해 봅시다." 그가 숨을 고르며 말했다. "당신 아빠도 같은 업계에 있는 거 맞아요?"

나는 고개를 끄덕였다.

그러자 그는 음모를 꾸미듯 목소리를 낮췄다. "그래서 그 여자가 정말 사진을 가지고 있다고 생각해요?"

"아마도요." 나는 안도의 한숨을 내쉬었다. 있는 그대로 사실을 얘기하니, 어깨에 짊어지고 있던 1톤짜리 짐이 사라진 것처럼 기분이 상쾌해졌다. "그게 저희 아빠에게 중요한지는 잘 모르겠지만요. 사실 이것도 제 문제점이에요. 뭐가 정말 나쁜 일인지 도무지 판단할 수 없거든요."

"그렇겠군요. 하지만 그 여자가 나쁜 짓을 하고 있다는 사실 정도는 당신도 분명 알고 있을 겁니다. 그렇지 않았다면 그 여자를 응징하고 싶다는 생각은 하지 않았을 테니까."

"그게 또 문제인데요. 제가 그 여자를 응징하고 싶은 건지도 잘 모르겠거든요."

나는 밤에 몰래 그녀의 집을 여러 번 찾아갔던 것, 그리고 그때마다 느꼈던 해방감에 관해 말했다. "나를 협박했기 때문에 그 집을 찾아간 게 아니에요." 나는 솔직하게 말했다. "일을 저지를 기회가 내게 주어졌기 때문에 그런 거예요." 오래된 기억이 의식에서 떠오르자 나는 침묵 속에 빠져들었다. "키키처럼요."

키키는 엄마가 키우던 고양이 이름이었다. 내가 키키를 집 밖으로 내보내기 전까지 평생을 집고양이로 살았다. "그건 진짜 사고였어요. 내가 문을 열자 바로 밖으로 튀어 나가더군요. 의자 뒤에 숨어서 기회만 엿보고 있었던 것 같아요. 그리고 기회가 온 순간, 키키는 사라졌어요. 그런데 한 시간쯤 지났을까, 다시 돌아오더군요. 집 앞에서 햇볕을 쬐며 앉아 있더라고요." 나는 추억의 길을 따라가면서 의자에 편안하게 머리를 기댔다. "엄마는 전혀 몰랐지만, 그 뒤로도 매일 오후가 되면 키키가 나갈 수 있도록 문을 열어 두곤 했어요. 이따금 그냥 마당을 돌아다닐 때도 있었어요. 하지만 다시는 멀리 사라지는 일은 없었어요."

"뭐가 정말 자기한테 득이 되는 일인지 알고 있었군요."

나는 빙그레 웃었다. "맞아요. 키키는 집고양이 생활을 포기하고 싶지 않았어요. 다만 선택할 권리는 원했던 거지요. 오해하지는 말아요. 키키를 보호하려던 엄마를 비난하는 건 아니에요. 다만 방법이 잘못되었다는 거지. 엄마는 자기 멋대로 키키를 가둬 두려 했거든요. 마치 데이비드처럼요."

맥스는 무슨 말인지 못 알아듣겠다는 듯 눈을 깜빡거렸다.

"제 남자친구예요. 그런데 그 사람은 제가 소시오패스인 걸 별로 좋아하지 않아요." 나도 모르게 말투가 퉁명스러워졌다. "데이비드는 제가 자기나 보통 사람들과 같지 않아서 언짢은 것 같더라고요. 아니, 지금은 언짢은 걸 넘어서 좀 무섭기도 하고 걱정도 되나 봐요. 내가 집 밖으로 나가면 다시는 돌아오지 않을까 봐. 키키에 빗대어 말하면 그런 상황이에요."

맥스가 고개를 갸웃거렸다. 어리둥절하면서도 기분이 좋은 것 같은 표정이었다. "이거 다 진짜인가요? 당신 거짓말하는 거 아닙니까? 제가 인생에 다시 없을 끝내주는 인연을 만난 것 같은데, 달콤한 개꿈을 꾸고 있는 건가요?"

맥스의 허풍에 그만 웃음을 터트렸다. 그가 나를 유혹하고 있다는 걸 알아차렸지만 신경 쓰지 않았다. 그 분위기가 좋았다. 내가 있는 그대로 받아들여진다는 건 역시 멋진 일이었다. 아니, 멋진 것 이상이었다. 아무도 다치지 않는다는 점에서도 그랬다. 나는 싱긋 웃었다. "그런 이야기라면 나중에 따로 하도록 하지요."

"남자친구랑은 사귄 지 얼마나 됐어요?"

"좀 됐어요."

"오래 만났군요."

"그렇죠. 하지만 그래서 저는 지니의 집에 갈 기회가 주어지자마자 그렇게 한 거예요. 데이비드와의 갈등이 멈추는 건 시간 문제고, 저는 언제든 다시 좋은 사람이 되기로 마음먹을 수 있다고 생각하거든요. 그러니 그 전에 잠시 자유를 누리려는 거죠."

"하지만 정말 그렇게 하고 싶어요?" 맥스가 도발하듯 물었다. "좋은 사람이 되는 거?"

나는 한숨을 쉬며 천장을 올려다보았다. "제가 정말 원하는 건 그냥 지금보다 더 나은 사람이 되는 거예요." 그리고 지친 듯 덧붙였다. "좀 다른 사람이요."

그는 깜짝 놀란 것 같았다. "왜요?"

"이대로는 행복하지 않으니까." 나는 웃음을 터트렸다. "내가 말했잖아요? 어젯밤에는 정말 사람을 폭행할 뻔했다니까요."

"그렇지만 하지 않았잖아요. 잘 모르겠지만, 흥미롭네요. 그리고 당신은 자기 문제에 대해 굉장히 솔직하고요." 그는 고개를 흔들더니 음료수를 길게 한 모금 마셨다. "나 같으면 그냥 그대로 있을 텐데."

나는 슬쩍 자세를 바로 했다. 내 동의 여부와는 별개로 울림이 있는 대담한 진술이었다. 나는 화제를 돌리고 싶은 마음에 억지로 궁금한 표정을 지었다.

"그러면 당신은요? 당신의 결함은 뭔가요?"

"내 생각엔, 아침에 약한 거?" 그리고 잠시 뜸을 들였다. "그리고 사람들에게 관심받고, 또 인정받고 싶은 욕구." 맥스는 어깨를 으쓱했다. "진부하네요. 인정할게요. 하지만 이 업계 관계자들의 공통된 문제인 것도 같고요. 중독이 중독을 낳는 악순환이죠."

"정말 미친 짓이에요."

"네? 뭐가요?"

"유명인이 된다는 거. 사람은 누구나 유명해지고 싶어하잖아요. 정말 얼마나 멋있어요. 그런데 그만큼 무서운 일이기도 하죠." 나는 투명인간이 될 수 없다는 생각에 몸서리쳤다. "가는 곳마다 내가 누구인지 사람들이 알아본다면 자살하고 싶을 것 같은데요."

"하지만 당신을 알아보는 사람을 죽이지는 않을 거죠?" 맥스가 농담을 던졌다.

나는 웃음을 터트렸다.

그가 종업원을 부르며 말했다. "그런 의미에서 뭘 좀 더 마시는 게 어때요."

나는 괜찮다고 말하려 했지만, 곧 생각을 고쳐먹었다. 안될 게 뭐가 있나? 일정도 없는데.

종업원이 다가왔다. 맥스는 위스키를, 나는 마티니를 한 잔 주문했다. 맥스는 종업원이 사라지자 말했다. "사실 내가 모든 문제의 근원이 아닌가 싶어요. 성공한 삶은 좋은데 그게 또 진절머리 날 때가 있고, 여자가 좋으면서 또 그냥 혼자 있고 싶을 때도 있으니까."

"지극히 정상적인 모습이네요. 그건 일종의 경계선 문제예요.

당신도 잘 알 텐데."

"경계선 문제? 그건 무슨 뜻이에요?"

"기존의 경계선에 맞지 않는 사람들은 항상 새로운 경계선을 설정할 방법을 고민해요. 내가 그러는 것처럼."

맥스는 코 아래로 나를 내려다봤다. "내가 잠재적 소시오패스라는 겁니까?"

"아니요. 그렇다기에는 유명세에 지나치게 관심이 많으니까." 한 가지 생각이 떠올랐다. "오! 그러고 보니 소시오패스와 유명세의 부정적 영향력에 관한 연구해 볼 수도 있겠네요."

"예?"

나는 몸을 뒤로 기대고 생각에 잠겼다. "소시오패스는 사회가 설정해 둔 기존의 경계선을 잘 의식하지 못해요." 나는 거의 혼잣말처럼 중얼거렸다. "그래서 어렸을 때부터 쉽게 사회와 동화되지 못하지요. 일반적인 규칙을 따르지 않아요." 다시 그를 바라보았다. "그런데 유명인들도 비슷하잖아요. 안 그런가요? 더 큰 성공을 거둘수록 일반적인 경계선은 의미가 없어져요. 크게 성공하면 규칙을 따르지 않아도 되니까 새로운 기준이나 경계선을 찾기 위해 파괴적인 행동을 시작하지요. 마치…… 소시오패스처럼 행동하기 시작하는 거예요." 내가 점점 두서없이 말하고 있다는 사실을 깨달았다. "미안해요, 연구에 심취한 미치광이 심리학자처럼 말하네요."

"당신은 뭘 후회한다거나 미안해하지 않는 줄 알았는데." 그가 농담을 던졌다.

"자연스럽게 우러나오지는 않아요. 하지만 꽤 그럴듯하게 척은 할 수 있어요." 나는 활짝 웃었다.

"조금씩 이해가 되네요. 그런데 아직도 제 질문에는 대답이 없으시네요." 맥스가 식탁 위에 팔꿈치를 걸치고 손바닥으로 얼굴을 받쳤다. "당신이 거짓말하는 게 아니냐고 물었잖아요. 나중에 언제 따로 얘기해 줄 생각이신지?"

"아, 그거." 나는 낄낄거리며 웃었다. "그건 당신이 한번 맞춰 봐요."

그가 나를 응시했다. "물론 당신 말이 거짓말일 리는 없겠지."

"정답."

"그러면 이제 우리는 또 언제 볼 수 있나요?"

나는 농담 반 진담 반으로 그런 얘기는 그만하자는 눈길을 보냈다. 맥스는 일부러 두루뭉술하게 묻기는 했지만 분명 대담했다. 하지만 아무도 다치는 사람은 없었다.

"자, 이제 우리 모두 당신이 진짜라는 걸 알았으니까. 정신병원에 들어가기 전까지는 시간이 얼마나 남은 것 같아요?"

나는 한숨을 쉬며 천장을 올려다보았다. "누가 알겠어요? 일단은 나를 제대로 진단하고 받아줄 곳부터 찾아야 하는데."

"그렇군요…… 그나저나 내일 밤에 시간 있어요?"

"아마도요. 왜요?"

"할리우드 볼 알죠? 그 야외 공연장. 요즘 거기서 친구들이 공연

중이라서요. 내가 초대하지요." 맥스가 씩 웃었다. "아아, 물론 남자 친구도 같이 와요."

그날 밤 거실에 앉아 데이비드가 귀가하기를 기다렸다. 와인 두 잔을 따라 놓고 창가에 앉아 거리를 내려다보며 쉬고 있으려니 맥스와 점심을 함께하며 느꼈던 만족감이 떠올랐다. 풀이 죽어 하루를 시작했고, 정신병원에 입원하겠다는 계획도 생각처럼 잘 진행되지 않았다. 하지만 하루 끝에는 믿을 수 없을 정도로 기분이 상쾌해졌다. 맥스는 내가 내 부족함을 있는 그대로 받아들일 수 있도록 해주는 사람이었다. 예상치 못한 좋은 시간을 보냈고, 나는 몇 개월 만에 처음으로 내가 원하는, 있는 그대로의 모습을 드러냈다. 그리고 그런 좋은 기분이 데이비드와도 계속될 수 있기를 바랐다.

뒷마당으로 이어지는 문을 통해 시원한 공기가 들어왔다. 벽난로에서는 장작이 탁탁 소리를 내며 불타올랐고 턴테이블에서는 재즈가 흘러나왔다. 너무 편안하고 안락해서 오히려 불안할 정도였다. 24시간 전만 해도 엄청난 실수를 저지를지도 모를 순간에 부닥쳐 있었지만, 지금은 그런 일을 어떻게 하려고 했는지 상상조차 못 했다. 지니의 집에서 뭐든 파괴적인 행동을 일삼고 싶었던 욕망은 어린 시절 루이지애나 침례교회에서 듣던 어렴풋한 찬송가만큼이나 아련해졌다.

나는 창문에 머리를 기댔다. 저 멀리서 부드러운 불빛이 보였다. 데이비드의 차를 보고 자리에서 벌떡 일어났다. 서둘러 턴테이블을 끄고는 와인잔을 집어 들고 현관 쪽으로 달려갔다. 미리 나가 그를 기다릴 생각이었다. 차에서 내리면 바로 와인을 건네주려고 너무 서두르다 보니 내가 마시던 것까지 양손에 와인잔을 들고나 왔다. 문을 열 수 없었던 나는 어깨로 문고리를 돌리기 위해 허리를 구부렸다. 하지만 데이비드의 그림자가 반투명한 현관문 창문에 나타나기 전까지도 문은 열리지 않았다.

"패트릭? 대체 문 앞에서 뭐 하고 있는 거야?"

나는 킥킥거리며 몸을 일으켰다. "현관 밖에서 기다리려고 했어. 그런데 이렇게 양손에 모두 잔을 들고 있다 보니." 집 안으로 들어온 데이비드는 웃으며 문을 닫았다. "멋진 환영인데." 그리고 행복한 표정으로 잔을 받았다. "왜 아직도 안 자고 있어? 벌써 자정이 다 되었는데."

나는 그의 목을 끌어안고 길게 입을 맞췄다. "늦은 거 나도 알지. 이쯤 되면 배고프니 기다렸다가 뭔가 해주려고 했지."

"그래? 음…… 뭔가 허전하기도 하고."

"치킨 파이 있는데 데워 줄까?"

데이비드가 빙그레 웃었다. "너무 무리하지 마."

몇 시간 후, 우리는 침대에 누워 있었다. 내가 오후에 있었던 일을 자세히 설명하는 동안 데이비드는 참을성 있게 귀를 기울였다.

"그러면…… 둘이 이제 친구 비슷하게 된 건가?"

"친구까지는 안 될 것 같고." 내가 웃으며 말했다. "하지만 우리를 할리우드 볼에 초대해 줬어. 완전 재미있을 것 같지 않아?"

"글쎄, 해가 중천에 뜬 시간에 네가 낯선 남자와 술을 마셨다는 게 영 그런데."

"아이참, 그렇게 딱딱하게 굴지 좀 말고." 그를 쿡쿡 찔렀다. "그런 게 전혀 아니었다니까."

"아니, 그런 게 전혀 아니었으면 뭔데?"

나는 설명할 방법을 찾으려고 노력했다. "낯선 사람과 어울리면서 그냥 내 있는 그대로의 모습을 보여 줄 수 있었어. 그러니 그 사람이 누구인지는 중요하지 않지. 그냥 대화 로봇이라고 생각할 수도 있는 거고. 누군가에게 불안함 없이 '소시오패스'라는 말을 입에 올릴 수 있어서 좋았던 거야."

"그걸 말했어?" 데이비드가 놀라서 물었다. "도대체 왜?"

"그냥 나를 있는 그대로 소개했을 뿐이야. 그게 나잖아. 게다가 재미있었어! 덕분에 오늘 종일 기분이 좋았어. 해방된 느낌이었달까? 내가 받아들여지는 해방감!"

"나도 널 있는 그대로 받아들이는데." 그가 조용히 대답했다.

"항상 그렇지는 않잖아." 내가 맞받아치듯 대답했다.

데이비드가 눈썹을 치켜올렸다. 그리고 다른 말을 꺼냈다. "그 남자는 정말 재미있게 사는 것 같네."

나는 그를 놀라서 바라봤다. "진심은 아니지? 그 남자는 늘 곡을 만들고 녹음하고 또 공연하러 다녀야 해. 거기에 자기 인생은 없어." 나는 고개를 흔들었다. "그런 사람들, 그러니까 유명한 연예인

중에 정상적인 관계나 평범한 삶을 누릴 수 있는 사람이 있다고 생각해? 그런 인생을 선택한 순간, 성공했는지 실패했는지는 상관없어. 사회와 발맞춰 발전할 수 없어. 덧없는 인생에 사로잡혀 버린다구."

데이비드가 빙그레 웃었다. "정말 그런 생각은 한 번도 해 본 적이 없네. 만나는 사람마다 철저하게 분석하는 네가 참 대단한 것 같아."

"내겐 엄청 재미있는 일이거든! 그래서 내가 학교 다니는 것도 좋아하는 거야. 전에는 이런 사람들을 전혀 파악하지 못했어. 나는 소시오패스에 대해서만 생각하고 공부했으니까. 그런데 지금은 다양한 성격 유형에 대해서 배우고 있어. 사람들이 자신의 심리적 문제에 대처하는 다양한 방식들도. 정말 아무리 공부해도 모자란 것 같아!" 나는 데이비드의 눈을 바라보았다. "사람의 마음은 정말 대단하지 않아?"

그는 옅게 웃으며 내 머리를 쓰다듬어 주었다. "네가 자랑스러워. 네가 하는 일들, 박사 학위 공부…… 대단하다." 그는 잠시 말을 멈췄다. "맞아, 정말 대단한 건 바로 너지."

나도 따라 웃었지만, 마음속으로는 희미하게 아른거리는 책임감을 떨쳐 버리려 했다. 나는 약속을 지키지 못했다. 지니에 대해 데이비드에게 말하지 않았다. 오늘 아침에는 정신병원을 찾아봤다는 것도. 하지만 말해서 좋을 게 없다는 사실도 알았다. 편안하고 행복한 이 순간은 좋은 타이밍이 아니었다.

"자, 그러면 내일 어떻게 할래?" 조르듯 물었다. "집에 들렀다가 함께 나갈까, 할리우드 볼에서 만나는 걸로 할까?"

그가 미안한 듯 얼굴을 찡그렸다. "아, 그게…… 내일 밤은 시간이 없어. 회식이야. 미리 얘기했었는데, 기억 안 나?"

"젠장. 깜빡했네." 그에게 등을 기대고 한숨을 내쉬었다. "뭐, 괜찮아. 나도 그냥 회식에나 따라갈게."

그는 고개를 흔들었다. "그건 아니지. 세상에서 가장 지루한 족속들이 모여서 일 얘기나 하는 자린데. 상황 보다가 도망쳐도 좋아."

그의 가슴에 몸을 기댔다. 피로가 몰려왔다. "네가 그렇게 말해 준다면, 뭐."

"도망치기 전까지만 잘 부탁해." 데이비드가 졸린 목소리로 말했다.

제21장
나는 여전히 소시오패스

그로부터 한 달쯤 지난 후, 맥스의 집에서 그의 친구들과 저녁 식사를 함께했다. 짧은 시간 동안 우리의 우정은 다방면에서 깊어졌다. 나를 좋아해 주는 친구가 생겨서 즐거웠다.

한편 데이비드와의 관계는 계속해서 악화했다. 나는 일부러 논쟁거리를 만들어 냈고, 그가 화낸다는 이유로 일탈을 정당화했다. 마침내 지니의 집에 갔었다고 고백했을 때도 그는 제정신인가 싶을 정도로 크게 화났다.

"빌어먹을, 패트릭? 그 여자 집에 갔었다고?"

어린 시절을 떠올리게 할 정도로 절망적인 반응이었다. 또다시 솔직하게 말하기로 한 결정을 후회했다. "이게 그렇게 반응할 일이야?" 나도 울컥했다. 나를 또 자기 기준으로 판단하려는 데이비드에게 화가 났다. "내가 폭력을 휘두른 것도 아니잖아. 자제력을 잃고 날뛴 것도 아니고!" 물론 내 말이 부분적으로만 진실이라는 사실은 잘 알고 있다.

내 어두운 욕망에 대해 그와 대화하는 건 의미 없는 짓이었다.

그때마다 그는 나를 부정하거나 억압하려고 애썼다. 반면에 맥스는 달랐다.

나는 푹신한 의자에 기대앉아 맥스가 자리에서 일어나는 모습을 즐겁게 지켜보았다. "모두 잔을 들라고." 그가 우리에게 말했다. "오늘은 아주 특별한 사람을 위해 건배를 제안하고 싶어." 그러면서 내가 있는 쪽을 돌아보며 눈을 찡긋했다. "오늘 오후에 박사 과정을 시작해서 처음으로 연구비를 받게 되었다는 우리 미치광이!" 내가 사람들의 시선을 부담스러워하며 움츠러들자 웃음을 터트렸다.

"패트릭을 위하여! 패트릭의 심리학 연구가 우리 모두를 정상인에 좀 더 가깝게 만들어 주기를!"

나는 빙그레 웃으며 손에 든 술잔 너머로 맥스의 얼굴을 바라보았다.

모두 다시 자리에 앉았을 때 내 옆에 있던 배우 미셸이 물었다. "그러면 뭘 연구하는 거예요?"

"소시오패스요. 소시오패스와 불안의 관련성을 연구하고 있어요."

그녀의 표정이 단순한 호기심에서 진심 어린 관심으로 바뀌었다. 슬쩍 곁눈질하니 맥스가 웃고 있는 모습이 보였다. 그는 이런 대화를 좋아했다.

"잠깐만요." 이번에는 맥스의 옆에 앉아 있던 갈색 머리 여자가 끼어들었다. "소시오패스는 악마 같은 사람들 아니에요? 연쇄 살

인마처럼 아무런 감정을 못 느끼잖아요?"

"꼭 그렇지는 않아요." 내가 대답했다. "실제로는 나쁜 사람들이 아니에요. 다만 감정을 느끼는 방식이 다를 뿐이지요."

"그게 소시오패스와 사이코패스의 차이인가요?" 내 맞은편에 앉은 남자 팀이 물었다. 그 역시 음악을 했고, 맥스의 가장 오래된 친구 중 하나였다.

"어려운 질문이네요. 보통은 소시오패스와 사이코패스를 하나로 묶어 생각해요. 모두 반사회적 인격장애로 보는 거지요."

나는 정리해서 설명하기 위한 쉬운 방법을 생각하며 잠시 말을 멈췄다. "어쨌든 진단 결과가 중요한데, 보통 반사회적 인격장애가 있는 사람은 《정신질환의 진단 및 통계 편람》에 나오는 기준에 따라 평가받습니다. 심리학 분야의 백과사전이에요. 그런데 사이코패스나 소시오패스는 이 편람으로 진단할 수 없어요. 그래서 따로 특별한 확인이 필요해요."

"왜 따로 확인해야 하는 건가요?" 팀이 물었다.

"세부적인 내용이 다르거든요. 반사회적이라는 진단 결과가 나왔다고 해서 자동으로 사이코패스나 소시오패스 취급을 받는 것은 아니에요. 그 반대도 마찬가지고."

"그런데도 똑같은 반사회적 인격장애로 보는 건가요?" 미셸이 물었다.

"네. 다른 유형을 같은 장애로 묶어요. 같은 색깔로 보이지만 그 색조가 다를 수 있는데 말이죠." 내가 설명했다.

"그러면 소시오패스와 사이코패스의 차이점은 정확하게 뭐지요?" 팀이 물었다.

"글쎄, 지금 당장은 거의 같다고 보고 있어요. 현재 연구자들의 시각이 그렇다는 건데, 저는 당연히 차이점을 구분해야 한다고 생각해요. 정상인의 범주를 넘어서는 성향을 보이는 사람의 경우 수치심, 후회와 같은 사회적 정서를 학습할 수 없다는 사실을 보여주는 연구가 많이 있어요. 저는 그런 사람들이야말로 '진짜 사이코패스'라고 생각합니다. 즉 정상적인 감정의 발달 단계를 생물학적으로 밟아 나갈 수 없는 사람들이에요. 머릿속의 전선이 끊어진 것과 같다고 할까요. 사이코패스는 어떤 결과나 처벌을 통해 도덕적으로 학습할 수 없으니까요."

"그건 소시오패스도 비슷하지 않아요?" 맥스의 일을 돕는 브라이언이 물었다.

"아니요. 그래서 분리해서 봐야 한다고 생각하는 거예요. 검사를 통해 대부분 항목에서 사이코패스로 진단받지만, 종합점수는 사이코패스 기준에 미달하는 사람들이 많아요. 최소한 사회적 정서를 학습할 수 있는 사람이지요. 단지 다른 방식으로 가르쳐야 할 뿐입니다. 이들은 스펙트럼으로 진단되어야 해요."

맥스의 연인인 갈색 머리 여자가 눈을 크게 떴다. "전에 그런 남자를 사귄 적이 있는데." 맥스는 그녀의 손을 잡고 다정하게 입을 맞추었다.

"거기까지는 알겠어요." 미셸이 말했다. "그런데 그게 불안과 무슨 상관이 있나요?"

"글쎄, 나도 그걸 알고 싶거든요." 클레클리 박사의 사이코패스 특징 목록과 그중 어떤 특징들이 소시오패스에게 적용하기 의심스러운지 얘기해 주었다. "그 목록 3번을 보면 신경과민이나 정신신경증 증상의 발현이 없다고 나와 있어요. 소시오패스가 신경과민을 경험하지 않고 걱정이나 부담감도 느끼지 않는다는 건데, 저는 신경과민 부분은 동의하지만, 불안감 자체에 선천적 면역이 있다고는 생각하지 않아요. 사실 제가 생각할 때 그 점이 사이코패스와의 진짜 차이점 같고요."

미셸은 고개를 저으며 술잔을 집어 들었다. "굉장히 흥미롭네요. 그런데 어쩌다가 이런 일에 관심을 가지게 된 건가요?"

"잠깐만!" 갑자기 맥스가 끼어들었다. "내가 대신 말해도 될까?" 나는 조용히 웃으며 그렇게 하라고 했다.

"여기 있는 패트릭은…… 진짜 소시오패스거든!" 그는 엄숙한 목소리로 선언했고 의기양양하게 웃으며 다시 의자에 등을 기댔다.

"맥스 말이 맞아요." 나는 고개를 끄덕였다. "몇 년쯤 전에 확인했어요. 치료도 받아보려고 했는데 소시오패스에 대한 '공식적인' 치료법은 아직 없거든요. 그래서 학교로 돌아가서 내가 직접 연구해 봐야겠다고 생각한 거예요." 나는 잠시 말을 멈췄다. "잠자코 앉아서 내 기행이나 악행이 더 심해지는 걸 두고 볼 수는 없으니까."

"그러면 그 이야기는 이쯤하고, 뭐 더 필요한 거 없어?" 맥스가 말하며 주방으로 향했다.

그때 내 휴대폰이 울렸다. 문자가 와 있었다.

'집에 가는 길. 집에 있어?'

데이비드는 내일 아침 일찍 출장을 떠날 예정이었다. 나는 그가 떠나기 전에 얼굴을 보고 배웅하고 싶었다. 회사가 성장함에 따라 출장이 더 잦아졌다. 때로는 일주일 이상 전국을 돌아다니며 업무를 처리하곤 했다.

문자를 읽고 쓸쓸한 기분에 저절로 얼굴이 굳어졌다. 데이비드가 노력하고 있다는 사실을 잘 알았다. 그처럼 나를 이해하기 위해 열심히 노력한 사람은 없었다. 갑자기 마음이 불안해졌다. 데이비드와 시간을 보내고 싶었다. 나는 잔을 들고 자리에서 일어나 서둘러 주방으로 향했다. 새로 와인병을 따고 있던 맥스를 불렀다. "그만 가 보려고. 데이비드가 집에 오는 중이라서."

"그거 섭섭한데." 그가 얼굴을 찡그렸다. "내일 출장 간다고 했나?"

"응. 그래도 이번에는 좀 짧아. 딱 일주일만."

그는 고개를 끄덕이고는 와인병을 옆에 내려놓았다. "데이비드가 출장 가 있는 동안 뭐 특별한 계획이라도 있어?"

"그런 게 있을 리가." 내가 웃으며 대답했다.

그는 고개를 끄덕였다. "그러면 목요일 밤 퍼 세에서 저녁 어때? 조금 갑작스럽기는 하지만, 8시 반쯤?"

캘리포니아에서 뉴욕에 있는 식당까지 가자는 말이었는데, 농담이 아닌 것 같았다. "뉴욕 갈 일이 있는 거야?"

"홍보 활동이지, 뭐. 레이블에서 항공권을 제공해 줘서. 그때 나랑 같이 가면 돼. 아마 오후 3시쯤이면 공항에 도착할 텐데, 1시간 안에 볼일을 다 끝내면 그다음은 뭐든 마음대로 할 수 있으니까. 저녁 먹고 다시 집으로 돌아오자."

나는 웃음을 터트렸다. "데이비드한테는 뭐라고 설명해?" 나는 팔짱을 끼며 물었다. "남자친구가 집을 비운 사이에 잠시 뉴욕에 다녀올 거라고 하면 되나?"

"뭐 어때? 데이트도 아니잖아. 그냥 친구랑 벼락치기 여행 다녀오는 거지." 그가 열심히 말했다. "데이비드도 그렇게 생각할걸."

나는 눈을 내리깔며 맥스를 봤다. "완전히 그 반대일걸요."

맥스는 어깨를 으쓱했다. "그럼 아무 말도 안 하면 되죠." 맥스의 얼굴에 웃음이 번졌다.

나는 웃음을 참으며 시선을 돌렸다. "너는 질 나쁜 친구야."

맥스가 나쁜 영향을 주는 친구라는 건 분명했다. 내가 소시오패스 특성을 억누르기를 바랐던 데이비드와는 달리 맥스는 처음 만났던 날부터 오히려 그걸 자연스럽게 인정하라고 부추겼다. 우리는 누구에게는 정상적으로 보이지 않을지 몰라도 편하고 자연스러운 관계를 유지했다. 나는 이런 관계가 최선이 아니라는 사실을 알고 있었다. 그는 내가 모든 근심을 잊고 무서울 게 없도록 해 주는 기분전환용 약물이나 다름없었다. 다행인 건 내가 치사량을 알고 있었다는 사실이다. 맥스에게 의지하는 건 내가 원하는 일도, 필요할 때마다 마음대로 할 수 있는 일도 아니었다. 그는 벅찬 친구였다. 거의 모든 걸 자기 마음대로 할 수 있는 위치에 있어서 오히려 주변이 늘 혼란스러웠다. 나는 규율을 선호하는 사람이었다.

그의 뺨을 다정하게 토닥여 주었다. "한번 생각해 볼게."

"최악의 대답인데!" 집을 나서는 내 등 뒤에서 그가 소리쳤다.

목요일 아침에 알람을 듣고 잠에서 깼다. 눈을 가늘게 뜨고 휴대폰 화면을 보았다. 사진도 있었다. 맥스가 여객기 창문에 신발 신은 발을 차올린 사진이었다.

'망할 년.'

나는 빙글빙글 웃으며 다음 문자를 확인했다.

'아마 자고 있겠지만, 내가 너를 얼마나 사랑하는지 그냥 그걸 말하고 싶어서. 이 세상에서 나를 미치게 만드는 건 오직 너뿐이지. 너 말고는 함께 하고 싶은 사람도 당연히 없고. 패트릭, 정말 사랑해.'

한숨을 쉬고 침대 머리판에 머리를 기댔다. 그의 초대를 거절한 건 잘한 결정이었다. 물론 쉽지는 않았다. 그는 내 어두운 면을 유혹하는 방법을 정확하게 알고 있었다. 나는 그가 속으로 무슨 생각을 하든 덤덤하게 대처할 자신이 있었다. 내 생각에도 친구와의 벼락치기 여행은 대수롭지 않은 일이었고, 그와 내가 불법적인 일을 벌이거나 부정한 관계를 시작할 가능성도 없었다. 뉴욕에서의 저녁 식사는 색다른 재미를 안겨 주었으리라. 하지만 데이비드가 좋아할 리 없었다.

공평하지 않았다. 누군가가 불편함을 느낀다는 이유로 재미있는 일을 항상 피해야 할까? 왜 내가 공감할 수도 없는 감정적인 규칙을 따라야 할까? 왜 내가 그 반대를 요구할 수는 없는 걸까? 나를 진정으로 이해하고 공감하는 사람을 언제 만날 수 있을까?

젠장할, 비행기에 몸을 싣는 건 간단한 일이었다. 잠시 갔다가 다시 돌아오는 것뿐이었고, 데이비드가 알아차릴 가능성은 전혀 없었다. 하지만 내 마음속의 뭔가가 나를 가로막았다. 데이비드가 출장을 떠난 날 아침, 왠지 가슴이 답답했다. 처음에는 거의 알아차리지 못했지만, 맥스와 여행을 갈 수도 있었다고 자꾸 생각하니 갑갑증이 더 심해졌다. 죄책감이란 걸 느꼈던 걸까?

아니, 그럴 리가 없었다. 나는 타인을 특히 데이비드를 관찰하면서 죄책감의 양상을 충분히 확인했다. 가톨릭을 믿는 집안의 아들답게 그는 자기 의지를 스스로 배반하면 불편해했다.

"이건 말도 안 되잖아." 언젠가 나는 데이비드가 고향에 가기 위해 짐을 꾸리는 모습을 지켜보다가 이렇게 말했다. "크리스마스에 삼촌 집에 가는 게 싫다면서. 멍청하기 짝이 없는 삼촌은 매년 만날 때마다 어머님이랑 싸우고 결국엔 모두가 울면서 끝난다며. 그런데 거기를 왜 가? 이해를 못 하겠어."

그는 잠시 손을 멈추고 다정한 눈빛으로 나를 바라보았다. "나도 알아. 네가 이해 못 한다는 거. 네가 운이 좋은 거지."

나는 죄책감 때문에 맥스의 제안을 거절한 게 아니다. 데이비드와의 관계를 우선순위에 두었기 때문이다. 하지만 답답하고 위축된 기분이 드는 것도 사실이었다. 무력감도. 나는 영화 속의 슈퍼맨이 사랑하는 로이스 레인과 함께하기 위해 초능력을 포기하려 했던 장면을 떠올렸다. 그런 비슷한 일이 내게도 벌어지고 있는 건지 궁금했다. 나도 데이비드와 함께하기 위해 선택을 해야 하는 걸까? 소시오패스 '초능력'을 무시하고 그냥 평범한 사람처럼 산다고? 항상 상식적인 선택을 하면서? 좆같은 일이네. 나는 이 아이디어에 '이론적 가능성'이라는 제목을 달아 정리해 두어야겠다고 생각했다.

착잡한 마음으로 침대에서 일어나 욕실로 향했다. 좋지 않은 기분을 물로 씻어 내고 싶었다. 뜨거운 물을 뿜어내는 샤워기 아래로 머리를 밀어 넣으며 마음이 진정되기를 바랐지만 불편함은 사라지지 않았다.

갈등은 증폭됐다. 나는 평생 데이비드와 함께하고 싶었다. 설명할 수 없는 인연의 힘을 그에게 항상 느꼈다. 진짜 분위기가 좋을 때 우리는 완벽한 한 쌍이었다. 그는 내가 하지 못하는 여러 가지 일들을 훌륭하게 해냈고 나 역시 그의 부족한 면을 채워 줄 수 있었다. 둘 다 잘할 수 있는 일은 힘을 합쳐 더 잘해 냈다. 우리가 잘할 수 없는 일이 있어도 그럭저럭 견뎌 나갔다. 진짜 분위기가 좋을 때 우리는 '완전한 하나'가 되었다. 그래서 관계가 삐걱거릴 때 느껴지는 낙차는 더 컸다. 모든 대화는 싸움으로 바뀌었고 모든 말이 다 오해로 이어졌다. 그런 날이면 마치 낯선 곳에서 길을 잃은

떠돌이 신세가 된 것 같았다. 그리고 더 나은 사람이 되어야 한다는 당위에 대한 의심으로 가득 찼다.

수도꼭지를 잠그고 수건을 집어 들었다. "하지만 오늘은 좋은 날이야." 나는 이렇게 암시했다.

여전히 폐소공포증 비슷한 기분을 완전히 떨쳐 버릴 수는 없었다. 낯설지 않은 조짐을 느낄 수 있었다. 오래전에 이미 망가져서 잊어버렸던 장난감에 갑자기 불이 들어온 것 같았다.

만성적 긴장 상태.

칼린 박사의 말이 옳았다. 사랑은 결코 영구적인 해결책이 될 수 없었다. 나는 데이비드를 이용하고 있었다. 이제 깨달았다. 나는 내 문제의 해결을 회피하고 유예하기 위해 최선을 다해 사랑에 의지했다. 하지만 갈등은 무시할 수 없는 수준에 이르게 되었고, 압박감이 깨어나 악순환이 시작되려 했다. 지금의 나는 이를 통제할 방도가 없었다. 제대로 통제해 본 지가 너무 오래되었다. 무슨 행동이든 저지르고 싶은 강박적 충동이 다시 끓어오르기 시작했다.

제22장
공범

욕실은 세상에서 가장 안전한 곳이 아닐까. 욕실 바닥에 앉아 있으면 나는 심리학 박사 과정 중인 학생이 아니라 로스앤젤레스에 처음 도착한 대학 신입생이 되었다. 심리학적으로 말하자면 과거의 자아를 다시 찾는 것과 같았다. 하지만 시간을 거슬러 올라갈 수는 없었다. 나는 심호흡하며 집중했다. '너는 지금 반복되는 상황에 습관적으로 반응하고 있어. 우린 그 습관을 벗어날 거야.'

딱딱한 욕실 바닥에서 몸을 일으키자 다리가 아팠다. 문을 열었다. 침실 바닥에 드리운 크고 환한 햇빛에 본능적으로 눈을 가렸다. 겉옷을 걸치고 책장으로 걸어가 책 한 권을 꺼냈다. 《파괴적 신념, 감정 및 행동 극복: 합리적 정서 행동치료를 위한 새로운 안내서 Overcoming Destructive Beliefs, Feelings, and Behaviors: New Directions for Rational Emotive Behavior Therapy》라는 책이었다. 첫 임상 심리학 강의에서 공부했던 자료였다. 컬럼비아 대학교의 심리학자 앨버트 엘리스가 개발한 이른바 '합리적 정서 행동치료 Rational Emotive Behavior Therapy, REBT'는 사람들이 자신의 비합리적이고 파괴적인 신념, 감정, 그리고 행동을 인식하고 이를 재구성하는 걸 돕기 위해 고안된 치료법이다. 이 REBT의 핵심 구성요소는 ABC 모형이다. 행동 선택을 조사할 때 우리는 세 가지를 먼저 확인한다. 바로 '선행 사건 A', 그 사건과 관련된 '신념 B' 그리고 그 신념에 따라 발생하는 '결과 C'다.

나는 이 ABC 모형을 활용해 보기로 했다. 오전에 경험했던 만성적 긴장 상태는 분명 '선행 사건'이었으며, 그런 불안과 긴장에 맞서야 한다는 확신은 그 사건과 관련된 나의 오래된 '신념'이었다. 그리고 그런 신념의 '결과'는 파괴적인 행동이었다.

나는 초보 치료인이었다. 하지만 이 ABC 모형은 나의 사악한 충동을 식별하고 예방하는 데 효과적인 해결책처럼 보였다. 모든 건 마음을 가다듬는 작업으로 연결되었다.

지금까지 내가 무감각에 처방했던 파괴적인 방법은 늘 놀라울 정도로 효과적이었다. 이는 내 잠재의식의 독특함에 대한 강력한 증거였다. 심리학적 세계에서 무슨 일이 일어나고 있는지 배우기 수십 년 전부터도 나는 본능적으로 행동했다. 그런데 만일 내가 이런 심리적 프로세스에 빛을 비춘다면, 무감각과 파괴적 행동 사이의 상호 작용을 엄밀하게 파악한다면, 회로를 뜯어고쳐 내 신념을 바꿀 수 있을까? 행동을 변화시킬 수 있을까?

책을 덮었다. 결론은 분명했다. "제기랄." 나는 큰소리로 외쳤다. "나를 상대할 전문가가 없다면 내가 직접 전문가가 돼 주겠어."

한 달 뒤, 대학원의 학기가 시작되었다. 동시에 새로운 한 해가 시작되었고, 내 학업도 새로운 장을 맞이하게 되었다. 부슬부슬 비를 뿌리는 로스앤젤레스의 겨울이었다. 안락할 정도로 따뜻한, 창문 없는 강의실에서 연필로 책상을 두드렸다. 박사 과정 3년 차에 접어들어 슬슬 논문 주제를 정해야 했다. 지금껏 소시오패스의 어떤 측면을 더 집중적으로 연구하고 싶은지는 결정하지는 못했다. 하지만 이제 내 주제가 무엇인지 깨달았다. 내 앞에는 박사 학위 신청서가 있었고, 논문 제목을 적는 빈칸이 있었다. 나는 연필을 들고 거기에 "소시오패스: 불안과의 관계 및 치료적 개입에 대한 반응"이라고 적었다. 그리고 의자에 편하게 등을 기대고 숨을 뱉었다.

며칠 후 도서관에서 이전에 참고했던 자료들을 다시 꺼내 왔다. 지난 몇 년 동안 혼자 연구하면서 찾아냈던 논문을 다시 검토했다. 그런 와중에 새로운 논문도 몇 편 발견했다. 그 안에서 희망을 찾았다.

1차 사이코패스와 2차 사이코패스, 즉 "진짜 사이코패스"와 "진짜 소시오패스"를 구분한 최초의 의학자 중 한 명인 벤 카프만 박사도 소시오패스가 나타내는 반사회적 행동은 대개 압박감의 결과라고 주장했다. 그는 소시오패스가 사이코패스와 똑같은 증상을 보일 수 있지만, 반사회적 생활 방식을 추구하도록 타고나지는 않았으며 치료에도 반응한다는 이론을 내세웠다. 그는 2차 사이코패스, 즉 소시오패스 범주에 속하는 사람들이 이 범주에 속한 환자의 대부분을 차지한다고 믿었다.

그의 주장을 지지했던 리켄 박사의 연구 결과도 찾아냈다. 그 또한 불안감을 해결하면 2차 소시오패스의 파괴적인 성향을 줄일 수 있음을 보여 준다. 리켄 박사는 어린 시절의 성장 과정에서 사회화, 즉 개인의 핵심 가치와 신념 체계가 일반적인 사회 통념과 일치하도록 교육받는 과정의 중요성을 강조하기도 했다.

내가 가장 좋아하는 연구자인 린다 밀레이 박사는 소시오패스가 의도적으로 조작과 약탈을 중심으로 하는 사회적 상호 작용을 추구하게 된다는 가설을 세움으로써 이론을 발전시켰다. 내가 언젠가 칼린 박사에게 설명했던 것처럼, 밀레이 박사는 소시오패스를 자신의 불리한 여건이라도 최대한 활용하려는 노력으로 정직하지 못한 전략을 내세우는, 심리적으로 문제가 있는 사람들로 묘사했다. 그녀의 주장은 내 개인적 경험과 가장 근접했다.

나는 불안을 해결하는 치료법에 초점을 맞춰 박사 논문을 쓰겠다고 결정했다. 나는 만성적 긴장 상태가 의식의 최전선에 설 때마다 예전의 처방전을 다시 사용하고 싶은 충동을 견뎌냈다. 대신 학업량을 두 배로 늘렸다. 들을 수 있는 강의는 모두 듣도록 시간표를 짰다. 사회학부터 정신 약리학에 이르기까지 도움이 될 만한 모든 강의를 신청했다. 그리고 다른 시간에는 연구에만 몰두했다. 물론 쉬운 일은 아니었다. 내게는 학업 말고도 책임져야 할 일들이 있었다.

나는 여전히 음반 업계에서 일했다. 학교생활과 사회생활의 균형을 맞추기는 몹시 어려웠다. 노력은 물론이거니와, 서로 다른 특별한 기술이 요구됐다. 언젠가는 한계가 올 거라는 직감이 들었다. 두 일은 서로 완전히 다른 방향으로 나를 밀어붙였다.

나는 소시오패스적 특성을 사회생활에 유용하게 사용했다. 얄궂게도 나는 일을 훌륭하게 해냈고, 업계에서 나만의 자리를 성공적으로 개척했다. 연예 기획자나 제작자로 활약하려면 도덕적 유연성이 필요했는데, 그거야말로 내 전문영역이었다. 연예계는 상대적으로 내가 소시오패스적 역량을 과시할 수 있는 편안한 환경을 제공했고, 나는 그런 기회를 쉽게 포기할 수 없었다.

한편 더 많이 공부할수록 데이비드와의 갈등이 결국 내가 어떻게 대응해야 할지 몰랐던 내 성격 유형의 여러 측면과 관련되어 있다는 사실을 이해하게 되었다.

나는 데이비드에게 내 연구 결과를 보여 주고 싶었다. 과학적인 태도로 이 주제에 대해 대화할 수 있다면, 그도 내 문제가 자신과는 아무 관련이 없다는 사실을 알게 되겠지. 어쩌면 나를 바꾸겠다는 생각을 단념하게 만들 수도 있을 것 같았다. 하지만 우리 둘 다 종일 바쁘다 보니 최근에는 함께 식사할 시간도 거의 없었다. 깊이 있는 토론의 기회는 찾기 어려웠다.

물론 맥스도 내 생활의 일부분이었다.

학업에 대한 과중한 부담, 이끌어 주는 사람 없이 혼자서 분투해야만 하는 연구, 고단한 밥벌이, 관계가 삐걱거리는 같이 사는 남자친구에도 불구하고 맥스와의 우정은 점점 깊어졌다. 하지만 맥스의 생활과 쉽게 공명할 수 없어서 좌절감을 느낄 때도 있었다. 그는 놀고먹는 분야에 관해서 그는 완전히 구제 불능한 전문가였다. 일과를 마친 후 사무실에서 공부라도 시작하면 그가 예고도 없이 찾아오는 일이 잦았다.

"그만해!" 컴퓨터에서 맥스의 손을 치우며 말했다. "농담이 아니야. 15분은 더 공부해야 한다고."

그 무렵에 집에서는 공부가 전혀 되지 않았다. 청소, 요리, 빨래 등의 집안일이 항상 기다리고 있었다. 사무실은 모든 감각을 차단하는 밀실과 같았다……. 맥스가 찾아오기 전까지는.

"나 내일 떠난다니까." 그가 투덜거렸다. "그러면 적어도 몇 개월은 못 만나." 그는 새로운 앨범을 홍보하기 위해 북아메리카와 남아메리카를 비롯한 유럽 일부 지역의 여러 도시를 방문할 계획이었다.

그때 전화가 왔다. 발신자 번호를 보니 맥스의 일을 봐주는 브라이언이었다. "어라? 왜 브라이언이 나한테 전화하는 건데?" 맥스의 기획사는 그와 연락이 안 될 때 나를 찾고는 했다. 그는 어깨를 으쓱했고, 나는 짜증 섞인 눈빛으로 마지못해 전화를 받았다.

"여보세요?"

"아, 패트릭? 순회공연에 대한 세부 일정을 검토해야 하는데 우리 제멋대로인 아티스트 님과 연락이 안 돼서요. 혹시 얼굴 보면 나한테 전화하라고 전해 주겠어요?"

"네, 그렇게 할게요." 나는 전화를 끊고 맥스를 노려보았다. "빨리 회사에 연락해서 공연 일정 정리해 줘. 빌어먹을, 왜 이렇게 자꾸 나를 괴롭히는 거야? 내가 왜 중간에서 너를 찾는 전화를 받아야 하는 건데?"

그는 콧방귀를 뀌더니 내 책상 가장자리에 엉덩이를 걸쳤다. 그리고 내가 모아 놓은 감각적인 필기구들을 정리하기 시작했다. 내가 정말 화났다는 걸 알아차린 것 같았다. "내가 자기들 대신 널 고용할까 봐 불안해서 열심히 일하나 보지, 뭐." 그가 나를 자극하듯 속삭였다.

"그런 일은 절대 없어." 내가 날카롭게 쏘아붙였다.

맥스가 이 주제를 꺼낸 게 처음은 아니었지만, 내가 늘 냉담하게 반응했기에 대화가 이어진 적은 없었다. 그와 공적 관계로 엮이고 싶은 생각이 추호도 없었다. 이 관계에서 얻을 수 있는 건 해방감이었다. 사회적 경계에 대한 맥스의 반항심, 그리고 나의 윤리적 유연성이 하나로 합쳐지면 신나면서도 뜨거운, 활기 넘치는 혼돈의 태풍이 만들어졌다. 여기서 더 나아가서는 안 된다는 사실을 잘 알고 있었다. 내가 데이비드를 사랑하는 한 맥스와의 관계에는 한계가 있었다. 나는 이런 엄격하고 안전한 경계선이 마음에 들었다.

나는 맥스의 손을 내리쳐 내 필기구에서 손을 치우게 했다. 그러자 그가 두 팔을 활짝 벌렸다. "나랑 같이 가자." 그는 장난스럽게 흥얼거렸다. "그러면 당신은…… 순수한 상상의 세계에서……."

"하나님 맙소사." 나는 짐짓 놀란 척하며 웅얼거렸다.

그가 팔짱을 꼈다. "패트릭, 응? 공부는 내일 하면 되잖아."

나는 자리에서 일어났다. "그래, 좋아." 책을 주섬주섬 정리하며 화난 척 말했다. "네가 이겼어. 그래, 뭘 하고 싶은데?"

맥스의 얼굴에 화색이 돌았다. "뭐든지! 뭐든 상관없어! 끝내주게 재미있는 걸 해 보자. 소시오패스의 상상력을 마음껏 펼쳐 봐."

"글쎄." 나는 느릿느릿 말했다. "아주 근사한 레스토랑에 가서 저녁을 먹고, 네가 계산하는 게 어떨지."

"으으……." 그는 내 말을 무시했다. "시내로 가서 대강 뭐 좀 사고 세실에 한번 가 보는 건 어떨까."

세실 호텔은 로스앤젤레스에서도 악명 높은, 주로 자살이나 폭력 범죄가 빈번하게 일어나는 유명한 장소였다.

"소시오패스들이 세실 호텔을 좋아한대?" 나는 심드렁한 말투로 대꾸했다. "거기 갈 거라면 중간에 어디 들러서 불량한 옷들 좀 사야 되지 않겠어?"

"뭐 다른 생각 있어?"

"사실 아무 생각도 없어!" 나는 웃음을 터트렸다. "오늘 내 계획은 밤샘 공부를 하는 거였다고."

그때 다시 전화가 왔다. 나는 맥스를 날카롭게 노려보았다. "브라이언한테 연락해 주라니까? 이렇게 계속 나한테 연락이 오면 나도 월급을 받겠다고 말할 거야. 농담 아니야."

"그게 내가 바라던 바데." 그가 툴툴거렸다.

하지만 이번에는 알 수 없는 발신자였고 나는 한숨을 내쉬었다. 또 지니인가.

"무슨 일이야?"

나는 만사가 귀찮은 것 같았다. "올리버 크루시의 엄마야."

"아, 그 여자?" 맥스가 호기심이 동한 것처럼 물었다.

"어. 한동안 조용히 있더니 다시 시작하나 봐." 머리를 긁적였다. "슬슬 경찰을 찾아가야 할 것 같은데, 어떻게 생각해? 세실 호텔 말고 경찰서로 가 볼까?"

맥스는 내 말이 진담인지 농담인지 가늠해 보려는 듯 눈을 크게 떴다.

"나 지금 진지하거든." 내가 대꾸했다.

그는 씩 웃었다. 얼굴 전체에 사악한 표정이 드러났다. "사실 말이야, 나한테 더 좋은 생각이 있어."

지니가 사는 동네의 방문자 전용 주차장에 차를 세웠다. 옆에는 맥스가 잔뜩 흥분한 채 앉아 있었다.

"자, 마지막으로 물어볼게. 정말로 할 생각이야?"

그는 눈알을 굴리며 차 문을 열었다. 그리고 나를 기다리지 않고 주차장을 가로질러 갔다. 나도 차에서 내려 차 지붕에 팔을 얹었다. 그가 나를 돌아보았다. "너는 안 와?"

나는 비웃듯 웃었다. "네가 좀 못 미더워야지. 너 지금 어디 가는데?" 나는 반대 방향을 가리켰다. "지니는 저쪽에 살거든."

그는 서둘러 제자리로 돌아오며 웃음을 참으려는 듯 입술을 깨물었다.

울타리를 더듬었다. 발밑에서 자갈이 밟히는 소리가 났다. 그동안은 내가 무슨 짓을 할지 확신할 수 없었기에 이곳에 다시 오는 걸 자제해 왔다. 하지만 막상 다시 돌아오니 기분이 나쁘지 않아 안심했다. 맥스를 끌어들이면서 원래는 사악하고 음흉한 목적으로 일삼던 일에 장난스러운 분위기가 더해졌다. 둘이서 울타리를 뛰어넘는 게 훨씬 쉽다는 사실도 깨달았다. 나는 조용히 집의 구조를 설명했다.

"내가 먼저 널 들어 올려 줄게." 그가 속삭였다.

나는 울타리 쪽으로 몸을 돌리고 손가락으로 셋, 둘, 하나 신호를 보냈다. 그가 깍지를 끼고 나는 한쪽 발을 그 위에 올렸다. 그가 나를 들어 올렸고 내가 뛰어오르려 할 때 잠시 균형을 잃고 말았다. 그는 내 몸무게를 지탱하기 위해 다시 손에 힘을 주었다. 내 몸의 절반은 울타리 안쪽에, 나머지 절반은 바깥쪽에 걸쳤다.

맥스가 조용히 신경질을 내며 속삭였다. "아니, 도대체 왜 쌩초보처럼 구는 거야? 지금 새끼기린만 한 장정이 도와주고 있는데."

나는 웃음을 터트리지 않으려고 애쓰며 숨을 가다듬었다. "입 닥치고 밀어 올리기나 해!"

그는 시키는 대로 나를 울타리 너머로 밀어 올렸다. 나는 나무 옆에 작게 소리를 내며 떨어진 후 사방을 살펴보았다. 모든 블라인드가 열려 있는 걸 보고 다행이라고 생각했다. 불도 평소처럼 켜져 있었다. 별문제가 없는 걸 확인한 후 그에게 신호를 보냈다. 그는 재빠른 동작으로 한 번에 울타리를 넘어왔고 으스대듯 웃었다.

"혹시 당신이 가택 침입에 통달하신 분이라면 절 보고 생각이 바뀌셨겠네요."

"스턴트 강의라도 하려는 거야?" 내가 비꼬듯 웃었다. "가택 침입의 전문가들은 그렇게 집주인 훤히 보라고 떡하니 마당에 서 있지 않거든."

맥스는 몸을 낮추고 서둘러 나무 밑에 숨은 내 곁으로 달려왔다. 그렇게 서로 바짝 붙은 채 집안을 바라보았다.

"그러면 이젠 뭘 하지?" 그가 속삭였다.

"이젠 기다려야지."

어둠 속에서 바람에 나뭇잎이 흔들렸다. 지니가 거실로 들어오는 모습이 보였다. 맥스가 거칠게 숨 쉬는 소리가 들렸다. 지니의 모습이 훤히 다 들여다보였다.

"저 여자야?" 맥스가 물었다. "저 여자는 정말……" 목소리가 잦아들었다.

"불쌍해 보여?" 내가 되물었다.

"응."

사실이었다. 물론 내가 그렇게 느꼈다는 건 아니었지만 지니가 좁은 거실 안을 서성이는 모습은 처량해 보였다. 전혀 공격받아 마땅한 적수처럼 보이지는 않았다. 우리는 그녀가 이리저리 돌아다니다가 자기 방으로 들어가는 걸 지켜보았다. 그녀는 서랍 속을 뒤적이기 시작했다. "담배를 찾고 있어." 내가 속삭였다.

내 예상대로 그녀는 다시 거실의 창문 밖으로 나왔다. 손에는 담배와 라이터가 들려 있었다. 우리와의 사이에 물리적 장벽마저 사라지자, 예상치 못한 기대가 해방감을 파도처럼 불러일으켰다. 나는 같은 느낌을 제공할 수 있는 치료가 내게 절실히 필요하다고 생각했다.

맥스를 바라보았다. 불편한 모양이었다. 지니의 모습에 시선을 고정한 채 온몸의 근육이 긴장한 듯 움직임이 없었다. 그녀는 열심히 담배만 피워댔다. 희미한 연기가 둥글게 피어오르는 걸 보니 《이상한 나라의 앨리스》에 나오는 담배 피우는 애벌레가 생각났다. 그에게 그 얘기를 들려주려고 했지만, 그는 조용히 하라는 듯 손을 내저었다. 그리고 계속해서 지니를 응시했다.

그녀가 갑자기 기지개를 켜더니 전에 담뱃재를 털었던 화분 쪽으로 다가갔다. 담배를 한 모금 길게 빨아들이고 천천히 우리가 있는 나무 쪽으로 고개를 돌렸다. 나는 숨을 참았다. 제일 흥분되는 순간이었다. 지니는 내가 있는 쪽을 똑바로 보면서도 내 존재를 전혀 눈치채지 못했다. 나는 투명인간이 되는 쾌감을 받아들일 준비를 했다. 그런데 이번에는 쾌감까지 나아가지 못했다. 맥스가 재빨리 옆으로 몸을 기울여 완전히 나를 가렸다.

잠시 그렇게 얼어붙은 듯 가만히 있었다. 맥스의 그림자 속에 갇혀 있는 기분이 너무나 강렬해서 안전함과 무력감을 동시에 느꼈다. 그는 나를 보호하고 있었다. 나는 안도감 혹은 최소한 고마움을 느껴야만 했는데, 오히려 더 불안해졌다. 오싹할 정도로 불편한 기분이 나를 휘감았다. 맥스가 뉴욕에 함께 가자고 했을 때가 생각났다. 이유를 알 수 없이 혼란스럽고 초조했다.

'어라라?'

나는 마음을 가라앉히기 위해 필사적으로 심호흡했다. 지니는 담배꽁초를 화분 안에 집어 던지고 집 안으로 들어갔다. 문을 잠그는 소리가 또렷하게 들렸다.

내가 말했다. "이제 그만 가야지."

벌써 한밤중이었다. 우리는 사무실 주차장에 있었다. 옆에 맥스의 차도 있었지만, 그는 떠나려는 기미가 전혀 없었다.

"믿기지 않네." 그가 말했다. "이런 기분은 한 번도 느껴 본 적이 없어. 심지어 공연장에서도…… 온몸이 부풀어 올라 터질 것 같던데. 너도 그래? 그래서 그런 짓을 해 왔던 거야?"

나는 한숨을 내쉬었다. "뭐, 그런 셈이지."

"이런 거였구나." 그는 뭔가 기대하는 눈길로 바라보았다. "자, 그럼 이제부터 어떻게 할 거야?"

"이제부터 어떻게 할 거냐면, 경찰서에 갈 거야. 내 말은, 이제 때가 되었다는 뜻이야. 실은 몇 개월 전에 그렇게 했어야만 했는데…… 이렇게 압력을 조정하는 도구로 지니를 이용하는 대신에 말이야."

"그게 무슨 말이지?"

나는 내가 겪는 어려움에 대해 구체적으로 설명했다. 그는 내가 어떻게 어린 시절에 파괴적인 조치가 가장 빠른 해결책이라는 걸 배우게 되었는지를 귀 기울여 들었다. 지니의 집에서 내가 추구해 온 희열에 대해서, 경찰에 신고한다는 건 그것을 포기한다는 걸 의미한다는 것까지. "이제 때가 되었다는 건 바로 그런 뜻이야. 사실 지니를 신고하는 게 애초에 올바른 절차였지. 그게 내 문제거든. 나는 뭐가 옳고 그른지 잘 알고 있어. 하지만 그냥 머리로 알기만 해."

나는 희미하게 웃으며 그를 바라보았다. 왠지 그는 나를 이해해 줄 것 같았다.

"경찰은 엿이나 먹으라고 해." 맥스가 고개를 흔들며 말했다. "경찰들이 뭘 어떻게 해 주는데?"

나는 깜짝 놀라서 그를 바라봤다.

"내 말은, 경찰은 아무 일도 안 할 거라는 거지. 그 여자는 그냥 경찰서에서 경고 정도만 받고 집으로 돌아갈걸." 그러면서 나를 똑바로 응시했다. "알잖아, 너도?"

"그렇지만…… 내가 지금까지 말해 줬잖아. 이건 엄밀히 말해서 그 여자 문제가 아니야. 아무나 편리하게 쾌락의 표적으로 삼는 건 나한테도 위험해. 혹시 모른다면서 집에 술병을 하나 감춰둔 알코올 중독자랑 비슷한 거야. 그리고 나는 내면의 충동에 대응하기 급급하기보다는 그걸 제대로 이해하고 싶어. 지난 몇 개월 동안 그 작업을 해 온 거고." 나는 기어를 만지작거렸다. "왜 이래야만 하는지 잘은 모르겠지만, 아무튼 이 빌어먹을 상황을 꼭 해결해야 해. 그래야지. 지니 문제를 처리해야 한다고."

맥스는 차창 너머를 바라보며 잠시 생각에 잠겼다. "맞는 말이야. 나도 같은 생각이야. 하지만 경찰에 신고하는 대신 네가 스스로 해결할 수도 있을 것도 같아. 내가 도와줄게."

나는 스스로에게 화가 나서 으르렁거렸다. "널 데려간 건 정말 바보짓이었어."

"왜 그렇게 생각해? 내가 그 여자 얼굴을 실제로 알게 돼서? 아니면 내가 너에 대해 알게 돼서?"

"네가 뭘 이해해?" 나는 울컥했다. "누굴 사냥하듯 미행하고 감시해야만 하는 기분이 어떤지 알아? 지난번에는 정말 그 여자를 해칠 뻔했다고. 내 얘기 벌써 잊어버렸어?" 나는 고개를 흔들었다. "그년한테는 천만다행인 일이지만."

"그건 그년이 자초한 거잖아! 그럴 만한 짓을 저질렀으니까!"

"그래, 다 그럴 만한 놈들이었지. 봐봐. 난 바보천치가 아니야. 나는 그 여자 같은 개새끼들만 사냥감으로 선택해. 뭔가 잘못이 있는 사람들. 내 행동을 정당화할 수 있을 만한 사람들 말이야. 하지만 그렇다고 내 행동이 정말 정당화되는 건 아니잖아. 죄책감도 느껴지지 않고, 그렇다고 다른 감정이 느껴지는 것도 아니고…… 그 모든 게 나를 엉망진창으로 만들어."

"그건 아니지. 네가 말하는 건 오히려 장점 아니야? 패트릭, 너 자신을 바꾸거나 감추려 하지 말고 그냥 더 솔직하게 드러내도록 노력해 봐. 혹시 내가 틀렸다면 지적해 줘. 먼저 시작한 게 그 여자잖아. 그리고 이런 짓을 멈추지 않고 계속 끌고 가는 것도 네가 아니라 그 여자고." 그가 잠시 말을 멈췄다. "제기랄, 그년을 확 죽여

버릴까 싶은데."

나는 머리를 뒤로 기대고 차 천장을 바라보았다. "그 여자를 죽이고 싶은 게 아냐."

"나도 알아. 그렇지만 네가 뭘 한다고 해서 네가 나쁜 사람이 되는 건 아니야. 네가 부럽다. 남이 어떻게 생각하든 신경 안 쓴다는 게 얼마나 어려운 일인지 모르지? 단 하루라도 사람들 눈치 안 보면서 편하게 살 수 있다면 얼마나 좋을까? 아마 거의 모두가 그렇게 생각할 거야."

"그건 네가 전체 맥락을 잘 몰라서 그래. 내 사정을 완전히는 모르잖아."

"너도 너 자신에 대해 잘 모르는 것 같은데? 너는 진짜 자기 모습을 감추고 억누르면서 평생을 보냈지. 마치 차고에서 최고급 스포츠카를 꺼내 본 적이 없는데도 스포츠카가 어떤지 떠벌리고 다니는 것처럼." 맥스는 내 눈을 똑바로 들여다보았다. "패트릭, 내 생각에 넌 그냥 다 받아들여야 해. 왜냐하면 넌 정말 특별하니까. 내가 너라면 그렇게 할 거야. 안 그러면 못 살 거야."

나는 그의 눈길을 피해 텅 빈 거리를 바라보았다. 어떻게 반응해야 할지 알 수 없었다.

그는 고개를 갸웃거렸다. "그런데 하나만 분명히 해 두자면, 나는 너를 이성적으로 사랑하지는 않아."

"아, 정말?" 나는 웃음을 터트렸다. "언젠가 내가 그 여자한테 무슨 짓이라도 저지르면 너도 공범 취급을 받을 것 같아서 그래? 그건 나를 사랑하는 것과는 별개의 문제일 텐데."

그가 빙그레 웃었다. "공범 이상의 짓도 할 수 있지. 어쨌거나 네가 말했듯이 넌 그 여자를 죽이고 싶은 건 아니잖아. 그러니까 경찰서에 가는 거 말고도 네가 할 수 있는 일이 있다는 거야. 정확히는 네가 아니라 우리가 할 수 있는 일."

그를 가만히 바라봤다. "우리?"

"그래, 우리. 자, 획기적인 방법 지금부터 들어간다. 그 여자랑 통화하는 거 다 녹음했지?" 차 안의 분위기가 순식간에 전환되었다. "우리는 밤늦게 그 여자에게 전화를 걸어서 자기가 한 말을 그대로 다시 돌려줄 수도 있어. 우리가 역으로 협박하는 거지……. 일단은 그냥 맛보기로 말이야."

나는 웃음을 터트렸다. "이제 너도 그만 가 보는 게 좋겠어."

"이제 너도 인정해." 그가 장난스럽게 웃었다. "공범이 생겨서 재미있잖아."

순간 그레이트 블루 홀의 표면에 둥둥 떠 있는 기분이었다. 손가락으로 물을 훑으며 구멍 위에서 괴물들을 유혹하는 나…… 나는 조용히 웃었다. "어서 가." 이번에는 더 단호하게 말했다.

맥스는 고개를 끄덕이더니 코로 크게 숨을 들이켰다. "나한테 꼭 문자해." 그리고 아무 말도 없이 차에서 내려 사라졌다.

제23장
투명인간

그날 밤에는 잘 자지 못했다. 침대에 누워 부드러운 햇살이 방 구석구석을 비출 때까지 천장을 바라보았다. 데이비드가 맞춰 놓은 알람이 울렸을 때 눈을 감았고 그가 일어나도 자는 척했다. 그가 샤워하고 옷을 갈아입고 내 볼에 입을 맞추고 출근하기까지의 몇 분이 마치 몇 시간처럼 느껴졌다. 그의 차가 풍경 밖으로 사라질 때까지 기다렸다가 벌떡 일어나 옷을 주섬주섬 걸치고 에벌리의 집까지 차를 몰고 갔다. 집 안으로 들어서자 그녀가 내 손에 커피 한 잔을 쥐여 주었다.

"고마워요." 지친 나머지 목소리가 갈라졌다.

그녀가 나를 거실로 안내했다. 벽난로에서는 장작이 활활 타오르고 있었다. 우리는 함께 나란히 카우치에 앉았다. 그녀가 방석에 몸을 기대고 걱정 가득한 눈으로 나를 바라보았다.

"우리밖에 없어요. 벤은 녹음실에 하루 종일 있을 거예요. 그러니 말해 봐요. 도대체 무슨 일이에요?"

나는 심호흡하고 이야기를 시작했다. 데이비드와 관계에서의 갈등과 좌절감, 다시 느껴지기 시작한 압박감, 공부하면서 알게 된 것들에 대해 들려줬다. 맥스와의 복잡한 관계와 지니 문제, 전날 밤 있었던 일까지 다 털어놓았다. 내가 나의 모든 생각, 충동, 행동을 고백하는 동안 에벌리는 조용히 귀를 기울였고, 마침내 이야기가 다 끝나자 자세를 고쳐 앉았다.

"맙소사, 패트릭. 도대체 뭐가 어떻게 돌아가고 있는 건지 그냥 이해가 안 돼요."

내가 한탄했다. "솔직히 말해서 난 지금 제정신이 아닌 것 같아."

"음, 한 가지는 확실하네요. 그 지니 크루시라는 여자는 그냥 씨발년이네." 뜻밖의 말에 당황하며 웃고 말았다. "그리고 당신은 맥스에게 감정을 느끼고 있고요." 다른 사람 입에서 맥스라는 이름을 듣자 기분이 묘했다. 새하얀 캔버스 위에 부정직함이라는 얼룩이 떨어지는 것 같았다. 사실 맥스는 우리 둘이서만 부르는 이름이어서 그녀는 맥스의 진짜 정체를 알지 못했다.

"아, 네." 나는 일부러 아무렇지 않은 듯 무심하게 말했다. "우리는 그냥 친구 사이에요."

"내가 바보인 줄 아시네요. 그 남자와 함께 보낸 시간이며…… 그런데도 지금까지 제겐 한 번도 그 남자에 대해 제대로 말한 적이 없고…… 금방 당신이 그에 대해 말하는 태도를 보면…… 좋아하고 있잖아요. 제가 당신 일에 뭐라고 판단한 입장은 아니지만요, 당신이 금방 해 준 얘기들에서 애정이 느껴져요. 그게 바로 사랑이죠."

"에벌리, 나는 사랑이 어떤 느낌인지 알아요." 내가 조금 날카롭게 대답했다. "이번에는 아니에요."

"그러면 뭔데요?"

"모르겠어요. 내가 묻고 싶은 게 바로 그거예요. 나는 어떤 감정을 보통 사람들과 똑같은 방식으로 느끼지 않아요." 나는 카우치 등받이에 머리를 기댔다. "예컨대 지금 어떤 감정이 일어나고 있다는 걸 머리로는 이해해도, 느껴지는 것은 이해한 것과는 달라요. 그 느낌을 내면화하지 못해요." 나는 어깨를 으쓱했다. "그런데 이 경우에 내면화할 필요도 없어요. 그냥 내가 원할 때 그를 차단해 버릴 거예요. 전 그래도 상관없어요."

"그건 진짜로 당신이 원하는 게 아니에요." 에벌리가 참을성 있게 대답했다. "당신은 사실 뭔가를 진심으로 느끼고 싶어 해요. 그러려고 노력하잖아요." 그녀가 동정심 어린 눈길로 나를 바라보았다. "그렇지만 감정이라는 건 골라서 선택할 수 없어요." 그녀는 내 손을 저울의 접시처럼 들어 올렸다. "어떤 감정이 강해지면," 그리고 내 다른 손도 들어 올렸다. "그와 얽힌 복합적인 감정들도 똑같이 강해지니까요."

"맥스에 대한 내 감정은 그렇게 복잡하지 않아요. 그러니까 당신이 테니스를 대하는 태도와 비슷한 건데……."

그녀가 고개를 갸웃거리며 응시했다.

"테니스 치는 거 좋아하잖아요? 그런데 남자친구가 테니스 치기 싫다고 하면 그만둘 거예요? 그럴 리가 없잖아요! 그냥 다른 사람이랑 치면 되니까."

"아니, 이건 빌어먹을 테니스 같은 경우가 아니라니까." 그녀가 뾰족하게 말했다. "그러면 이렇게 해 보죠." 에벌리는 내 휴대폰을 집어 들었다. "맥스 사진 좀 보여 줘요."

"그건 곤란해요."

"왜요? 우리 이 문제에 대해 솔직하게 대화하고 싶은 거 아니었나요? 그런데 그 빌어먹을 '맥스'는 심지어 가명이죠. 내가 무슨 말을 하든 기껏해야 수박 겉핥기일 뿐이에요. 당신도 그렇게 생각할 거고."

"와……." 나는 팔짱을 꼈다. "나는 태어나서 지금까지 내가 감정적으로 무감각하다는 걸 문제시해야 한다는 말만 들어 왔거든요. 그런데 에벌리 당신은 지금 내가 어떤 감정을 느끼는 걸 문제시해야 한다고 말하는 것 같아요." 나는 발끈했다. "그런 헛소리는 듣고 싶지 않아."

"나는 당신이 뭘 느껴야 정당하다고 말하려는 게 아니에요." 그녀는 논점을 다른 방향으로 돌리려는 내 시도를 무시했다. "당신이 요즘 느끼는 감정에 대해 말하고 있을 뿐이에요. 내 생각에는 그게 당신이 요즘 폐소공포증적 갑갑증을 느끼는 원인이기도 해요. 당신은 지금 완전히 갇혀 버렸거든요. 어떤 감정 속에요."

"저는 완전히 지쳤어요." 나는 어깨를 축 늘어뜨리며 고개를 끄덕였다. "나는 그 누구보다, 내가 사랑할 수 있는 어떤 사람보다도 데이비드를 더 사랑해요. 하지만 내 말을 잘 들어 봐요. 이런 내 사랑도 데이비드가 주는 사랑에 비하면 기껏해야 발톱의 때 정도예요. 데이비드는 항상 나와 일심동체가 되기를 기대해요. 하지만 저는 당연히 기대에 부응하지 못해요. 그러면 그는 내가 자기와 똑같은 방식으로 자기를 사랑하지 않기를 선택했다고 일방적으로 이해해 버려요." 나는 고개를 흔들었다. "그래서 저는 데이비드 앞에서 없는 감정을 꾸며내요. 아니, 정확히는 감정은 있는데 그가 원하는 만큼의 수준이 아닌 거지요." 나는 한숨을 내쉬었다. "정말 미칠 것 같아."

"왜 데이비드와 대화하지 않나요? 방금 나한테 말한 것처럼 그렇게 그에게 말할 수는 없나요? 사람 관계라는 게 원래 다 힘들기는 하지만……."

"데이비드는 당신하고는 달라요. 맥스하고도 물론 다르고요. 맥스는 내가 무슨 감정을 느끼든 상관하지 않아요. 그냥 있는 그대로 다 받아들일 뿐이지. 그래서 우리 사이가 유쾌한 거예요. 어떤 압박감도, 긴장감도 없어요. 그냥 나를 이해해 주는 사람이죠."

"그게 제게는 맥스도 당신에게 푹 빠져 버렸다는 소리처럼 들리는데요. 아아, 뭐가 됐든요, 맥스가 누구든 간에 근본적인 해결책이 될 수 없다는 건 알고 있지요? 그냥 새로운 처방전일 뿐이에요. 물론 새로운 처방전이 도움이 될 수 있죠. 잠시 기분 전환 삼아서요. 그건 당신이 스스로 선택할 일이에요. 하지만 한 가지는 기억해야죠. 이후에도 문제는 고스란히 그 자리에 남아 있을 거라는 걸." 그녀가 손가락으로 웨이브를 만들며 나를 가리켰다. "비단 데이비드와의 문제만을 말하는 건 아니에요."

"그게 무슨 뜻이에요?"

"패트릭, 당신은 누군가요? 저는 나와 함께 있을 때의 당신이 누군지 알아요. 데이비드와 함께 있을 때의 당신도 알고요. 그리고 맥스인지 뭔지 하는 남자와 같이 있을 때의 당신도 어떤 사람인지 알 것 같아. 그런데 주변에 아무도 없이 혼자 있을 때의 패트릭은 누구인가요?"

벽난로 속 장작이 탁탁 소리를 내며 타올랐다. 모든 걸 삼키려는 불꽃이 나를 홀리는 것 같았다. 또다시 이상한 나라에 떨어진 앨리스가 생각났다. 앨리스가 만났던 체셔 고양이는 "너는 누구니?" "너는 어디에 있니?"라며 끊임없이 질문을 던졌었지.

"잘 모르겠어요." 내가 말했다.

"그렇게 대답할 줄 알았어요. 그런데 저는 당신이 자신에 대해 정확하게 알고 있다고 생각해요. 문제는 당신이 온전한 모습이 되는 걸 스스로 허용하지 않는다는 거지. 당신은 지금까지 한 번도 그래 본 적이 없었죠. 자, 그렇게 당신이 자신을 온전히 받아들이지 않는데 데이비드를 포함한 남들은 어떻게 당신을 그대로 받아들일 수 있을까요?"

나는 다시 벽난로 속 불꽃을 바라보았다. 에벌리도 나와 같은 방향을 보았다. "결론을 내리면요, 당신은 이런 이중생활을 그만둬야만 해요. 당신은 지금 불행한 상태에요. 진짜 패트릭이 되지 못하니까 불행한 거예요. 당신 자신이 되는 법을 배워야만 해요. 함께 있는 사람이 누구든, 언제 어디서든 진짜 패트릭이 되어야 해요."

"그렇게 되면 뭘 할 수 있는데요?"

에벌리가 싱긋 웃으며 한쪽 발로 나를 토닥였다. "그런 거 신경 쓰는 사람이었어요?"

그날 밤 데이비드와 식탁에 마주 앉았다. 저녁 시간은 만족스러웠다. 나는 일찌감치 집에 돌아와 식사를 준비했다. 최근에 큰일을 하나 끝마친 데이비드도 아주 기분이 좋았다.

"박사 학위 논문 심사받을 때 내가 소시오패스라는 사실을 밝힐 거야." 후식을 먹으며 내가 선언했다.

데이비드가 씹는 걸 멈췄다. 당혹스러운 표정이 적나라하게 드러났다. "어?"

"나는 이제부터 내가 소시오패스라는 사실을 대외적으로 투명하게 밝히고 싶어. 그냥 숨기기만 하는 게 무슨 의미가 있나 싶어. 게다가 이제는 나와 같은 사람들에게 도움을 주는 일을 하고 싶으니까." 나는 은근히 차오르는 흥분감을 감추려고 노력했다. "그게 뭔가 엄청 멋진 일의 시작이 될 것 같아."

그는 고개를 흔들며 입 안에 든 걸 급히 삼켰다. "그러면 이제 모든 사람에게 말한다고?"

나는 한숨을 내쉬었다. 몇 년 동안 이어진 다툼이 또 반복되려 했다. 데이비드는 성향을 그대로 인정하고픈 내 욕구를 불편해했다. 이제는 아예 그런 주제를 꺼내는 일조차 거부했다. 결국 대화는 몇 분만에 끝나 버렸고 그는 화를 내며 자리를 박차고 일어났다.

나는 식탁을 밝힌 촛불을 바라보았다. 주황색 불꽃이 환하게 깜박일 때마다 벽에 어두운 그림자가 조용히 드리워졌다. 데이비드를 사랑했지만 이제 기존의 동행은 끝났다. 우리가 진정한 동반자 관계를 맺기를 바랐다. 이제는 내 진짜 모습을 되찾을 시간이었다. 그렇게 생각하니 기분이 좋아졌다.

방문을 천천히 열어보니 데이비드는 이미 침대에 누워 있었다. 나는 차분하게 말을 걸었다. "데이비드, 나는 너를 사랑해. 금방 우리가 했던 대화 때문에라도 나는 내가 누구인지 사람들에게 알리고 싶어."

그는 고개를 돌려 천장을 올려다보았다. "그게 무슨 뜻이야?" 한숨 섞인 말투였다.

"너는 내가 소시오패스라는 사실에 관해 말하는 걸 원하지 않지. 아니, 내가 말만 꺼내도 너는 화를 내. 물론 왜 그러는지는 이해하겠어. 너는 내가 소시오패스가 되는 걸 원하지 않으니까. 세상 사람들이 소시오패스는 끔찍하다고 말하니까. 그리고 너는 나의 끔찍한 부분을 알고 싶지도, 보고 싶지도 않으니까."

그가 베개에 기대어 몸을 일으켰다. "나는 너한테 끔찍한 면 같은 게 있다고 생각한 적 없어. 네가 좋지 않은 일을 하는 건 종종 봤지만, 너란 사람 자체를 나쁘게 보지는 않아. 패트릭, 그건 너도 잘 알고 있잖아."

"그래, 나도 알고 있어. 그런 말이 새삼 얼마나 고마운지 몰라.

네가 나를 '나쁜 사람'이 아닌 존재로 받아들인 덕분에 나도 자신에 대해 다르게 생각하게 되었다. 네가 내 인생을 바꾼 거야." 나는 희미하게 웃었다. "그런데 모든 사람 곁에 다 너 같은 사람이 있는 건 아니거든. 모두가 데이비드랑 살 수는 없잖아. 그래서 나는 나만큼 운이 좋지 않은 사람들을 돕고 싶은 거야."

그는 잠시 생각에 잠겼다. "얘기 잘 들었어. 어려운 사람을 돕는 건 훌륭한 일이지. 이건 진심이야. 하지만 네가 소시오패스라고 고백하는 순간 어떻게 될 것 같아? 그다음부터 네가 진짜 하고 싶은 얘기를 해도 귀를 기울이는 사람은 아무도 없을 거야. 네가 하는 모든 이야기, 자료 등을 의심의 눈초리로 보며 검증하려 하겠지. 소시오패스는 늘 믿을 수 없는 사람으로 여겨져 왔어. 그건 네가 박사 학위를 받아도 마찬가지야. 그냥 널 싫어할 거라고."

"난 그래도 상관없는데? 나는 진실을 말하고 싶을 뿐이야. 사람들이 진실을 어떻게 받아들이는지는 내가 참견할 수 없는 영역이고. 소시오패스라면 나를 싫어하지는 않겠지. 결국에는 나를 통해 그들도 스스로를 돌아보게 될 테니까."

"잘 모르겠어."

"바로 그거야. 네가 굳이 이해할 필요는 없어. 이건 그냥 내 결정이야." 나는 무릎에 손을 얹고 자세를 똑바로 했다. "나는 이미 결심했어."

순간 데이비드의 얼굴에서 일말의 연민이 사라지는 게 보였다. "내 기분 같은 건 중요하지 않다 이거지."

나는 실망감에 얼굴을 찡그렸다. 이제 끝이 보이는 것 같았다.

그의 입술이 달싹거렸다. "그런데 왜 우리는 함께 있는 걸까?"

"너는 왜 그렇다고 생각하는데."

그는 눈을 크게 뜨고 거의 소리치듯 말했다. "나도 몰라! 그냥 이제 우리는 서로를 보는 것만으로도 괴로운 것 같아. 성공하기 위해 죽어라 일해도 아무 의미가 없는 것 같다고. 매일 똑같은 문제로 싸우느라 저녁도 마음 편하게 먹을 수 없잖아." 그는 거칠게 숨을 쉬었다. "그냥 평범한 부부처럼 빌어먹을 평범한 문제로 서로 툴툴거리면서 그렇게 살면 안 돼?"

"평범한 뭐?" 이제 나도 화가 치밀어 올랐지만, 소리 지르지 않으려고 애썼다. "언제부터 그런 생각을 한 거야? 우리가 처음 만났을 때부터? 함께 지하 비밀 통로로 숨어들었을 때부터? 아니면 내가 소시오패스일지도 모른다고 전화로 말할 때마다?" 나는 두 손을 치켜들었다. "아, 어쩌면…… 내가 길 건너 빈집에서 그 빌어먹을 열쇠고리를 들고 와서는 별 거지 같은 짓거리를 저지를 때마다 네게 알려 준다고 했을 때부터 그렇게 생각했는지도 모르겠네!" 데이비드에게 삿대질했다. "아니지! 너는 여기 처음 왔을 때부터 내가 어떤 사람인지 정확하게 알고 있었어. 내가 평범이니 정상이니 하는 것과는 전혀 상관없는 인간이라는 걸 너도 잘 알고 있었다고! 그냥 처음부터 나를 받아들이지 않겠다고 결정한 거잖아!"

"그건 사실이 아니야!" 그가 애절하게 외쳤다. "나도 진짜 너를 원해. 그냥 네 내면도 내가 알고 있는 모습 그대로이기를 바랄 뿐이야." 그가 서글픈 표정으로 머리를 흔들었다. "패트릭, 그 안에 내가 아는 패트릭이 있잖아. 나는 잘 알고 있어."

나는 고개를 숙였다. "하나님 맙소사……. 데이비드, 이제 너와 이런 일로 더는 실랑이하지 않을 거야." 나는 가슴에 손을 얹었다. "마지막으로 말할게. 내 모습은 단 하나야. 이게 바로 나라고. 네 마음에 안 든다고 해서 내 진짜 모습을 계속 억누를 수는 없어." 나는 힘없이 고개를 흔들었다. "데이비드, 나는 내 성격이나 성향을 바꿀 수 없어. 그렇지만 그런 나를 어떻게 대할지는 네가 선택할 수 있지. 네가 이해할 수 없거나, 아예 그럴 생각조차 없다면, 그런 너에게 무슨 말을 해야 할지 나도 잘 모르겠어. 내가 할 수 있는 건 여기까지야. 이제 널 신경 쓰지 않을 거야."

"빌어먹을, 너한테는 모든 게 다 이렇게 쉽지." 그가 으르렁거렸다.

나는 뭐라고 해야 할지 알 수 없었다. 물론 그를 신경 썼고 지금까지 내가 신경 썼던 그 어떤 사람이나 일보다도 그가 훨씬 더 중요했다. 그렇지만 그가 내 마음을 헤아리지 못하고…… 나를 끝끝내 이해하지 못한다면…….

"어쩌면 네 말이 맞을지도 몰라." 그가 훨씬 가라앉은 말투로 말했다. "어쩌면 우리가 끝내야 할지도……."

슬프면서도 화난 것 같은 눈빛이었다. 나는 혼란스러운 마음에 조용히 고개를 흔들었다. "그런 말 한 적 없어."

그가 나를 노려보았다. "거의 하려던 거잖아."

"하지만 안 했어." 나는 무덤덤하게 대꾸했다. "만일 네가 그렇게 생각한다면, 우리가 끝내야 한다고 생각한다면, 그렇게 직접 내게 말해. 감정을 전가하지 말고, 자기 감정은 자기가 알아서 책임지라고."

"이거 봐. 나는 내가 존중받지 못한다는 기분이 들어. 너는 나 같은 건 전혀 신경도 안 쓰지." 그는 분노한 표정으로 내 눈을 바라보았다. "내가 틀렸어?"

그는 내게 결정적인 대사로 신호를 보냈다. 지금까지 그래 온 것처럼 이제 내가 모든 갈등을 해결하라고. 기분을 풀어 주고, 모든 게 잘 될 거라고, 내가 변할 거라고, 그리고 우리 둘이서 문제를 해결할 수 있다고 말해 달라는 마지막 요청의 신호였다. 수동적이면서도 공격적인 태도였다. 하지만 그냥 물러서고 싶은 생각이 조금도 들지 않았다. 아무런 대답도 하지 않았다. 흔들리지 않는 느낌이 좋았다.

데이비드는 좌절한 듯 눈물을 흘리며 조용히 분노했다. 그는 몸을 웅크리고 침대 옆에 있는 등을 껐다. 방이 어둠 속에 잠겼다. 그는 거칠게 숨 쉬면서 몸을 옆으로 돌리고 어깨 위로 이불을 잡아당겼다. 나는 멍하니 벽을 바라보았다.

나는 잠옷을 갈아입고 침대에 누웠다. 귀가 멀 것만 같은 강렬한 침묵이 나를 감쌌다. 슬퍼해야 한다고 생각했지만 아무런 감정도 느껴지지 않았다. 사실은 아주 편안했다.

아무런 감정이 없다는 게 이렇게 기분 좋은 일이라니.

제24장
Killer Queen

데이비드는 그 주말에 집을 떠났다. 그가 짐을 꾸리는 게 보기 싫었다. 화내야만 하는 상황이라는 걸 알았고, 실제로도 화가 났다. 하지만 그 감정과 제대로 공명할 수 없었다. 뭘 씹으면서도 아무런 맛도 느끼지 못하는 것 같아서 답답해졌다.

"정말로 이걸 원해?" 데이비드가 차에 짐을 다 싣고 나서 물었다.

"아니."

그는 크게 충격을 받은 것 같았고 나는 우리가 십 대 시절 처음 헤어졌을 때를 떠올렸다.

"사랑해, 패트릭." 그가 이마를 맞대고 나를 꼭 끌어안았다. 순간 눈물이 나올 수도 있겠다고 생각했지만 결국 울지 않았다. 감각은 이전에도 수없이 그랬듯 내가 실감하기도 전에 잠깐 나타났다 사라졌다. 마침내 데이비드는 차를 몰고 떠났다.

나는 무언가를 기다리고 있었다. 내가 제대로 된 감정을 느낄 수 있다면 데이비드가 떠나는 그때여야만 했다. '이런 순간은 다시는 없어.' 꼼짝하지 않고 울음이 터지기를 기다렸다. 하지만 20분을 넘게 기다리다가 그만 포기하고 말았다. 감정은 기대처럼 폭발하지 않았고 모든 게 평소와 같았다. 나는 등을 돌려 집 안으로 들어갔다.

텅 빈 집의 고즈넉함이 나를 맞이했다. 그건 마치 두꺼운 담요처럼 묵직했다. 몹시 피곤해서 카우치에 앉아 멍하니 바닥을 내려다보았다. 예전에 문방구에서 팔던, '숨은 그림 찾기'가 실린 입체 그림책이 떠올랐다. 그걸 매직 아이라고 했던가. 사실 그걸 볼 때마다 무척 짜증이 났다. 아무리 눈에 힘을 주고 초점을 맞추려 해도 호랑이나 장미를 찾아낼 수 없었다. 아무 의미 없는 문양들만 눈에 들어올 뿐이었다.

그런데 그때와 완전히 다른 상황이 벌어지고 있었다. 아무것도 숨어 있지 않은 평평한 나무 바닥을 바라보고 있자니 생각들이 떠올랐다. 나는 내 겉모습과 속마음을 하나로 일치시키려 하며 생각들이 떠오르도록 내버려 두었다. 숨은 걸 볼 수 없다고 짜증을 낼 게 아니라, 애초에 찾아볼 게 전혀 없다는 사실을 받아들이려 했다.

'패트릭, 너는 누구니?' 내 내면이 아무런 감정 없이 무미건조하게 물었다. 그 해답을 찾기 위해 더는 남에게 기대지 않을 것이다. 지금껏 순진하게도 더 나은 소시오패스가 되기 위해서는 누군가가 필요하다고 생각했었다. 하지만 이제 당연하게 생각했어야 하는 것이 무엇인지 깨달았다.

나는 항상 소시오패스를 찾고 싶었다. 아이들이 운동장에서 뛰어노는 동안 나는 남의 집에 멋대로 들락거렸다. 여자아이들이 소꿉장난하며 '사랑해', '좋아해' 같은 말을 듣게 될 날을 꿈꿀 때 나는 전혀 다른 말을 듣고 싶었다.

"신경 안 써요!"

지도교수와 함께 박사 학위 취득 요건을 살펴보았다. 며칠 전 심사 서류에서 임상 관련 내용을 발견하고 자세한 내용을 알아보기 위해 행정실에 연락했었는데, 학과장인 로버트 에르난데스 박사는 박사 학위를 취득하려면 교과 과정과 논문 심사 이외에 수습으로 500시간을 일해야 한다고 설명했다. 즉, 치료사로서 500시간 동안 봉사하는 수련을 받아야 한다는 뜻이었다. 하지만 그렇게 하고 싶지 않았다.

"자, 자, 패트릭." 에르난데스 박사가 나를 달랬다. 그는 정신분석학을 강의하는 고지식하고 평범한 임상의학자였지만 나와는 사이가 좋았다. "흥미로운 학습 경험이라고 생각하자고."

"그래요. '시답지 않은 걸 배우는' 경험이네요." 나는 팔짱을 끼며 말했다. "부자들이 늘어놓는 하나 마나 한 말에 귀를 기울이느니 차라리 손목을 긋겠어요. 농담하는 게 아니에요. 지금 당장 여기서 피를 볼까요?"

그는 웃음을 참으려 애썼다. "일단 시키는 대로 해라. 우리가 할 수 있는 건 아무것도 없으니까. 정식으로 인가받은 진료소라면 어디에서든 시간을 채울 수 있어. 하지만 내가 너라면 익숙해하는 환경을 선택하겠어."

나는 멍하니 그를 바라보았다.

"상담소 말이야." 그는 내가 말을 제대로 알아듣지 못했다는 듯 덧붙였다.

그가 다른 방식으로 다시 설명하기 전에 내가 말했다. "아, 제가 오랫동안 상담을 받아 왔다는 걸 아시죠. 그런데 죄송하지만 잊으셨어요? 저는 소시오패스예요. 저 같은 사람은 상담 치료사로는…… 어쨌든 일반 사람을 상대하는 곳은 곤란해요."

"안 될 게 뭐가 있나? 사람들을 돕고 싶다고 했잖아. 안 그래?"

"그건 소시오패스를 돕고 싶다는 뜻이지요. 직접적인 상담보다는 조금 더 거리를 두고서요."

그는 이런 상황이 재미있다고 생각하는 게 분명했다. "좀 긍정적으로 보자고. 이런 심리상담 임상 수련에서 가장 힘든 부분은 상담자가 내담자와의 감정적 애착을 잘 분리하는 일인데. 너는 그런 감정적 애착이 전혀 없잖아!"

"그렇게 흥미롭게 생각하신다니 저도 기쁘네요." 나는 가방을 집어 들고 자리에서 일어서며 말했다. "미리 말씀드리지만, 저는 문제가 생겨도 책임지지 않을 거예요. 무슨 일이 일어나든 그건 박사님 책임이라고요." 나는 몸을 돌려 문으로 향했다.

그날 밤 나는 데이비드에게 전화를 걸어 불평을 늘어놓았다. 우리는 헤어진 이후로도 많은 얘기를 나눴다. 오히려 같이 살 때보다 더. 처음에는 어색했지만, 강렬한 유대감이 생겼다. 이상하게도 처음으로 서로를 제대로 알아가는 것 같은 기분이었다. 따로 살기 시작하자 두 사람 모두 해방되었다. 데이비드는 더는 내 행동에 책임감을 느낄 필요가 없었고, 자신이 바라는 사람이 아닌 있는 그대로의 나에 대해 말할 수 있었다. 또 오랫동안 진짜 모습을 감춰 왔던 나는 이제 모든 걸 그에게 새로 드러내고 싶었다. 멋진 일이었다.

"이건 의료 과실이나 마찬가지지!" 술을 한 잔 따르면서 말했다. "에르난데스 박사는 내가 소시오패스라는 걸 알면서도 그냥 모르는 척하고 있어! 아무것도 모르는 희생양들을 물어뜯으라고 나를 우리 속으로 밀어 넣다니!"

"내 생각에는 너한테 도움이 될 것 같아." 데이비드가 말했다. "뭘 하든 그 빌어먹을 음반 기획보다는 나을 거야."

"아니, 아무리 수련이지만 환자의 삶과 감정에 관심을 가져야 제대로 된 상담 치료사 역할을 할 수 있지. 안 그래?"

"오, 무슨 소리야. 내가 아는 사람 중에서는 그쪽이 남에게 제일 관심이 많으세요. 캡틴 애퍼시 씨. 안 그래?"

나는 웃음을 터트렸다. "역시 너랑 대화하는 건 재미있어." 진심이었다.

이렇게 몇 시간 동안 통화하면 새로운 친구를 사귄 것 같았다. 그러다 보니 우리가 같이 살기 시작한 건 어쩌면 실수가 아니었을까 생각했다. 십 대 시절 형성한 유대감에 지나치게 의존하다 보니 어른이 되고 나서는 새로운 유대감을 쌓을 기회를 놓친 건 아닐까.

그에게 어떻게 생각하냐고 물었다.

"네 말이 맞을지도 모르지. 그냥 다시 시작할 수 있으면 좋겠어. 정말 처음 만난 사이처럼. 어느 바에서 우연히 만나는 거지."

나는 빙그레 웃었다. "아, 생전 처음 본 사람처럼?"

"응. 네가 혼자 마티니를 홀짝이는 모습을 본 순간…… 바로 옆으로 가서 '실례합니다만, 안녕하세요. 제 이름은 데이비드고 IT 기업에서 일합니다. 별자리는 게자리고요.'"

"그래, 그러면 나는 '반가워요. 나는 패트릭이에요.'라고 하겠지. 음반 회사에 다니는 소시오패스라고."

그가 웃음을 터트렸다. "그나저나 아직 에벌리에게는 말 안 했어?"

나는 한숨을 내쉬었다. "못 했어."

기어코 때가 왔다. 거의 1년에 걸쳐 매주 록시 극장에서 공연해 온 그녀의 레지던시 상주 계약기간이 끝나 가고 있었다. 다들 허탈해하기는 했지만 크게 낙담한 사람은 없었다. 그녀를 제외하면 밴드의 나머지 멤버들에게 음악 활동이란 취미생활에 가까웠다. 하지만 그녀는 달랐다.

음악에 진심인 에벌리에게 필요한 건 재능을 키워 주고, 밴드로서가 아니라 혼자서 우뚝 설 수 있도록 도와줄 진짜 전문가였다. 내가 그런 사람이 아니었다는 걸 인정해야 할 때가 온 것이다. 나는 이제 이 업계에서 일하고 싶지 않았다. 누가 더 일해 달라고 부탁해도 그럴 마음이 없었다. 지난 몇 년 동안은 마음을 정하지 못했지만, 이제는 정말 그만두기로 했다. 그 얘기를 에벌리에게 어떻게 전해야 할지 알 수 없었다.

데이비드의 말이 옳았다. 화려하고 요란스러운 연예계는 나 같은 사람에게 적합한 환경이 아니었다. 점심부터 술에 취한 사람들부터 묘한 회계 방식까지, 이 세계에는 어디에나 뒤가 구린 면이 있었다. 제대로 정신 차리지 않고 가만히 있으면 내가 어디로 흘러갈지, 내게 안 좋은 어떤 해로운 처방전을 찾게 될지 알 수 없었다. 반면에 심리학은 내가 가치를 좇게 했다. 소시오패스 연구는 비단 나뿐만 아니라 나와 비슷한 모든 사람에게 중요했다. 업보라는 관점에서 보자면 이쪽이 내가 덕을 쌓을 수 있는 곳이었다. 상담소에서 수련을 거듭할수록 그 사실은 더욱 분명해졌다.

알로에 센터는 건강보험이 없거나, 일대일 상담 비용을 감당하기 어려운 사람들을 돕는 곳이었다. 대부분 상담은 무료였기에 환자는 인구통계학적, 심리학적 측면에서 다양했다. PTSD로 고생하는 재향 군인부터 거주하는 지역에서는 내담 관련 기록을 남기고 싶지 않은 부유한 가정 폭력 피해자에 이르기까지 다양한 사람들을 만났다. 그리고 나와 같은 수습 직원은 상상할 수 있는 온갖 문제와 관련된 집중 치료 과정이라는 심연에 말 그대로 그냥 내던져졌다

상담소 생활을 시작한 지 불과 몇 주 만에 뭔가가 눈에 들어왔다. 나는 자원봉사를 온 수습이었으니 상담사로는 직급이 가장 낮

았다. 다시 말해 누구도 원하지 않는 환자를 자주 만나야 한다는 의미였다. 여기에는 '과다 동반질환'이라는 진단을 받은 사람들, 즉 여러 가지 중복된 증상을 보여서 정확한 진단이 어려운 환자들이 포함되었다. 이들은 어떤 진단 기준에도 딱 들어맞지 않았다. 그런데 내 눈에는 나만 알아차릴 수 있는 성격상의 특징들이 보이기 시작했다. 다들 처음에는 솔직하게 말하기를 꺼렸지만, 결국 '정서적 공허함'을 느끼고 '나쁜 일'을 하고 싶다는 충동을 느낀다고 고백했다. 죄책감을 전혀 느끼지 못하는 상황, 또 폭력 행위에 대한 충동 조절의 어려움을 호소했고 사람들과 섞이기 위해 거짓말을 한다는 사실을 인정했다. 파괴적 행위를 통해 무감각으로 인해 발생하는 압박감을 진정시키려는 시도에 관해서도 털어놨다. 어두운 비밀과 강박적인 행동들. 그중 일부는 여러 불법 행위를 자백했지만, 범죄 기록이 있는 사람은 없었다. 결혼해서 자녀를 둔 사람도 있었고 대부분 대학 졸업자였다. 그리고 모두 거짓된 삶을 살고 있었다.

　이 환자들은 클레클리 박사의 임상적 특징 목록 내용과 그 증상이 비슷했다. 후회나 반성을 몰랐고 중요한 정서적 반응이 부족했다. 혼란 속에서 편안함을 누렸고 갈등 속에서 즐거움을 찾았다. 하지만 이런 어두운 면에도 불구하고 사랑과 애정에 대한 강렬한 욕구를 드러냈다. 공감의 개념 자체는 이해할 수 있었으며 때로는 연민도 나타냈다. 자신을 이해하고 부정적인 행동의 악순환을 멈추고 싶어 했다. 때로는 친절하게 행동하거나 협조 의지를 보이기도 했다. 어떤 환자는 정기적으로 자선 단체에 기부도 하며 성실하게 살았다. 대부분은 자신에게 무슨 문제가 있는지 이해하고 있었으며 상황이 악화하는 걸 두려워했다.

나를 찾아온 환자 대부분은 '소시오패스'라는 말에 익숙했다. 대중문화가 묘사하는 소시오패스에서 자신의 모습을 확인하고, 그런 괴물이 될까 봐 힘들어했다. 초조한 마음은 점점 커졌다. 여러 상담사를 방문했지만, 결국 무력감과 외로움만 남았다. 와중에 나쁜 충동은 점점 더 통제하기 어려워졌다. 그런 이들에게 필요한 건 누군가 공감해 줄 사람, 판단하지 않고 들어줄 사람이었다. 그들에게 필요한 건 도움이었고, 희망이었고, 지지해 줄 사람이었다. 그들에게는 내가 필요했다.

"패트릭?" 접수 담당 직원이 연락했다. "방금 4시 환자가 취소되었습니다."

의자에 앉아 천장을 올려다보았다. 4시 환자란 다름 아닌 테리였다. 그녀는 "사악한 힘"이라고 부르는 존재를 알려 준 환자였다. 부유하고 총명했지만, '무감각'과 '폭력에 대한 환상'에 시달렸다. 그러다가 파괴적인 행동이 늘어 가는 걸 실감하고 상담소를 찾았다. 그녀의 주요 목표인 주차 단속 공무원들은 분노를 표현할 완벽한 배출구였다. 그녀는 그게 남자든 여자든 단속원만 보면 몇 시간이고 근무 시간 내내 지켜보다가 집까지 미행했다. 그러다가 결국 "적들"이 탄 차에 벽돌을 던지기에 이르렀고, 겨우 현장에서 도망치고 난 뒤 상담을 받기로 결심했다.

나는 시계를 보고 한숨을 내쉬었다. 내담 시간을 어기는 건 그녀의 평소 모습과는 어울리지 않았다. 전화를 걸었다.

"왜 상담을 취소했어요?"

"늦잠을 잤어요." 하지만 목소리는 완전히 잠에서 깬 듯했다. "미안해요. 체육관에서 운동하고 와서 그냥 카우치에 쓰러져 잠들었어요."

"그러면 지금 집이에요?"

"네."

"거실 사진 좀 보내 줘요."

조금 유별난 요구이기는 했다. 상담사로서 내가 하는 일은 상담실 안에 있는 내담자를 관찰하고 평가하는 것이었다. 그런데 상담실 밖에 있는 내담자에게 현재 위치에 대한 증거를 보여 달라고 하는 건 특히나 경험이 부족한 상담사가 할 행동은 아니었다. 상담소 소장이 알았다면 문제 삼을 수 있는 일이었지만 어쨌든 소장은 몰랐으니 알 바 아니었다.

"테리?" 그녀는 아무 대답도 하지 않았다. "지금 어디 있는지 말해 줄래요?"

"싫어요. 하지만 이제 밖으로 나갈 거예요."

"좋네요. 그러면 운전하면서 얘기할 수 있죠?"

한 시간 후, 전화를 끊고 의자에 등을 기댔다. '주차 단속원 분들이 오늘 밤을 편하게 보내시길.' 만족스러웠다. 늦은 오후의 태양이 사무실 주변에 긴 그림자를 드리웠다. 안도의 한숨을 내쉬었다. 테리는 오늘의 마지막 환자였고 일과가 끝나서 기분이 좋았다.

'그냥 여기서 밤을 보내면 어떨까? 뭐 스위트룸은 아니지만.' 나는 슬며시 웃었다. 아주 재미있을 것 같았다.

그때 문자가 왔다. 맥스였다.

'똑똑, 저기요'

맥스는 몇 주 만에 로스앤젤레스로 돌아왔지만, 그리 오래 떨어져 지낸 것 같지는 않았다. 우리는 거의 쉬지 않고 서로 문자를 주고받았다. 문자는 내가 생각하기에 자유로우면서도 변수를 통제하기 쉬운 의사소통 방식이었다. 우리는 일상부터 연애 상담에 이르기까지 온갖 주제로 몇 시간이 넘도록 매일 문자했다. 문자는 내가 원하는 일방적인 대화도 가능하게 했다. 나는 나를 바꾸거나 나와 결혼하거나 나와의 미래에 대해 생각하지 않는 사람, 만들고 있는 노래의 다음 코드 진행 이외에는 더 복잡한 건 머릿속에 없는 사람과 함께해서 즐거웠다.

하지만 맥스가 긴 출장에서 돌아오면서 이런 관계에도 변화가 생겼다. 우리는 전보다 더 자주 어울렸는데, 그에 대해 어떻게 느끼는지 나 스스로 헷갈렸다. 데이비드와 헤어지기 전까지 맥스가 내 인생의 어떤 상황에 어울리는지, 어떨 때 도움이 되는지 정확하게 알고 있었다. 내게는 남자친구가 있었고 맥스는 내 남자친구가 아니었다. 하지만 이제는 경계선이 흐릿해졌다. 어쩌면 이미 이전부터 그랬었는지 몰랐다.

상담실 문이 벌컥 열리더니 맥스의 머리가 그 틈을 비집고 나타났다. "똑똑, 계세요?"

"미쳤네!" 내가 소리쳤다. 상담실은 여러 개의 잠긴 문들을 통과해야만 들어올 수 있었다. "여긴 어떻게 들어왔어?"

"그 사람 접수 담당 직원인가? 그냥 통과시켜 주던데?" 맥스가 내 앞에 놓인 의자에 자리를 잡고 앉았다.

"아아, 그러셨겠지." 내가 심드렁하게 대꾸했다.

"자, 그럼 어떻게 할까? 어디 갈까?"

원래는 퇴근 후 밖에서 만나 술이나 한잔하려고 했었지만, 지금은 별로 마시고 싶지 않았다. 나는 그를 향해 코를 찡긋거렸다. "잘 모르겠어. 딱히 술 마시고 싶은 기분은 아니야."

"그럼 우리 집에 가지." 그가 깜짝 놀랄 정도로 재빨리 대답했다. "완벽한 장소지. 연습실에서 들려주고 싶은 곡도 있고." 그가 말하는 연습실이란 인상적인 악기들과 여러 수집품이 있는, 창문이 없어서 동굴을 닮은 간이 녹음실이었다. 그 연습실에 들어가면 바로 시간 감각이 사라지는데, 맥스는 그런 연습실의 장점을 종종 요긴하게 써먹곤 했다.

"인질 극장에 데려가려고?" 내가 웃으며 말했다. 새로 만든 곡을 억지로 들어야 하는, 마치 인질로 붙잡힌 듯한 상황에 빗대어 내가 종종 쓰는 말이었다. 업계에서 일하던 시절에 그 시간이 가장 싫었다.

"꺼지시지!" 그가 소리치며 웃음을 터트렸다.

"정말 예외가 없다니까. 음악 한다는 사람들은 어쩌면 그렇게 들 똑같은지. 음반을 한 장 판 놈이든 1,000만 장 판 놈이든 그저 사람만 보면 자기들이 만든 곡을 못 들려줘서 안달이지. 그런데 그럴 때 듣는 사람은 꼭 총구 앞에 서 있는 것 같다고. 그래서 참 좋단 말이야. 그런 거 안 해도 되니까. 이제 그쪽 일은 관뒀어. 말했지?"

맥스는 일을 그만두기로 한 결정에 격렬하게 반대했다. 그가 콧방귀를 꼈다. "아직 완전히 관둔 건 아니지. 네 친구의 마지막 공연, 내일 밤 아니었어?"

나는 마지못해 고개를 끄덕였다. 에벌리는 마지막 공연을 끝으로 밴드 생활도 공식적으로 그만두게 되었다. 씁쓸한 일이었다. 나야 이쪽 업계에서 완전히 손을 뗄 준비가 되어 있었지만, 그녀가 어떻게 생각할지는 확신할 수 없었다.

"응." 내가 대답했다.

"그러면 엄밀히 말해서 아직은 이쪽 일을 하고 있다는 거네. 물론 그게 중요하다는 건 아니고, 나도 네 전문적 평가에는 별로 관심 없어." 그는 득의만만하게 웃으며 자리에서 일어났다. "그러니 얼른 가자. 나만 따라오면 돼."

나는 창밖의 베벌리 힐스 북쪽을 둘러싼 산맥을 바라봤다. 그리고 좋은 생각이 하나 떠올랐다.

"아니, 오늘 너는 나를 따라와."

나는 멀홀랜드 드라이브 근처에 있는 작고 낡은 집의 피아노 앞에 앉아 있었다. 지붕의 구멍으로 노을이 드리운 하늘이 보였다. 집 앞에 세워진 표지판을 보니 그 집은 이제 정식 부동산 매물이었다. 발소리가 들려 고개를 돌려 보니 맥스가 계단을 내려왔다. "멋진 곳인데. 위에 올라가 봤어?"

그는 내 대답을 기다리지 않고 피아노 의자로 다가와 불편할 정도로 가까이 앉았다. "이 피아노도 같이 파는 건지 확인해 봐야겠어." 나는 자리에서 일어났다. 그가 피아노 뚜껑을 열고 건반을 만지작거리는 동안 거실을 돌아다녔다. "부동산에 연락은 해 봤어?"

나는 고개를 저었다. "아직."

"서두르는 게 좋을 것 같은데. 아니면 나한테 뺏길 수도 있어." 그가 건반을 두드렸다.

"누구는 돈이 많아서 좋겠네." 내가 이렇게 빈정거리자, "누구는 감정이 없어서 좋겠어." 그가 되받아쳤다.

나는 눈을 부릅떴다가 한쪽 구석에 있는 낡아 빠진 2인용 의자에 몸을 파묻었다.

"그래서 너는 지금 이 흰색 울타리에 둘러싸인 아늑하고 낡은 집을 원한다는 거야?" 그가 눈을 찡긋했다. "기꺼이 나눠 쓸 생각도 있고?"

나는 애매하게 고개를 끄덕였다. 갑자기 눈꺼풀이 무거워졌다. 맥스가 연주하는 블루스 분위기의 음악을 들으니 술에 취한 것 같았다.

"나랑 있는데 그렇게 잠들어 버리면 어떡해!"

"어쩔 수 없어." 나는 중얼거렸다.

그러자 맥스는 갑자기 곡을 바꿔 퀸의 'Killer Queen'을 연주하며 힘차게 후렴구를 불렀다.

나는 웃음을 터트렸다. "나 그 노래 좋아해."

"놀랍지도 않지."

그는 계속해서 요란하게 피아노를 연주했다. 잠시 속도를 늦췄다가 건반과 건반 사이를 넘나드는 모습은 연주가 아니라 거의 음악에 대한 탐구처럼 보였다. 그러다 마침내 빠르지도 느리지도 않은 박자의 곡이 흘러나왔다. 잠시 귀를 기울이던 나는 고개를 갸웃했다. "이건 못 들어본 곡인데. 이건 뭐야?"

대답 대신 맥스가 가사를 붙여 노래를 부르기 시작했다. 단순하고 직설적인 가사가 감미로운 박자와 완벽하게 대조를 이루었다. 그건 소시오패스, 바로 내게 보내는 연애편지였다. 그가 곡을 끝마칠 때까지 기다렸다.

"어때?"

나는 불편한 감정을 숨기지 않으며 고개를 천천히 저었다. "좀 다르네. 평소에 네가 하는 노래 같지 않아. 그러니까 평소 네가 쓰는 곡이나 가사하고는 다른, 좀 더…… 직설적이라고 할까."

그는 빙그레 웃으며 몸을 돌려 나를 쳐다보았다. "글쎄, 뭐라고 할까. 아마 성장하고 있는 거겠지?"

고개를 숙여 마룻바닥을 뚫어지게 내려다보았다. 갈라진 나무 틈으로 거미 한 마리가 나타났다 사라졌다. 이내 저 아래 깊은 어

둠 속으로 영원히 꺼졌다. 나도 모르게 탄성이 흘러나왔다. '나도 거미였으면 좋겠는데.'

어색한 침묵이 흐른 뒤 맥스는 일어나 내가 앉아 있는 곳으로 건너왔다. 그리고 몸을 굽혀 내 한 손을 잡고 자리에서 일으켜 세웠다. 나를 끌어당겨 손으로 내 허리를 감고 내 뺨에 자기 뺨을 갖다 붙였다. 우리가 좌우로 몸을 흔들기 시작하자 밖에서 휘파람 같은 바람 소리가 들렸다. 나는 비명을 지르고 싶었지만 그렇게 하지 않았다.

나는 체념한 듯 맥스의 어깨에 이마를 붙이고 우리의 우정이 끝나는 마지막 순간을 음미하려 했다. 마음 깊은 곳에서 언젠가 이런 순간이 다가올 줄 알고 있었다. "왜?" 마침내 내가 입을 열었다. "왜 나한테 그런 노래를 들려준 거야?"

"왜냐하면 나는 너를 사랑하니까."

역시 그랬다. 모든 여자들이 듣고 싶어 하는 짧은 한마디. 오, 하나님. 모든 사람이 나와 비슷했다면 내 삶은 지금보다 훨씬 더 편해졌을 텐데.

나는 맥스와 함께하는 삶에 대해 잘 알고 있었다. 재미있겠지. 늘 새롭고 무모하고 극단적이지만 그만큼 순수할 거야. 그런 삶을 받아들인다면 내게는 앞으로 절대 지루할 틈이 없을 것이다. 나의 어두운 면에 파묻혀 사라질 수도 있었다. 실제로 그 순간 어두운 면이 나를 끌어당기고 있었다. 맥스의 부름에 불려 나온 그 이기적 실체가 군침을 삼키는 중이었다. 나는 충동에 휩싸였다. '맥스에게 달려들어. 맥스를 이용해.' 그의 고백을 받아들여 자신을 감추는 데 이용하는 게 얼마나 쉬운 일인지 잠시 생각했다.

고백하는 목소리에는 확신만이 느껴졌다. 그가 얼굴을 돌리면서 입술이 내 관자놀이를 스쳤다. 나는 고개를 치켜들었다. 그의 눈동자를 바라보자 그레이트 블루 홀이 다시 떠올랐다. 마침내 그가 내게 입을 맞췄을 때 깊은 물 속으로 가라앉고 싶었다.

맥스의 입술에서는 소금과 감초와 위스키를 섞은 맛이 느껴졌다. 내 내면의 목소리는 그 맛이 내가 항상 원했던 모든 것이라고 속삭였다. 매혹적인 심연. 자유, 관용, 그리고 전리품으로 가득한. 아, 이런! 순간 나는 우리 사이에서 확실하게 일어나고 있는 이 뜨거운 화학 작용이 불안했다.

맥스가 두 손을 들어 올려 내 두 볼을 감쌌다. 두 눈을 질끈 감았다. '맙소사, 왜 그냥 친구로 만족하지 못하는 거야.'

그도 밝고 환한 길보다는 어두운 길을 더 좋아했다. 진실은 어둠 속에 숨기면 그만이었다. 하지만 나는 그런 관계를 원하지 않았다. 내가 원한 건 진정한 동반자였다. 협력적이고 나에게 자극이 되는 한편, 또 도움을 주는 동반자. 데이비드에게도 그런 관계를 원했다. 사실 그게 내가 원한 전부였다. 그런데 그런 것을 기대할 수 없는 남자라면…….

나는 맥스의 가슴에 손을 얹고 천천히 밀어냈다. "이건 아니야."

그는 당황한 듯 고개를 돌리고 입을 꼭 다물고는 잠시 아무런 말도 하지 않았다. "도대체 왜?"

"내가 원하는 건 이게 아니거든."

"헛소리. 그러면 우린 여기까지 오지도 않았어!"

그는 분노했다. 나의 무감각이 건물 전체를 뒤덮을 정도로 널리 퍼져 나가는 걸 느꼈다. 그 텅 빈 내면이 그의 분노를 모두 삼켜 버렸다.

"뭘 원했는데? 내게 노래해 주고 사랑한다고 하면 우리가 영원히 행복하게 살게 될 것 같아?"

"그랬을지도 모르지! 그게 뭐가 잘못됐어?"

"뭐가 잘못됐냐고? 나는 그런 식으로 너를 사랑하지 않아. 너뿐만 아니라 누구라도 그런 식으로는 사랑하지 않는다고. 벌써 잊어버렸어?"

"아니, 잘 기억하고 있어. 그래서 내가 너를 좋아하는 거야."

맥스는 나를 진심으로 사랑하지 않았다. 그도 내가 진짜 사랑을 할 수 없다고 생각했다. 분명 나의 그런 면이 마음에 들었을 것이다. 그는 내가 절대 판단하지도 질투하지도, 또 들러붙지도 않을 거라는 사실을 알았다. 내 곁을 훌쩍 떠나 몇 개월간 떨어져 있어도 아무 상관하지 않을 거라는 사실도. 나는 그런 게 편한 사람이니까. 맥스에게 나는 지킬 필요가 없는 약속이었고 나에게 맥스는 영원히 머물 수 있는 은신처였다. 시간이 흐르지 않고 결과도 중요하지 않은, 아무것도 보이지 않는 어둡고 축축한 동굴이었다. 맥스가 있는 한 나는 그런 어둠 속에 머물 수 있었다. 계속 새로운 처방전을 고안해서 앞으로 나아가는 척하지만 실은 그냥 제자리에 서 있을 수 있었다.
내가 간절하게 말했다. "맥스, 솔직하게 말한다고 해서 나를 나쁜 사람으로 몰아가지 마. 너도 나만큼이나 잘 알고 있잖아. 이런 관계는……" 나는 허공에 대고 팔을 흔들었다. "우리가 그저 친구여서 가능한 거야."

"친구?" 그가 코웃음 쳤다. "귀엽네."

"찌질하게 굴지 마. 우리 친구 맞아."

그는 피아노로 가서 뚜껑을 쾅 닫았다. 그리고 나를 향해 돌아섰다. "폐가에서 시간 보내기, 한밤중에 가택 침입하기, 자기가 소시오패스라고 토로하기…… 한번 말해 봐. 그게 네가 '친구'랑 하는 일이라 이거지?" 그가 비꼬는 듯한 목소리로 말했다.

나는 고개를 끄덕였다. 사실이 그랬으니까.

그가 손가락으로 나를 쿡쿡 찌르며 침을 뱉었다. "그러니까 네 곁에 아무도 남지 않은 거야."

그는 나를 노려보다가 내 곁을 떠났다. 문을 활짝 열어젖히고 차를 향해 성큼성큼 걸어가다가 뭔가에 발이 걸려 넘어질 뻔했다. 할아버지가 아내와 함께 앉아 쉬던 나무 의자였다. 옆에 있는 빛바랜 찻잔은 깨져 있었다.

나는 맥스가 차를 몰고 사라질 때까지 기다렸다가 조용히 문을 닫았다. 그리고 계단을 올라가 2층의 방으로 들어갔다. 벽에 붙은 침대 위에 쓰러졌다. 머리 위로는 거리가 훤히 보이는 창문이 있었다. 한동안 창문 밖으로 지나가는 사람들을 지켜보다 잠들었다.

제25장
나는 누구인가

바닥에 던져둔 휴대폰 진동 소리에 잠을 깼다. 주변이 낯설어서 여러 번 눈을 깜박였다. 잠시 상황 파악이 되지 않았지만 모든 게 다 기억났다. 휴대폰이 다시 울렸다. 나는 한숨을 쉬며 침대 위에서 몸을 굴렸다. 가장자리에서 몸을 굽히자 수십 년 된 스프링이 항의라도 하듯 삐걱거렸다. 나는 화면도 확인하지 않고 전화를 받았다.

"지금 몇 시예요?"

"일어날 시간!" 에벌리가 노래를 부르듯 외쳤다. "믿겨요? 오늘이 록시에서 하는 마지막 공연이라는 거? 몇 시쯤 올 수 있어요? 보통은 오후에 만났지만, 오늘은 조금 더 일찍 오는 게 좋을 것 같은데. 제 말은, 지금 당장 오라는 거예요."

나는 손으로 눈을 가리고 작고 하얀 방을 가득 채워 버린 아침 햇살을 저주했다.

"그렇게 못해요." 늦잠을 잤다는 사실에 짜증이 났다. "일단 상담소 일 끝내고 아빠랑 갈게요." 에벌리의 한숨 소리가 들렸다. "걱정하지 말아요. 부산해지기 전까지 도착할 시간은 충분히 있으니까."

"좋아요. 이따 도리안네 뒤풀이도 같이 가야 해요. 절대 빼지 말아요."

나는 알겠다고 말하며 전화를 끊었다. 창밖으로 내다보니 어떤 여자가 고급 주택가를 따라 개와 산책하고 있었다. 그녀가 나를 볼 수 없다는 사실이 즐거웠다. 나는 낯선 침대 위에 혼자 누워 있었다. 내 존재가 바깥세상에 노출되지 않는 아늑한 장소. 나는 그곳을 잠시 진짜 집처럼 느꼈다. 나는 숨어 있는 게 좋았다. 맥스의 작별 인사가 머리를 울렸다. 어쩌면 그게 내게 최선의 상태일 수도 있었다. "그래, 내게 친구가 없는 것도 당연한 일이지."

내가 좋아하는 일, 함께하는 생활을 꺼리는 성향, 애정 행각에 대한 혐오감…… 그 어느 것도 세상과 일반적인 관계를 맺는 데 도움이 되지 않았다. 진심으로 사랑해도 그 방식은 보통 사람들과 달랐다. 솔직하게 말하고 행동한들, 모두 받아들여지는 것도 아니었다. 나는 사랑을 주기 위해 사랑받을 필요는 없는 사람이었다. 나는 사랑을 아무도 알아차리지 못하게 익명으로, 일방적으로 전하는 편이 더 좋았다. 사랑에 무감각해서가 아니라, 이를 다른 방식으로 느끼기 때문이었다. 누구라도 일정한 거리를 둬야 가장 좋은 내 모습을 볼 수 있었다.

고요함 속에 파묻혀 더 누워 있었다. 얼마든지 무심하게, 편하게 지낼 수 있는 누에고치 속 같았다. 하지만 결국 몸을 일으켜서 옷장으로 향했다. 안에는 작은 신발장 하나가 걸려 있었는데 흔들리면서 가볍게 덜커덕거리는 소리를 냈다. 남아 있는 옷은 대부분 남자 옷이었다. 아무리 뒤져 봐도 바지와 낡은 버튼다운 셔츠만 보일 뿐이었다. 그러다가 마침내 여자 옷 한 벌이 나왔다. 허리선에 장식된 옷깃이 돋보이는 간결한 옷이었다. 목선을 손가락으로 쓰다듬으며 늙은 부인을 떠올렸다. 쓸쓸하게 웃으며 그녀에게 그 옷이 아주 잘 어울렸겠다고 생각했다.

신발장으로 시선을 돌렸다. 가볍게 신을 수 있는 여자 가죽 구두가 있었지만 내 발에는 너무 작았다. 그래서 결국 두꺼운 양말을 신고 남자 구두를 신었다. 옷을 다 갈아입자 시간이 많이 지나 있었다. 거울에는 예스러운 꽃무늬 모양이 돋보이는 낡은 옷을 입고 서 있는 내가 있었다. 21세기 소시오패스가 아니라 1950년대 가정주부처럼 보였다.

투명인간 되기. 내가 제일 좋아하는 일. 투명인간이 되는 건 양날의 검과 같았다. 특히 내가 직접 고른 투명 망토가 아닐 때 칼날은 더 날카로워졌다.

내가 소시오패스라는 사실을 아는 사람들도 자기가 고른 망토를 강요했다. 내 모습을 불편해하는 사람들은 말할 것도 없었다. 하지만 그건 결국 서로를 속이는 일에 불과했다. 멋대로 내 모습을 만들어내고 기대가 어긋나면 비난했다.

나는 천천히 계단을 내려갔다. 천장에 뚫린 구멍을 통해 햇빛이 폭포수처럼 거실로 쏟아져 들어왔다. 피아노가 눈에 들어왔고 가슴이 답답해졌다. 나는 혼자가 편했다. 사람을 싫어해서가 아니었다. 그들이 원하는 모습을 보여 주지 않는 건 거의 불가능한 일이었기 때문이다. 하지만 세상에서 가장 숨기 좋은 장소는 바로 사람들이 모여 있는 곳이다. 내가 자신들의 모습을 그대로 비춰 주기만 하면 거울 뒤에서 박자와 음정이 다 어긋나는 노래를 불러도 거의 알아차리지 못했다. 너무 크게 웃거나 너무 작게 울거나, 감정이 증발한 눈빛을 그대로 드러내도 신경 쓰지 않았다.

클레클리 박사의 목록 1번에는 "적어도 겉으로 보기에 지능이 뛰어나고 인상도 좋음"이라고 적혀 있다. 겉으로는 번드르르하지만 실제로는 진실하지 못한 대인 관계 역시 고전적으로 소시오패스를 정의하는 특징이다. 정확한 관찰이었지만 그 악마와의 거래를 자발적으로 체결한 게 아니라는 사실은 간과되고 있었다. 진심으로 누군가를 속여 먹으려 한 적은 거의 없었다. 살아남기 위해서 소시오패스 정체성을 감추려 했을 뿐이었다. 모두가 나를 두려워했기 때문이다. 사람들은 두려운 존재가 있으면 그 존재를 제거하거나 교화하려 든다.

휴대폰이 다시 울렸다. 맥스에게서 온 연락이라고 생각했는데, 아빠가 보낸 문자였다.

'9시에 만나자.'

아빠의 문자를 보니 마음이 편해졌다. 그라면 뭘 어떻게 해야 할지 알고 있으리라. 그의 끝없는 인내심과 편견 없는 자세는 언제나 축복 같았다. 아빠는 나와 눈높이를 맞추면서 동시에 객관적인 태도를 유지할 독특한 능력이 있었다. 아빠는 공감하지 못해도 논리적으로 이해할 수 있었다. 내게 필요한 건 논리적으로 생각할 수 있는 사람이었다. 감정으로부터, 격식으로부터 자유로운 사람.

나는 초조하게 눈앞에 보이는 건물의 벽돌 개수를 세며 시간을 보내고 있는데 아빠가 도착했다.

"늦어서 미안하다." 나는 조수석에 앉아 창문에 머리를 기댔다. "별일 없지?" 그가 나를 흘끗 쳐다봤다.

내가 뭐라고 말하기도 전에 차는 거리로 들어섰다. 늘 그렇듯 아빠에게는 뭐든 말할 수 있었다. 일을 그만두겠다고 결정한 이유부터 설명하기 시작했다. 말이 마구 튀어나왔다. 업계 일을 하면서 겪었던 어려움도 고백했다. 그리고 학교와 상담소에서 배운 것들을 들려줬다. 그를 통해 내가 다른 사람들을 도울 수 있다는 희망을 키웠다고.

"아빠, 미친 소리처럼 들린다는 건 알아요. 하지만 그곳에서 일할 때는 내가 소시오패스라는 사실이 별로 중요하지 않아요. 미친, 그러고 보니 그것도 장점이 될 수도 있겠네요." 나는 조심스럽게 안전띠를 당겼다. "물론 내담자들에게서 뭘 느끼거나, 그들과 공감할 필요는 없어요. 꼭 대화를 나눌 필요도 없고요. 그냥 그들의 상태를 관찰하는 게 내 일의 전부예요." 문득 좋은 비유가 떠올랐다. "심리학적으로 보면 그것도 일종의 불법 침입일까요. 남의 집 대신에 마음속으로 침입하는 거지만."

"그래. 일단 일 문제는 말이다. 네가 무슨 걱정을 하는지 이해한다. 정말이야. 하지만 갑자기 일을 그만두는 건 큰 문제야. 무책임한 거잖냐."

"진짜 무책임한 행동은 제게 좋지 않은 곳이라는 걸 알면서도 계속 머무는 거예요. 아빠가 이해를 좀 해 줬으면 좋겠는데요, 제가 계속 이쪽 일을 하는 건 여우에게 닭장을 맡기는 꼴이에요. 유혹은 끊임없이 이어지는데 내 자제력은 평범 이하니까." 나는 다음 고백을 어떻게 전달해야 할지 고민했다. "혹시 지니 크루시 기억하세요?"

내가 지니와 관련된 터무니없는 일들을 밝히는 동안 아빠는 아무런 말도 하지 않았다. 협박 이메일에서 전화 통화에 이르기까지, 결국 지니의 집을 찾아갔던 일, 큰일이 벌어질 수도 있었던 날, 그리고 경찰서를 찾아가지 않은 이유에 대해서도 모두 고백했다.

"부주의하고 무모하게 행동했다는 사실은 알아요. 경찰서에 가 보려구요."

아빠는 불편한 기색이 역력했다. "패트릭, 그 일이 얼마나 계속된 거니?" 조용했지만 긴장한 것 같았다.

"1년쯤이요."

그는 머리를 흔들며 생각을 정리하려 애썼다. 그리고 한 손으로 천천히 눈을 비볐다. 그럴 때마다 나는 깨달아야 할 뭔가가 더 있다는 느낌을 받았다.

"아빠, 숨을 깊게 쉬어보세요. 그러면 괜찮아져요." 내가 차분히 말했다.

"괜찮아져?" 그는 미친 사람이라도 본 듯 내게 소리를 질렀다. "그런 여자를 상대하면서 어떻게 그렇게 말할 수 있니? 이런……."

"이런 소시오패스 같으니라구요?" 나는 웃음을 터트렸다.

"그런 말을 하려던 게 아니다." 그가 쏘아붙이듯 말했다.

"뭐가 어때서요" 내가 부드럽게 항의하듯 대답했다. "소시오패스란 남의 마음이나 일의 결과에 아랑곳하지 않고 남을 이용하는 부류잖아요."

그가 불편한 듯 몸을 뒤척였다. "넌 그런 사람이 아니야."

"정말 그렇게 생각하세요? 저도 저를 잘 모르겠네요." 나는 팔짱을 꼈다. "이게 진짜 제 문제에요. 저는 아빠보다도 저 자신을 몰라요."

그는 눈살을 찌푸리며 내게 고개를 돌렸다. "아니야, 패트릭. 그건 사실이 아니야." 그의 사랑이 느껴졌다. "나는 너를 잘 알아. 너는 강하고 영리하고 인정도 있어. 그리고 너는 용감해."

나는 어깨를 으쓱했다. "아무것도 느끼지 못하면 아빠도 저만큼 용감해질걸요."

"진짜 쉬운 게 뭔지 아니? 항상 나쁜 일만 하는 거야. 편안한 길만 택하는 거지. 하지만 너는 그렇지 않아." 아빠가 팔을 뻗어 내 손을 꼭 붙잡았다. "내가 보는 너는 항상 가장 불편하고 힘든 길을 택했어. 내가 항상 지켜보고 있잖니. 너는 혼자가 아니야. 패트릭, 내가 살아 있는 한 네가 내 앞에서 결코 투명인간이 될 일은 없어. 언제까지나 네 문제를 함께 풀어 나가겠다고 약속하마."

순간 고마움이란 감정을 실감했다. 내게 무슨 복이 있어서 이런 든든한 사람을 아빠로 만나게 되었을까? 내게 어떻게 이런 과분한 축복이 내렸을까?

"아빠, 사랑해요." 내가 작게 말했다.

"나도 사랑한다." 아빠는 내 손을 꼭 쥐고 빙그레 웃었다. "그래서 하는 말인데, 경찰서는 나랑 같이 가자."

나는 얼굴을 찡그렸다. "그건…… 불필요해요. 아빠를 끌어들일 순 없어요."

"네가 한 짓은 말 안 할거지? 그렇지?"

"안 해요." 나는 웃음을 터트렸다. "왜 시키지도 않은 자백을 해요?"

아빠는 한참 동안 말이 없다가 덧붙였다. "그러고 보니 네 말이 맞는 것도 같구나. 나는 완전히 빠지는 게 좋겠어."

나는 계기반을 뚫어지게 바라보았다. 가죽 마감재의 질감이 내가 좋아하는 화가 마크 로스코의 그림을 상기시켰다.

"왜 그렇게 생각하세요?" 내 귀에 내 목소리가 울렸다.

"글쎄, 그 여자는 너를 협박한 거니까." 그는 뭔가 염려하고 있었다. "거기에 나까지 끼어들면 일이 복잡해질 거야. 내 말 알겠니?"

"아니요, 잘 모르겠어요."

그는 한숨을 내쉬었다. 눈치 없는 대답에 짜증 난 것 같았다. "그냥 그 여자가 가진 사진이 네 사진이라고 말하는 게 좋을 것 같아. 그래야 상황이 말이 되지 않겠니? 그 여자가 '내 사진'으로 '널 협박하는 건' 말이 좀 안 되잖아."

차 안이 답답하게 느껴졌다. 시선이 가죽 틈 사이로 깊이, 더 깊이 파고들었다. 심장 박동이 느려졌다. 나는 조용히 대답했다. "어쨌든 그 여자가 아빠 사진이라고 그랬으니까요."

"그래, 맞다." 이제 그의 말투는 지나치다 싶을 정도로 무심했다. "아무튼 네가 경찰서에서 모두 네 사진이라고 하면 나는 자연스럽게 사건에서 배제될 거야. 모든 게 네 선에서 깔끔하게 끝날 거고."

"그러니까 내가 아빠를 위해서 거짓말하길 원하는 거죠?"

"패트릭, 어차피 너도 다 털어놓진 않을 거 아니냐." 그는 뭔가 기대하는 표정으로 나를 바라보았다. "물론 네가 불편하다면 그렇게 안 해도 된다." 그가 한숨을 쉬었다. "그런데 너는 그 정도로는 마음이 불편하지 않잖아. 게다가 너도 나를 끌어들이고 싶지 않다면서." 그가 웃으며 내게 눈을 찡긋했다. "오해하지는 말아라. 내 말은, 맘대로 해도 좋다는 거야." 이윽고 차가 멈췄다. "그럼 이제 즐기러 가 볼까!"

내가 뭔가를 말하려는데 조수석 문이 벌컥 열렸다.

"록시 극장에 오신 걸 환영합니다." 주차 대행 직원이었다.

극장 지붕에서 번쩍거리는 불빛에 눈을 가렸다. 어지러웠다. 순간 멍한 상태로 있는데 차를 벗어나고픈 마음이 간절해졌다. 아빠는 자신이 얼마나 낯 두꺼운 말을 했는지 제대로 알아차리지 못한 것 같았다.

나는 직원의 안내를 따라 차에서 내렸다. 그리고 뒤도 돌아보지 않고 잔뜩 모여 줄을 선 군중을 지나 매표소로 향했다. 경비원이 나를 알아보고 들여보냈다. 극장 안에도 사람이 많았다. 어둠 속에서 눈을 가늘게 뜨고 앞으로 걸었다. 투명인간이 된 것 같았는데, 내가 원하는 방식은 아니었다. 그냥 멍했다. 바닥이 휘청이는 듯했다. 음료수를 나눠 주는 바 쪽에 아는 얼굴이 있는지 살펴보았다. 하지만 나는 혼자였다.

비명을 지를까. 머리가 뒤로 젖혀질 정도로 저 여자를 세게 밀쳐볼까. 차라리 머리 장식을 뽑아서 옆에 서 있는 남자의 목을 찌르는 게 나을 수도 있겠다. 이 압박감을 억누를 수 있다면 무슨 짓이든 할 텐데. 무감각으로 마음을 가득 채울 수 있을 텐데.

그런데……!

"데이비드!"

바에 그가 있었다. 늘 마시는 진토닉 잔 옆에 팔꿈치를 우아하게 걸친 채. "데이비드!" 나는 사람들 위로 손을 흔들면서 거의 비명을 지르다시피 소리쳤다. 그때 사람들이 우르르 움직였다. 몸의 균형을 잃고 옆으로 휩쓸렸다. 다행히 완전히 시야를 벗어나기 전에 그와 눈이 마주쳤다. 그는 손을 뻗어 나를 군중 사이에서 구해냈다. 나는 정신을 차리고 데이비드를 꼭 끌어안았다.

필사적으로 데이비드를 붙들었다. 투명했던 내 몸이 그의 품 안에서 색을 되찾으며 소생하고 있었다.

"패트릭, 괜찮아?"

"아니." 그의 목덜미에 대고 속삭였다. "아니, 아니, 아니, 전혀 괜찮지 않아." 주변의 소음이 목소리를 삼켜 버렸다.

그가 나를 데리고 바 옆으로 빠져나왔다. "괜찮은 거지?"

조명이 그의 얼굴을 비추고 있었다. 내 영혼의 힘을 온통 쥐어짜도 입을 다물기 힘들 것 같았다. 품에 안겨 나를 구원해 달라고 애원하고 싶었다. 진실을 말하고 싶었다. 너를 사랑한다고, 네가 필요했다고, 너 때문에 마음이 아팠다고 고백하고 싶었다. 그가 나를 진정으로 편안하게 만들어 준 유일한 사람이라서가 아니었다. 그의 품이 집처럼 익숙해서도 아니었다. 데이비드는 내가 아는 사람 중에서 최고였다. 내 모든 것이었다. 세상에 그와 같은 사람이 더 있을 리 없었다. 그런데 나는 누구일까?

"잘 모르겠어." 내가 조용히 말했다. 내게 주어진 현실은 진짜가 아니라 모두 만들어 낸 것이었다. 진실? 나는 한 번도 진실했던 적이 없다. 하지만 지금부터 다시 시작해도 될까?

데이비드의 얼굴에는 걱정이 가득했다. "패트릭, 뭘 모르겠다는 거야?" 그가 내 허리를 붙잡았다. "무슨 일 있어?"

나는 어떻게 반응해야 할지 고민하며 입을 살짝 벌렸다. 여러 가지 색상 샘플을 보여 주는 도표처럼, 선택을 기다리는 수많은 감정이 눈앞에 펼쳐졌다. 지금까지 사람들을 관찰하면서 수집한 감정들이었다. '서글픈 나'는 집에 데려가 달라고 속삭이며 그의 어깨에 머리를 기댈 수 있었다. '도발적인 나'는 그를 근처의 빈 사무실로 끌고 가 뜨거운 시간을 보낼 수 있었다.

클레클리 박사의 목록 10번. "중요한 정서적 반응이 대체로 부족" 소시오패스가 특정한 감정을 느낄 수 없다는 말이다. 내게 감정은 느끼는 게 아니라 선택하는 것이었다. 남의 집 옷장에서 훔친 옷처럼, 내가 선택한 감정은 스스로 빛나지 못하고 축 늘어진 채 생기 없이 매달려 있었다.

데이비드의 눈썹이 일그러졌다. 시간을 너무 오래 끌었다. 불편한 기색이 역력해졌다. 그도 항상 자신의 모습을 내게 투영했다. 솔직히 말해 그가 괘씸했다. 하지만 그는 자신이 좋은 사람이니만큼 나도 좋은 사람이 되길 바란 것이다. 그런데 나는 그에게 무슨 짓을 해 온 걸까? 그의 성품을 취약하게 만들고 더럽게 물들여 무너트리지 않았던가. 이제 더는 그래서는 안 됐다.

나는 억지로 웃음을 쥐어짜며 데이비드를 배반하는 감정을 선택했다. '무심한 사람'이 되기로 한 것이다.

"아무 문제도 없어." 이제 목소리도 차분해졌다. "매출에 대해 생각 좀 하느라고." 마침 눈에 들어온 저쪽 구석의 음반 판매대를 가리켰다. "이것도 내 일이라는 사실을 항상 잊어버리거든."

그가 또 눈살을 찌푸렸다. 내 반응이 말이 안 된다고 생각한 것이다. 상황을 더 그럴듯하게 만들고자 거짓말을 보탰다. "내가 이상하게 보였다면 미안해. 에벌리 집에 있다가 방금 도착했거든. 사실 술을 많이 마셨어." 그리고 웃으며 머리를 흔들었다. 나는 데이비드에게 상처를 주고 있었다. 그가 가장 두려워하는 것, 배제되고, 혼란스러워지고, 무시당하는 기분을 느끼도록 단어를 선별했다.

그가 깊이 숨을 몰아쉬었다. "목요일에는 상담소에서 일하는 줄 알았는데."

전하고자 하는 뜻은 투명했다. 데이비드는 지금 나를 사랑한다고 말하고 있었다. 그는 내가 별생각 없이 통화 중에 흘린 정보를 주의 깊게 머리에 새겨 둔다는 걸 자신만의 방식으로 넌지시 알려 주었다. 나를 수용하기 위해 노력하고 있었다. 하지만 나는 신경 쓰지 않을 것이다.

클레클리 박사 목록 12번. "일반적인 대인 관계에 대한 무감각" 소시오패스는 상대방의 따뜻함이나 신뢰에 친절하게 반응하기를 꺼린다는 뜻이다.

나는 눈을 치켜떴다. "그래. 아니, 그게 아니라……" 그리고 화난 척했다. "여기 오려고 그냥 쉬었어." 그런 다음 슬슬 고개를 갸웃거리는 데이비드의 기분을 완전히 망치기 위한 말을 꺼냈다. "그런데 넌 여기서 뭐 하는 거야?"

그의 머리에 분명 핏발이 섰을 것이다. 하지만 그는 물러서지 않았다. "지난주에 말했잖아." 그는 다시 우리 둘 사이의 공감대로 돌아가려 했다. "에벌리의 마지막 공연이라면서. 네게 의미 있는 날이니까 오고 싶었어. 너도 알잖아. 너를 위해서 온 거야."

나는 진지하게 고개를 끄덕였지만, 곧 실망한 듯 입을 삐죽였다. "흠, 그런 말을 했었나, 기억이 안 나네." 나는 어깨를 으쓱했다. "그래도 네가 와서 정말 좋기는 해."

그는 예상보다 훨씬 오래 버티고 있었다. 하지만 허우적거리는 그에게 도움의 손길을 내밀지 않았다.

나는 최대한 활짝 웃으며 두 팔을 벌리고 그와 포옹하려고 했다. 누가 봐도 어색해 보였다. 이런 억지 애정 표현은 두 가지 효과를 가져올 게 분명했다. 조금 전에 내가 진심으로 내비쳤던 반가움을 불쾌함 뒤로 밀어내고, 내 거짓말에 설득력이 생길 것이다. 하지만 그의 팔이 내 허리를 꼭 감싸는 게 느껴졌다. 슬픔의 물결이 나를 휘감았다. 그의 어깨에 머리를 기대고 몇 번이고 숨을 몰아쉬었다. 품에 안긴 느낌이 너무 좋았다. 이렇게 진실한 마음이 들다니. "사랑해." 나는 데이비드가 들을 수 없을 정도로 조용히 속삭였다. 결코 오래 내 것일 수 없었던 것 품속. 그와 함께하는 미래는 환상통 같았다. 너무 현실적이면서도 비현실적이어서 미칠 것만 같았다. 이 고요함 속에 영원히 머물고 싶었다.

하지만 그럴 수 없었다. 세상 사람들이 그렇듯, 데이비드에게도 고요함 이상의 것이 필요했다. 그에게는 풍부한 감정과 진짜 반응이 필요했다. 사랑을 마음속 깊이 품고만 있는 사람이 아니라 사랑이 존재의 구조 자체에 깊이 뿌리내려 온몸을 휘감고 있는 사람이 필요했다.

내게 남은 모든 힘을 쥐어짜서 그를 붙잡고 있던 손을 놓았다. 이제 떠나겠다는 신호였다. 하지만 그는 물러서지 않았고, 끝까지 나를 붙잡고 허세를 무너뜨리려 했다. 시도는 거의 성공할 뻔했다. 영원히 그의 곁에서 평생 함께 누릴 수 있는 사랑과 기쁨, 음악과 책, 세상 모든 좋은 것에 대한 꿈을 꾸고 싶었다. 차츰 마음이 열리려던 그때, 뭔가가 내 눈에 들어왔다.

번쩍이는 움직임이었다. 나는 그를 바로 알아봤지만, 아주 잠시 상황을 받아들일 시간이 필요했다. 이내 현실이 육박해왔다. 맥스였다. 그가 나를 쳐다보고 있었다. 내가 한 번도 본 적 없는 말라깽이 금발 여자의 어깨에 아무렇게나 팔을 휘감고 비스듬히 서 있었다. 그의 눈빛을 보니 계속 우리를 지켜보고 있었음을 알 수 있었다.

"하나님, 맙소사." 나는 데이비드의 목에서 팔을 풀고 뒤로 물러섰다. "금방 돌아올게." 그리고 맥스를 향해 달려갔다.

"도대체 여기서 뭘 하는 거야?" 나는 끓어오르는 분노를 감추지 않았다.

맥스가 이죽거렸다. "뭘 하긴. 공연 보러 왔지." 그리고 데이비드를 향해 건배하듯 맥주병을 들어 보였다. "그런데 다른 공연이 열리고 있었네." 그는 무게를 실어 앞으로 몸을 숙이며 낄낄댔다. 여자의 목이 불편할 정도로 뒤틀렸다. 그는 술에 취한 게 분명했다.

나는 억지로 웃으며 바를 향해 고개를 까딱했다. "잠깐만 자리를 비켜 주실 수 있나요?" 여자는 고맙다는 듯 고개를 끄덕이고 사라졌다. 맥스가 벌써 장황하게 말을 쏟아내기 시작했다.

"나는 재미없다 이건가? 정말 그랬어? 나랑 시시덕거리는 게 지겨워서 저기 멋쟁이 씨에게 돌아간 거야?" 그는 한 손으로는 나를 가리키고 다른 손은 데이비드와 손바닥을 맞대려는 듯 위로 치켜들었다. 나는 역겨움을 느끼고 등을 돌렸다. 사람들 사이로 데이비드의 뒷모습이 보였다. 술잔에는 아직 술이 남아 있었다.

"개새끼." 나는 이를 악물고 씩씩거렸다.

맥스가 낄낄거렸다. "내가 뭘? 이제 그쪽도 좆난 것 같은데?"

"좆나긴 뭐가 좆나, 이 멍청한 새끼야! 지금 네 몰골이 어떤지 알아? 맙소사, 네가 어떤 놈인 줄 진작 알았어야 했는데."

"그건 내가 할 말이야!" 큰소리가 이목을 집중시켰다. "아, 내가 놀랄 이유가 하나도 없는데 말이지! 생각해 보니 너는 처음부터 다 말했었네. 빌어먹을 소시오패스라고!" 그가 웃음을 터트렸다. "넌 누구도 사랑하지 않아. 애초에 누구에게도 관심이 없지…… 심지어 자기 자신한테도 말이야."

한심하기 짝이 없는 도발이었다. 그러면 내 소시오패스적 본성을 마음대로 끌어낼 수 있다고 생각하는 것 같았다. 그런 뻔하디뻔한, 따분하고 시시한 소시오패스의 전형을 내게 기대한다는 게 괘씸했다.

"긍정적으로 생각해 봐. 최소한 새로운 앨범의 영감은 되겠네." 나는 그의 모욕을 받아넘겼다.

그가 눈을 치켜떴다. "잘난 척 허풍떨지 말라고."

"아유, 이 불쌍한 자식." 나는 엉터리 노래라도 부르듯 이렇게 대꾸했다. "잘난 척 허풍 떠는 건 '네 주특기'잖아. 안 그래?"

"집어치워!" 맥스가 삿대질하며 침을 뱉었다. "씨팔, 내가 널 얼마나 사랑했는데."

"아이고, 날 좀 놔주세요." 내가 그의 손가락을 밀쳐 냈다. "네가 무슨 짓을 하고 있는지는 알아?"

그러자 그가 내게 몸을 기울였다. 맥주와 위스키가 섞인 술 냄새를 맡을 수 있을 정도로 가까웠다. "그러는 너는 알고 있어?" 그가 이상하게 목소리를 높여 말하더니 천천히 고개를 흔들었다. "네가 감정을 느끼는 데는 서투를 수도 있겠지. 하지만 감정을 사용하는 데는 전문가가 따로 없어. 뭐든 보이는 대로 골라서 이용하지. 내가 다 지켜봤으니 알아." 그는 내 눈을 직시하기 위해 뒤로 물러났다. "너는 내가 너를 어떻게 생각하는지 알고 있었어. 내 감정이 흐르는 방향을 읽고 나를 이용했지……. 너 같은 부류들은 다 그렇게 주변 사람을 이용해. 하지만 넌 돈이나 명예나 권력을 원하는 건 분명 아냐." 그가 다시 가까이 다가왔다. "넌 감정을 원해. 그래서 흡혈귀처럼 나를 빨아먹은 거야."

나는 이상한 감각에 압도되어 굳어 버렸다. 이건 뭐지? 설명할 말이 없었다. 멀리서 풍겨 오는, 오래전 잊어버렸던 기억을 불러오는 향기 같았다. 나는 관련된 감정을 찾기 위해 감정의 도표를 미친 듯이 뒤지기 시작했다. 완벽하게 일치하는 감정을 찾지는 못했다. 하지만 그 비밀스러운 감정 근처까지는 다가갈 수 있었다. 왜 지금껏 한 번도 여기까지 와 본 적이 없을까? 내 안에서 지금까지 진심으로 실감한 적 없었던 후회라는 감정이 의식과 충돌했다. 맥스를 쳐다보았다. "미안……. 미안해." 그리고 더듬더듬 중얼거렸다.

그의 말이 옳았다. 나는 비난받아 마땅했다. 지금껏 관계에 책임지지 않고 가장 편한 길만 택해 왔다. "미안해." 또 한 번 말했다. 진심이었다.

맥스는 말없이 나를 내려다보다가 고개를 돌렸다. 맥주병을 입에 대고 기울이다 다시 내게 다가왔다. "천만에." 그가 내 눈을 바라보며 조용히 말했다. "역시 넌 사람을 속이는 데 아주 능숙해." 그리고 다시금 나를 떠났다. 혼자 남아 자신이 마지막으로 남긴 말의 진짜 의미를 생각해 보라는 듯.

소용돌이치는 불빛과 수많은 사람 사이에서 어떻게든 중심을 잡으려 했다. 무대 뒤의 비상구를 향해 달려갔다. 거칠게 사람들을 밀치며 빠져나와서 에벌리의 분장실로 계단을 올라갔다. 화장대 옆의 의자에 몸을 던지자 에벌리가 놀란 듯 바라보았다. "저기요. 도대체 무슨 일이에요?"

나는 두 손을 치켜들었다. "방금 일어난 일은 제대로 설명 못 할 것 같아요."

"무슨 일이 있었는지 하나도 빠짐없이 다 들어야겠네." 호기심이 동한 것 같았다. "일단 공연부터 끝내고요!" 그리고 자리에서 벌떡 일어나 환하게 웃었다. "공연, 볼 거예요?"

나는 무대를 내려다볼 수 있는 복도 끝의 공간을 보며 고개를 끄덕였다. "괜찮으면 관중석 말고 여기서 봐도 될까요?"

그녀가 웃음을 터트렸다. "당연하지요! 나는 당신이 여기 온 것 자체가 좋아요. 패트릭은 내 수호천사잖아요!"

나는 힘겹게 몸을 일으켰다. "미안해요. 오늘처럼 중요한 공연이 있는 날 소란 피울 생각은 없었는데."

"우리 사이에 별말을 다 하네요. 나는 이미 마음의 준비를 끝냈어요." 그녀가 빙그레 웃었다. "공연 빨리 마치고 빨리 뒤풀이 가요."

인사치레로 에벌리와 포옹하는데 거울에 내 모습이 비쳤다.

"저런, 무슨 푸닥거리라도 하고 온 것 같은 모습이네." 거울 앞으로 다가가 머리를 흔들었다. "어디든 가서 퇴마라도 해야 할 것 같네요."

에벌리의 얼굴이 내 어깨 뒤에서 나타났다. 그녀가 고개를 뒤로 젖히며 웃었다. "정말 사랑스러운 생각이네요."

할리우드 힐스 위에 있는 도리안네 수영장 한쪽에는 유리 벽이 세워져 있었다. 그 너머에 펼쳐진 도시의 불빛은 마치 밤하늘의 별자리 같았다. 나는 숨을 깊게 들이마신 후 물속으로 뛰어들었고 마침내 수영장 바닥에 도착했다. 계속 바닥에 처박혀 있고 싶었다.

물 위로 올라와서 수영장 한쪽에 따로 붙은 커다란 욕조 가장자리에 앉은 에벌리에게 다가갔다. 그녀는 슬퍼 보였다.

"어떻게 그럴 수가 있는지." 그녀가 말했다.

나는 유감스러운 표정을 지었다. 새벽 3시가 가까웠다. 뒤풀이는 화기애애했다. 여전히 공연의 열기에 휩싸여 있던 동료들은 큰 소리로 파티를 즐겼다. 나는 그들의 감정 뒤에 몸을 숨길 수 있어서 좋았다. 그러다가 분위기가 차츰 가라앉으면서 차분해졌다. 달빛이 환해질 때쯤에는 나도 늘 그렇듯 무심한 상태로 되돌아왔다.

그 기회를 놓치지 않고 에벌리에게 이쪽 일을 그만둘 거라고 고백했다.

"그래요, 좀 실망했겠죠." 내가 그녀를 올려다보며 말했다. "나도 더는 어쩔 수 없어서. 친구 사이를 그만두고 싶으면 그것도 어쩔 수 없고요."

"패트릭, 그게 무슨 소리예요? 내가 이제 그만 보자고 말할 것 같아요?"

그녀는 집중하라는 듯 발로 나를 툭툭 건드렸다. "좀 솔직하게 말해 봐요. 내가 느끼는 감정과 당신이 느끼는 감정이 다른가요? 당신은 내가 제일 좋아하는 친구예요. 내가 당신을 사랑한다는 걸 마음으로 느끼지 않아요?"

"나도 느껴요. 다만 그런 나를 믿을 수가 없네요. 이해 못 하겠지만…… 비단 사랑에 대해서만 혼란스러운 게 아니고 다른 감정 역시 나는 이해하기가……. 에벌리, 진정으로 나를 사랑하는 사람이 있을까요? 사람들은 내가 아니라 내 안의 어둠을 사랑하는 것 같아요. 무모함, 정서적 방종을요. 나를 통해 대리만족하는 거죠. 그래서 내 강력한 자아를 자기 것처럼 훔쳐 쓰려고 내 옷자락을 붙잡고 따라와요. 나 역시 그런 사람들을 역이용하고요." 나는 고개를 숙였다. "그러다가 항상 두 가지 일 중 한 가지가 일어나요. 내가 짜증 나서 관계를 끊거나, 사람들의 죄책감이 발동해서 나에게 모든 걸 뒤집어씌우거나." 마음속 깊은 곳에서 미묘한 분노가 끓어올랐다.

싸움이라도 거는 듯한 눈빛으로 에벌리를 쳐다보았다. "그거 알아요? 이제는 정말 다 끝냈어요."

"뭘 끝냈는데요?"

"투명인간 행세를 그만두기로 했어요." 분노가 계속 치밀어 올랐다. "내가 왜 빌어먹을 '정상성의 가면' 뒤에 숨어야 하지? 나는 미친 사람이 아냐." 나는 불을 밝힌 도시를 가리켰다. "미친 건 저기 저 사람들이에요. 내면의 어둠을 부정하는 사람들. 소시오패스가 자신들과는 아무런 관계없는 역겨운 질병인 양 행동하는 사람들. 소시오패스 탓만 하기에 바쁜 사람들…… 학교의 인기 있는 여학생을 마음속으로는 다들 부러워하고 따라 하면서 겉으로는 트집 잡는 행동과 똑같아요."

그녀를 돌아보며 코웃음 쳤다. "나는 내가 소시오패스라는 사실을 받아들일 수 있어. 그런데 저 아래 있는 사람들은?" 다시 도시 쪽을 가리켰다. "저들은 소시오패스뿐만 아니라 우울증이니, 불안이니, PTSD를 제대로 알지 못해서 잔뜩 오해해요. 그러면서 자기 정상성을 비정상 앞에서 계속 확인하려고 하죠. 하지만 그때마다 당황해요. 왜 그런지 알아요? 나는 인격 진단 검사를 위한 검사 용지가 아니거든. 나는 저들이 유일하다고 인정하는 사랑의 형태를 돋보이게 해주는 비교 사례가 아니라고요."

"패트릭, 그렇지 않아요." 에벌리가 항변했다. "믿거나 말거나, 세상에는 당신을 사랑하는 사람들이 있어요. 나 같은 사람, 데이비드 같은 사람이요."

나는 눈을 내리깔고 물에 반사되어 반짝이는 달빛에 정신이 팔렸다. 그리고 그 부인할 수 없는 사실에 대해 곰곰이 생각했다.

"알아요." 나는 고개를 끄덕였다. "그리고 마음속 깊이 당신이 나를 사랑한다는 것도 알고 있어요. 물론 데이비드도 마찬가지고요. 그런데 데이비드는 나를 받아 주지 않네요."

"그래도 맥스는 받아 준다면서요. 그건 또 그거대로 잘 안 된다고 했지만."

"왜냐하면 맥스는 내 어두운 면만 받아들이려 했으니까." 내가 좌우로 손을 뻗었다. "데이비드는 너무 왼쪽에 있고 맥스는 너무 오른쪽에 있어서…… 그 중간을 찾아야 하는데요."

"그 중간이 누군데요?"

"나는…… 나는 소시오패스예요. 나야말로 정상과 비정상의 중간에 걸쳐 있는 사람인데, 지금까지 소시오패스가 아닌 사람들을 내 기준점으로 여겨 왔어요." 나는 고개를 흔들었다. "처음에는 엄마에게 좋은 딸이 되고 싶었고, 이후에는 데이비드에게 좋은 여자가 되고 싶었어요. 하지만 잘되지 않았고 모두 실패했어요." 나는 천천히 숨을 들이쉬었다. "사실은 누구보다도 나 자신에게 좋은 사람이 되어야 했어요. 누군가의 강요와는 상관없이 스스로 판단하고 선택할 필요가 있었어요."

나는 그녀에게서 등을 돌리고 수영장 가장자리에 머리를 기댔다. 집의 한쪽 면을 떠받치고 있는 거대한 콘크리트 상판을 보며 마크 로스코와 그의 표현주의적 색채를 떠올렸다.

"당신 말처럼, 나는 데이비드에게 보이는 모습이 다르고 당신에게 보이는 모습이 달라요. 모두에게 진짜 모습을 보여 주지 않는 투명인간이죠. 이제 이런 건 그만둬야 해요. 언제나 내 모습 그대로 있을 거예요. 그게 내 삶을 안정시킬 유일한 방법이에요. 그리고 그게 내가 내 삶을 타인들과 나눌 유일한 방법이기도 해요."

그런데 투명인간이 되는 걸 완전히 포기하는 건 어려운 일 같았다. 나라는 존재를 잠시 지우면 나는 다양한 경험을 할 수 있었다. 보통 사람들이 만나는 사람, 머무르는 장소, 뛰어드는 모험에 나도 접근할 수 있었다.

여러 가지 기억들이 만화경처럼 스쳐 지나갔다. 비밀 통로의 벽돌 질감, 버려진 집에서 바라보던 풍경……. 어느 날 오후, 몰래 들어간 집에서 머리를 내 무릎 위에 올려놓은 반려견 샘슨. 털을 손으로 쓰다듬던 순간을 떠올리며 웃었다. 저 멀리 어디선가 마일스 데이비스의 트럼펫 연주가 울려 퍼졌다. 로렐 캐년의 기타 연주가 바위산에 부딪히는 반향을 느끼며 도로 위를 질주하던 밤도 있었지. 나는 눈을 감았다. 외로움이 주는 견딜 수 없는 고통이나 낯선 사람의 옷자락이 피부에 닿을 때의 불쾌함을 한 번도 느껴보지 못했다는 사실에 감사해야 한다고 생각했다. 내 경험들은 유별나지만, 특별했다.

"그러면 새로운 생활은 언제부터 시작할 생각이에요?" 에벌리가 장난스럽게 물으며 몽상을 방해했다.

"당장 내일부터?" 그리고 나는 제인스 어딕션의 노래 한 구절을 목청 높여 불렀다. "내일부터 시작이야!"

에벌리가 웃음을 터트렸다. "패트릭, 그런데 알려 줄 게 하나 있어요. 벌써 자정이 지나서 '내일'이에요."

나는 수영장 벽에 삐딱하게 몸을 기대고 씩 웃었다. "그런가요? 그러면 지금 당장 시작해야겠네요."

그러자 에벌리도 웃으며 나를 앞으로 힘껏 떠밀었다.

물에 빠지고 나서야 숨 들이마시는 걸 잊었다는 사실을 깨달았다. 물이 내 얼굴을 덮치고 눈으로 들어오면서 광활한 도시의 전경을 가렸다. 수영장 바닥의 타일이 그리는 풍경이 눈꺼풀 앞에서 번쩍거렸다. 풍경의 끝자락이 마지막으로 불꽃을 일으켰다가 어둠 속으로 천천히 사라졌고 결국 또 다른 기억의 한 조각으로 남게 되었다.

에필로그
새로운 사랑

"패트릭 이모?" 조카가 나를 불렀다. "뭐 좀 물어봐도 돼요?"

그 후로 10년도 더 지났다. 우리는 할로위네서 추수감사절 저녁 만찬을 끝냈다. 조카인 해리슨이 내 옆에 앉아 있었다. 호기심 가득한 표정으로 나를 바라보는 큰 눈동자에는 할로위에게서 수없이 보아 왔던 반짝임이 가득했다.

"모르겠는데요?" 나는 놀리듯 대답했다. "물어봐도 될까요, 말까요?"

조카가 얼굴을 찡그렸다. 부드러운 갈색 머리카락이 너울처럼 얼굴 위로 흘러내렸다.

"이보세요?" 나는 놀리듯 조카를 쿡쿡 찔렀다. "이모는 바쁜 사람이에요."

"뭐가 바쁘다고?" 할로위가 제부인 깁슨과의 대화에 끼어들었다. 그녀는 옆으로 다가와 앉으며 옆에 두었던 내 와인잔을 손에 쥐었다. "둘이 무슨 얘기 중이야?"

"나도 그걸 알고 싶은데. 네 아들이 나한테 뭐 물어볼 게 있다네."

"그게 뭘까요?" 깁슨도 끼어들었다.

해리슨은 웃지 않으려고 애쓰면서 나를 계속 곁눈질했다. 머리를 아주 살짝 기울여 자기 엄마를 엿보다 입을 열었다. "패트릭 이모, 이모는 정말 도둑이에요?"

나는 짐짓 놀란 흉내를 내며 가슴에 손을 얹고 입을 딱 벌렸다. "도둑?" 그리고 조카를 무릎 위로 끌어당겼다. "아니, 이모는 도둑이 아니야!" 그리고 딱 할로위에게만 들리는 작은 목소리로 조카의 귀에 이렇게 속삭였다. "도둑은 아닌데 거짓말은 잘해……."

"맙소사." 할로위가 씩씩거리며 와인을 한 모금 들이켰다. 그리고 눈을 치켜뜨고 내 무릎 위에서 꿈틀대며 낄낄거리는 아들을 보다가 내게 슬쩍 눈짓했다. "그 글 때문이야. 요즘 만나는 사람마다 다 그 말만 하더라."

그녀가 말하는 '글'이란 〈뉴욕타임스〉에 실린 '그는 소시오패스와 결혼했다 He Married a Sociopath: Me.'라는 제목의 짧은 기고문이었다. 내가 병리학적 소시오패스라는 사실과 함께 내 결혼 생활을 엿볼 수 있는 내용을 공개한 그 글은 한 달 전쯤 신문에 실렸고 잠깐 화제가 되었다.

"그 기사 말이니?" 그때 엄마가 나타났다. 아빠도 옆에 있었다. 나는 부모님이 이혼했음에도 우리가 여전히 가깝게 지낼 수 있다는 사실에 감사했다. 특히 지난 몇 주는 내 글 덕분에 분위기가 더 각별했다. "정말 잘 읽었어. 아주 재미있더구나." 엄마가 말했다.

"댓글은 다 읽어 봤니?" 아빠가 할로위 옆에 앉으며 물었다.

나는 고개를 흔들었다.

"아직 안 읽었다고?" 할로위는 믿을 수 없다는 표정이었다. "수천 개가 넘던데! 페이스북이랑 트위터에만 그 정도야."

"그렇지?!" 남편이 주방 쪽에서 소리쳤다. 데이비드가 설거지를 끝마치고 행주를 손에 든 채 나타났다. "쿨한 척 훑어보기는 했는데, 사실은 뭣도 모르는 쓰레기 같은 놈들을 다 쥐어패 버리고 싶었어."

나는 그를 보고 빙긋 웃었다. "우리 다정다감한 남편. 당신이 없으면 나는 어떻게 살까 몰라."

오래된 질문이었다. 대답은 절대 알고 싶지 않았다.

"정말 짜증 나." 내가 툴툴거렸다.

록시 극장에서 에벌리의 마지막 공연이 끝난 지도 벌써 몇 주가 흘렀다. 나는 이웃집 뒤뜰에 서서 2층 발코니를 올려다보고 있었다. 멀홀랜드 드라이브의 오래된 집이 팔렸다는 사실을 들었다. 정체불명의 새 주인은 왜인지 모르겠지만 그 집을 썩어 문드러지도록 그대로 두는 것 말고는 아무것도 할 생각이 없었다. 실제로 그 집은 10년 뒤에도 내가 처음 보았던 모습 그대로 남아 있었다. 사람이 살기는커녕 손을 댄 흔적도 없었다.

이웃은 얼마 전 '시즌 막바지 스키 여행'을 떠났다. 그들의 차가 떠나는 날 아침에 몰래 웃으며 창밖으로 손을 흔들었다. 그들의 집은 몇 년 동안 내 침입 버킷리스트에 포함되어 있었다. 창문에서는 부부의 방 발코니가 훤히 보였다. 발코니에 선 내 모습을 상상하면서 많은 밤을 보냈다. 두 집의 경계선에는 커다란 감귤나무 한 그루가 서 있었다. 늦은 밤이면 나뭇가지들이 창문을 두드리는 소리가 들렸다. 탁, 탁, 탁. 마치 연인이 찾아와 부드럽게 창문을 두드리며 이제 그만 밖으로 나오라고 유혹하는 것 같았다. 유혹에 기꺼이 따르고 싶었다.

불안한 마음이 차올랐다. 굳게 결심했지만, 원칙을 지키는 건 쉬운 일이 아니었다. 잠깐 빈집에 들어갔다 나오는 건 누구에게도 피해를 주지 않는 쉬운 일이었다. 모험이 끝나면 아주 가뿐하고 쾌적한 마음으로 모든 걸 새로 시작할 수 있으리라. 어렸을 때 훔친 물건들로 채워져 있던 상자를 쾌적하게 비웠던 일이 떠올리며 밖으로 나왔다. 하지만 하늘을 올려다보는 순간 정신이 번쩍 들었다.

"난 이제 어린애가 아니야!"

나는 몸을 돌려 집으로 돌아갔다. 그리고 칼린 박사에게 급히 전화를 걸었다.

"더는 이렇게 살고 싶지 않아요. 파괴적인 해결책 말고 다른 게 필요해요. 하, 진짜 빌어먹을 거." 나는 한숨을 내쉬었다. "하지만 더 중요한 건, 친구, 연인, 가족들과 영영 단절되고 싶지 않다는 거예요. 소시오패스들 누구라도 그렇게 살아서는 안 돼요. 아니, 누가 무슨 병에 걸렸더라도 그렇게 살 수는 없어요."

낭비할 시간이 없었다. 건강하게 살고 싶었다. 나와 똑같은 처지에 있는 사람들을 돕고 싶었다. 그래서 칼린 박사와 합의했다. 새로운 '계약서'에 서명했다. 더는 불법적인 행위를 저지르지 않겠다고 다시금 약속하는 내용의 계약서였다. 이번에야말로 정말 약속을 지키고 싶었다. 무감각을 제대로 통제하기 위해 굳게 마음을 다졌고 즉시 치료를 시작했다.

나는 소시오패스와 사이코패스, 반사회적 인격장애 치료와 관련된 연구 결과와 자료 사본 등을 들고 일주일에 한 번, 때로는 두 번 칼린 박사를 만나러 갔다. 자료를 검토하고 다양한 치료 방법을 의논했다.

칼린 박사는 무의식을 기초로 심리 현상과 행동을 설명하는 정신역동psychodynamics을 바탕으로 상담을 진행했다. 그녀는 우리의 가장 은밀한 생각이나 기억, 충동이 행동을 주도한다고 믿었다. 그녀는 무의식의 영역을 탐구하지 않으면 내 행동을 바꿀 수 없다고 말했다. 하지만 이런 전통적인 방식을 사용하기에 나는 조급했다. 나는 그녀에게 소시오패스 치료 과정의 첫 번째 단계는 파괴적인 행동의 억제가 되어야 한다고 주장했다.

"선생님에 동의는 하지만요…… 소시오패스가 몇 년 동안 진행되는 치료를 얌전히 앉아서 받을 거라는 가정은 섣불러요. 그들은 상식이 통하지 않아요. 우선 저를 보세요!" 나는 두 손을 치켜들었다. "긴장 상태가 극에 달하기 전에는 모든 게 다 그저 재미있고 장난 같죠. 그러니까 아무렇지도 않게 동의도 하고, 계약서도 쓰고, 서명도 하고, 결심도 하는 거예요." 나는 고개를 흔들었다. "치료에는 몇 년이 걸릴 수 있어요. 원래 그런 거잖아요. 하지만 그것도 실행이 뒷받침될 때 가능한 거잖아요. 그러니 절 믿어 주세요. 파괴적인 행동을 먼저 통제해야만 돼요."

결국 나는 인지 행동 치료$^{cognitive\ behavioral\ therapy,\ CBT}$에 관해서 연구하기로 했다. CBT 대상 환자들은 단순히 무의식적인 나쁜 욕망을 식별하는 것을 넘어 욕망이 발생한 순간에 적극적으로 해결하도록 요청받는다. 건강하지 않은 대처 기제를 최소화하기 위해 명확한 목표와 잘 정의된 작업을 요구하는, 목표지향적이고 실제적인 접근 방식인 셈이다. CBT는 당장 발생한 문제 행동을 우선 관리하는 데 중점을 두며, 행동의 근원을 밝히는 이해의 과정은 나중으로 남겨 둔다. "이거야말로 소시오패스 심리학에 대한 상식적인 접근 방식입니다." 나는 이렇게 주장했다. 그녀도 결국 내가 내세우는 해결법이 효과적일 수 있다는 사실을 인정했다.

나는 인지 행동 및 정신 분석 수련과 관련해서 들을 수 있는 모든 강의를 들었다. 거기에 개인적 연구와 상담소 업무가 합쳐지면서 다른 일에 눈 돌릴 시간은 거의 없었다.

나는 심리학이라는 토끼굴에 깊이 빠져들었다. 그저 먹고, 자고, 공부했다. 그러다 틈이 조금이라도 생기면 칼린 박사를 찾아가 치료를 받았다. 인지 행동 조절과 함께 시도한 정신역동 치료는 불안감을 줄이는 데 효과적이었다. 역시 근본적인 원인을 먼저 이해하고 증상을 받아들이는 게 치료에 실질적인 도움이 되었다.

나는 압박감과 파괴적 행동에 대한 충동이 소시오패스들의 일반적인 심리 순환 주기라고 생각했다. 하지만 한 번도 그 순환의 근원을 살핀 적은 없었다. 나는 칼린 박사의 도움으로 개인적인 경험을 정리하기 시작했다. 또래 아이들이 주변 상황에 감정적으로 반응하는 걸 보고 같은 방식으로 행동해야 한다는 부담을 느꼈던 때를 떠올렸다. 나는 유치원 때부터 친구들과 다르다는 사실에 불안했다. 감정적인 반응이 일어나야 할 것 같은 상황에 직면할 때는 배가 아프곤 했다. 특히 어떤 지점에서 감정적으로 반응해야 할지 파악하는 일이 내게는 어려웠다. 예컨대 보통은 극도의 행복감을 불러일으키는 상황이 발생하면 곧 감정이 분출되리라는 기대가 필연적으로 뒤따른다. 하지만 나는 이런 상황에 공명하지 못해서 항상 주변을 실망시켰다. 그때마다 내 희망은 반복적으로 무너져 내렸다.

나는 칼린 박사에게 고등학교 졸업식 때의 경험을 털어놨다. 어쩌면 그날은 뭔가 다를 수도 있겠다고 생각했다. 하지만 다를 건 없었다. 가족들이 감회를 물었지만 이렇게 솔직하게 말할 수는 없었다. "아무 느낌 없어요. 이런 건 다 내가 감정을 느낄 수 없다는 사실을 확인하는 또 다른 증거에 지나지 않아요. 그러니 다들 괜찮으시다면 저는 이만 가 볼게요. 이렇게 특별한 날 감정적 충격을 끌어내기 위해 아껴 두었던, 버려진 정신병원에 침입할 생각이니까."

기억들은 나에 대한 이해를 구축할 토대가 되어 주었다. 나는 과학자처럼 기억에 접근해 자료를 수집했고, 로드맵을 짜듯 내 인생을 구조화했다. 그런 다음 '인지 일지 작성cognitive journaling'을 통해 과거를 지금의 나와 연결했다.

인지 일지 작성은 환자가 상황, 기분, 충동 등을 구분할 수 있도록 자신의 행동, 신념 및 반응을 추적하도록 하는 CBT 치료 방법 중 하나다. 언제 불안을 느꼈는지, 불안을 느끼기 전에 먼저 떠올랐던 감정은 무엇인지, 그리고 그 불안으로 인해 어떤 충동이 일어났는지 자세하게 수첩에 기록했다. 파괴적 충동을 일으키는 심리적 상황에 대해 더 많이 알게 될수록 충동을 다루는 데 익숙해졌다. 압박감과 충동을 느끼는 횟수가 점점 줄어들었다. 압박감이 느껴지더라도 이를 해소할 더 건강한 방법을 사용할 수 있었다.

특히 도움이 된 CBT 기법은 이른바 '노출 요법'이었다. 이 전략에 따르면 환자는 의도적으로 긴장감을 일으키고 불안을 유발하는 상황에 자신을 노출한다. 그렇게 해서 단순히 불안에 반응하기보다는 불안의 원인을 탐색하자는 것인데, 나는 이 기법을 조금 다른 방식으로 사용해 보기로 했다.

내가 보기에 불안감은 소시오패스를 구성하는 하나의 조각에 불과했다. 뭔가를 저지르려는 욕구는 이해를 넘어 통제해야 할 요소였다. 예컨대 지니의 집은 충동이 쉽게 일어날 수 있는 장소였다. 칼린 박사는 그곳을 다시 찾으려는 내 발상에 동의하지 않았다. 하지만 나는 이제 내가 그곳에서도 충동을 따르기보다는 냉정하게 자신을 관찰할 수 있을 거라고 주장했다.

첫 방문부터 크게 놀라고 말았다. 고속도로에 들어서자마자 배가 살살 아프기 시작했다. 라디오를 꺼버린 후 오로지 감각에만 집중했다. 지니가 사는 주택단지로 들어서자 무감각이 나를 덮쳤다. 낯익은 주차장에 차를 세우고 거울에 비친 내 모습을 살펴보았다. 정맥이 미세하게 표피로 드러났다. 얼굴도 붉게 달아올랐다. 입술 사이로 숨을 빠르게 들이쉬고 내쉬는 숨소리가 귓가에 들렸다. 어두운 기운이 스며들고 무심해졌다. 내 내면과 외면이 동시에 깨어나는 게 눈에 보였다. 그동안 반응하는 데 급급했기에 알아차리지 못했던 신체적 반응이었다. 운전석 문의 차가운 금속 손잡이를 붙잡았다. "60분. 여기서 60분 동안 앉아 있다가 집으로 돌아가자."

매 순간순간이 억겁의 시간 같았다. 시계를 확인하며 심연의 깊은 곳에서 내 현재의식과 잠재의식이 어떻게 충돌하는지 관찰했다. 그리고 그것들을 수첩에 적었다. 하지만 점점 집중력이 떨어졌다. '이거 못 할 일인데.' 답답함과 좌절감이 몰려들었다. 잔뜩 굶주린 개를 묶어 놓고 닿지 않는 가장 가까운 거리에 스테이크를 둔 것이나 마찬가지였다. 당장 지니의 뒷마당으로 달려가 폐소공포증 증상을 해소하고 싶었다. 충동은 점점 커졌다. 시간을 채우고도 시원한 마음으로 떠날 수 없었다.

하지만 일을 반복하자 반응은 완화되었다. 나는 안도했다. 그 충동은 복잡한 심리 반응이라기보다 허기 같은 단순한 생물학적 반응에 가까웠다. 인지 일지 작성을 통해 내가 그동안 겪어온 만성적 긴장 상태의 원인을 더 소상히 파악했다. 폐소공포증과 그에 따라 일어나는 충동이 아주 오래전부터 반복되어 온 과정이라는 사실도 깨달았다.

수영장에서 구명조끼가 없이도 익사하지 않는 방법이 있다. 바로 수영이다. 불안감을 중화시키기 위해서도 굳이 파괴적으로 행동할 필요는 없다. 수영하는 법을 제대로만 배우면 만사가 다 해결되는 것이 아닌가.

무감각의 바다를 헤엄치는 법을 배우는 것이야말로 소시오패스 치료의 핵심이었다. 나는 줄곧 무감각을 물리치려고만 노력해 왔다. 주변을 둘러보면 내가 왜 그랬는지 이해할 수 있었다. 어린아이들이라도 소시오패스 성향을 보이면 비난받는다. 심지어 상담소 동료 중에도 그런 자들이 있었다. 그들은 자신이 선호하는 소아정신질환에 대해서만 목소리를 높였다. 언젠가 있었던 전체 회의에서 동료 중 한 명은 "내 아이가 소시오패스가 되기보다는 차라리 암에 걸리는 게 낫다."라고 말하기까지 했다. 다른 이들도 어쩔 수 없다는 듯 고개를 끄덕였다. 나는 정말 드물게만 느낄 수 있는 깊은 슬픔에 사로잡혀 얼어붙은 채 가만히 앉아 있었다. 그런 인식은 내가 평생 직면해야 했던 것이었다. 부모님, 친구, 학교 선생님, 연인에 이르기까지 대부분은 나를 불편하고 불길한 사람으로 취급했다. 그들 역시 소시오패스는 잔혹한 존재라는 세뇌를 받았기 때문이다. 부모들에게 소시오패스는 최악의 자녀였다.

나는 어린 시절의 나를 안아 주고 싶었다. 그리고 이렇게 말하고 싶었다. "너는 나쁜 아이가 아니야. 하늘에 맹세코 너는 좋은 아이야. 친절한 아이지. 그러니 다른 사람 말에는 절대 귀 기울이지 마.

그리고 기다려 줘." 정말 간절히 부탁하고 싶었다. "제발 기다려 줘. 네가 좋은 아이라는 걸 꼭 증명해 보일게."

물론 시간을 되돌릴 수는 없었다. 내가 할 수 있었던 유일한 것은 그날 밤 동료의 집에 몰래 가서 마당 잔디밭에 "당신이 틀렸어."라는 글자 모양으로 소금을 뿌리는 것뿐이었다. 그런데 귀가해서 생각해 보니 나 역시 소시오패스를 부정적으로 생각해 왔다는 사실을 알게 되었다. 스스로를 수용하는 방식을 고민할 필요가 있었다. 내 정체성에 대한 인식을 재구성하기 위해 수십 년 된 나의 신념 체계, 어쩔 수 없이 받아들여야만 했던 온갖 잘못된 정보로 구축된 거짓 서사를 해체해야만 했다.

이를 위해서도 CBT 기법을 사용했다. 나도 모르게 부정적인 생각이 들 때마다 기록했고, 사실에 기반해서 이를 반박했다. 예를 들면 우선 이렇게 적는다. "아무것도 느껴지지 않는다. 감정을 깨울 만한 어떤 행동이라도 하지 않으면 상황은 더욱 나빠질 게 분명하다. 무감각은 내가 결국 끔찍한 행동을 하도록 만든다." 그리고 이어서 다른 관점을 제시한다. "아무것도 느껴지지 않는다. 그렇지만 무감각이 위험한 정신 상태라는 증거는 어디에도 없다. 오히려 사람들은 모든 걸 비우고 아무것도 느끼지 않는 방법을 배우기 위해 요가나 명상에 거액을 쓰지 않는가? 나는 매일 값비싼 경험을 공짜로 하는 것이다."

또 다른 사례.

"나는 사람들이 싫다."라고 적는다. 그리고 "나는 사람들을 싫어하지 않는다."라고 또 적는다. "나는 자기중심적으로 감정, 불안, 편견을 내게 투사하는 사람들을 싫어할 뿐이다. 그렇다고 해서 내가 그들의 행동을 이해해 줄 필요는 없다. 거짓된 상호작용을 견뎌 낼 필요도 없다. 나는 나의 성향에 전적으로 만족한다. 누구든 내가 맘에 들지 않으면 꺼져도 좋다." 나는 웃으며 마지막 문장을 지웠다. 그리고 다시 적었다. "누구든 내가 맘에 들지 않다면 다른 사람을 찾아보시길."

부정적인 인식을 계속 바꿔 나가자 내 정체성을 긍정하면서 일상을 살아 내는 능력도 발전했다. 이런 자기 해방은 나에게 큰 기쁨을 안겨 주었다. 수십 년 동안 기어만 다니다가 걷는 법을 배운 것 같았다.

지니의 집 앞에서 많은 걸 배웠다. 물론 죄책감을 느낀 것은 아니다. 또 어떤 부끄러움이나 염려도 없었다. 나는 아무것도 느끼지 못했다. 그리고 비로소 아무것도 느끼지 못하는 내가 싫지 않았다.

"그냥 편해요." 칼린 박사에게 고백했다. "주차장에 차를 세우고 가만히 앉아 있는데, 아무것도 느껴지지 않고 좋았어요. 집 뒷마당에 숨어서 집 안을 살피지 않아도 괜찮았어요. 이제야 미친 사람처럼 행동하지 않게 됐네요." 그녀는 불만이 있는 듯 입술을 오므렸다. 나는 웃음을 터트렸다. "무슨 말인지 아시잖아요."

그녀와 상담을 재개하고 6개월이 흘렀다. 그녀는 나의 달라진 모습을 반겼다. 하지만 다시 지니의 집을 찾아간 일은 여전히 마음에 들지 않는 눈치였다.

"그렇다면 이제 더는 갈 필요는 없잖아요. 당신이 어떤 심리학적 문제 상황을 극복했다는 데 우리 모두 동의할 것 같은데요."

나는 고개를 끄덕였다. "원래의 목표보다 더 나아갔죠. 내가 상황 자체를 긍정적으로 받아들인 쪽에 가까우니까." 그리고 잠시 말을 멈추고 생각에 잠겼다. "아무것도 느끼지 못하는 게 더 좋아요. 정말이에요. 생각해 보니 예전부터 항상 그랬던 것 같아요. 다만 예전에는 아무것도 느끼지 못하는 게 뭘 의미하는지, 계속 이렇다면 어떻게 될지 두려웠거든요. 무엇보다 사람들의 반응이 너무 두려웠어요. 그런 불안이 쌓여 결국 내가 하고 싶지 않은 일들을 하게 되니까요." 나는 창밖의 공원을 둘러싼 나무들의 모습을 바라보며 고개를 저었다. "망할 시간 낭비였네요."

"당신은 포기하지 않고 계속 노력했잖아요. 자랑스럽게 생각해도 됩니다." 그녀는 공책을 덮으며 물었다. "어때요? 스스로가 자랑스러운가요?"

어떻게 대답해야 했을까. 물론 내가 얼마나 발전했는지를 생각하면 기뻤다. 마침내 내 인격장애를 기능적으로 잘 이해하게 됐다. 이제 건강한 대처 방식을 사용할 수 있었다. 하지만 변화한 내 모습을 상담실 밖에서 확인해 본 적이 없다는 게 문제였다.

최근의 치료 경험은 고급 재활원에서의 생활과 비슷했다. 좋은 치료 결과를 이끌어 낼 최상의 환경은 심리학적 관점에서 결국 고립된 환경이었다. 학업, 연구, 치료라는 나만의 작은 거품 속에서 어떤 유혹과도 직면하지 않았다. 사회에서 나를 기다리는 악마와 맞설 일이 없었다.

"그렇다면 그중에서 가장 걱정되는 건 뭔가요? 사회에서 가장 먼저 확인해 보고 싶은 게 있나요?"

"데이비드요." 무심결에 그의 이름이 튀어나왔다.

상태가 나아질수록 확신했다. 데이비드는 내가 평생을 함께하고 싶은 사람이었다. 그렇게 헤어지고 얼마 지나지 않아 바로 그와 다시 만나게 될 날을 생각했다. 하지만 누군가에게 좋은 사람이 되고 싶은 소망이야말로 내 불안감을 유발하는 가장 오래되고 강력한 원인이었다.

"그런 우려를 직시하고 그에 맞서는 일이야말로 본 게임이에요." 그녀가 나를 위로했다. "그러니 일단 자신이 이룬 진전부터 칭찬해 주세요." 그녀는 잠시 말을 멈췄다가 물었다. "그리고 데이비드 말인데, 공연 이후 연락한 적이 있나요?"

나는 고개를 저었다. "아니요, 없어요."

그녀가 빙그레 웃었다. "연락하면 데이비드가 뭐라고 할까요?"

마침내 결심을 굳힌 밤, 아무 말 없이 데이비드를 찾아갔다. 그리고 며칠 동안 살펴보며 그가 집에 혼자 있는 게 확실해지기를 기다렸다. 그런 다음 집 앞으로 걸어가 초인종을 눌렀다.

그가 문을 열자마자 대뜸 이렇게 말했다. "반갑습니다. 처음 뵙겠습니다." 그가 대답하려 했지만 내가 또 말했다. "제 이름은 패트릭이고 소시오패스예요."

그는 팔짱을 꼈지만, 입가에는 미소가 떠오르고 있었다.

"저는 남들과는 다른 방식으로 감정을 느껴요. 공감 능력이 부족하고 빈말도 절대 못 해요. 애정 행위도 별로고 혼자 있는 쪽을 좋아하지요. 짓궂은 일을 즐기기는 하는데, 선을 넘지 않기 위해 적극적으로 애써야 합니다. 알코올 중독자처럼 매일 노력해야 해요. 그래서 대부분의 인생을 다른 사람인 척하면서 울며 지내요." 그러면서 나는 손가락을 들어 올렸다. 그에게 더 들려주고픈 말이 있었다. "물론 크리스토퍼 크로스의 'Sailing'이라는 노래를 들을 때는 예외입니다. 그 노래를 들으면 금문교가 내려다보이는 샌프란시스코의 옛날 우리 집이 떠오르거든요." 여기까지 말하고 숨을 깊이 쉬었다. "주변 눈치만 보고 좋은 평판만 쌓으려는 사람들을 보면 더럽게 짜증이 나는데, 물론, 당신은 대부분 다 그러면서 살아간다고 말할 테죠. 물론 우리는 서로 정반대로 생각하지만 제가 뭘 어쩌겠어요." 나는 한숨을 쉬었다. "저는 진심 어린 친근함을 보여 줄 수 없어요. 그런 척할 수는 있지만 금방 피곤해져서 오래 버티지 못해요. 저는 사실 애들과 개를 좋아하지 않아요. 아기를 품에 쏙 안고 싶어 못 견디는 그런 여자가 절대 될 수 없겠지요. 제 말이 이해가 가시나요." 데이비드는 웃음을 참으려 애쓰며 입술을 꼭 깨물었다. 생각보다 대화가 술술 잘 풀렸다. "아, 그리고 저는 주체적으로 결정하지 못하는 수동적인 사람을 보면 정말 참을 수가 없어요. 저는 부끄러움도 모르고 후회도 거의 안 하고 기본적으로 늘 아무것도 느끼지 못해요." 나는 초조하게 침을 삼켰다. "그 밖에도 남들과 달리 저 혼자만 신경 쓰지 않는 일이 백만 개쯤 더 있어요. 하지만 이게 바로 제 진짜 모습이고 전 이대로도 괜찮아요. 이제 나는 내가 좋아요. 그리고 당신도 저를 좋아하기를 바랍니다. 당신 없는 인생을 살고 싶지 않으니까요."

데이비드가 나를 끌어안고 입을 맞췄다. 그에게 몸을 기대자 긴장이 풀렸다. 불과 조금 전만 해도 머릿속이 마구 어질러진 장난감 상자 같았지만 이제 모든 게 완벽하게 제자리를 찾았다. 그는 아무런 말 없이 자기 이마로 내 이마를 눌렀다. 그리고 다시 나를 꼭 끌어안았다. 훨씬 더 세게.

"사랑해." 그가 내 귀에 대고 속삭였다.

나도 그의 목에 입을 맞췄다. "나도 사랑해." 그렇게 한동안 품에 안겨 있다가 덧붙였다. "그런데 나 포옹 싫어해."

데이비드는 팔에서 힘을 조금 뺐지만 나를 놓지 않았다. 그리고 눈을 바라봤다. "진심이야?"

"그렇다니까!" 나는 슬쩍 몸을 뒤로 빼면서 아무렇지 않은 듯 가볍게 말하려고 애썼다. "내가 말하고 싶은 게 바로 이거야. 나는 너를 사랑하지만 네가 생각하는 사랑을 할 수는 없어. 틀린 게 아니라 다른 거야. 그 이상도 아니고 그 이하도 아니지. 단지, 다를 뿐이야."

그런데 데이비드는 뭔가 다른 생각을 하는 듯 내 어깨너머를 바라보았다. "저건 누구 차지?"

나는 한숨을 내쉬었다. "내가 방금 한 말 들었어?"

"어, 들었어. 그런데 저건 누구 차야?"

나는 차를 바라보며 어깨를 으쓱했다. "어떤 남자 차겠지. 몰라, 어젯밤에 낚아챈 거라서."

"뭐라고?!"

"내 차야." 나는 덤덤하게 말했다. "몇 개월 전에 샀어."

"패트릭, 너……." 그가 한숨을 몰아쉬었다. "꼭 그렇게 겁을 줘야겠어?"

"네가 그런 식으로 화제를 돌리는 게 싫으니까! 우리는 대화 중이었잖아!"

그가 고개를 저었다. "그래도 난 정말 놀라잖아."

"나도 알아." 그의 손을 붙잡았다. "나도 노력할 거야. 그렇지만 그건 너도 마찬가지야. 우리는 서로에게 완벽하게 들어맞는 짝이지만 계속 함께하고 싶다면 누군가의 도움이 필요할 것 같아."

"상담사?"

"응."

데이비드는 의심스럽다는 듯 눈썹을 움직였다. "네가 정말 차를 훔쳤는지, 차를 훔쳤다고 장난치는 건지 내가 금방 알아차릴 수 있도록 도와줄 상담사도 있을까?"

"아주 보통이 아닌 상담사가 있지." 나는 교활하게 웃었다. "둘이 만나는 순간이 정말 기대가 돼."

칼린 박사는 자신에게 상담을 계속 받고 싶다면 데이비드도 개인 상담을 받아야만 한다고 말했다. 내 삶을 위해서도 그가 소외감을 느끼게 해서는 안 된다고. 그도 칼린 박사와 나에 대해 나눌 얘기가 많을 거라며 적극적으로 찬성했다.

우리는 첫 동반 상담을 위해 칼린 박사와 마주했다. 데이비드가 상담실을 둘러보았다. 그녀가 그에게 기분이 어떤지 물었다. "기분 좋아요. 저는 패트릭을 정말 사랑해요. 이 상담이 효과가 있기를 바랍니다. 저는 패트릭의 장점을 알고 있어요. 매일같이 느껴요." 그가 내 손을 꼭 쥐었다. "패트릭이 깨달을 수 있도록 뭐든 돕겠습니다."

그녀는 깊게 숨을 몰아쉬었고 나는 비웃음을 참기 위해 입술을 깨물고 무릎을 내려다보았다. 그가 나와 칼린 박사를 번갈아 보는 게 느껴졌다.

"왜 그래?" 그가 물었다.

그녀는 다 이해한다는 듯 고개를 끄덕였다. "당신이 패트릭을 얼마나 사랑하는지는 잘 알아요. 그렇지만 상담의 목적은 패트릭만을 위한 게 아닙니다. 우리의 목적은 두 사람의 관계를 다루는 거예요. 두 사람이 행복하고 균형이 잡힌 관계 안에서 성장하도록요."

"저도 그걸 바라요!" 그가 소리쳤다. "그게 제가 원하던 전부라고요."

"내가 착한 아이처럼 굴기를 바란다는 거지?" 내가 말했다.

그러자 칼린 박사가 나를 보며 엄한 표정을 지었다. "데이비드, 방금 당신은 패트릭을 사랑하고 패트릭의 장점을 잘 알고 있다고 말했죠."

"네, 그랬습니다."

칼린 박사가 고개를 끄덕였다. "그러면 패트릭, 당신은 데이비드의 말을 듣고 어떤 생각이 드나요?"

나는 날카롭게 숨을 내쉬었다. "이 사람은 저에 대해 잘 알고 있으면서도 저를 사랑해요. 하지만 그게 조건부라는 생각이 들어요. 있는 그대로의 내 모습이 아니라, 제가 할 수 있는 일이나 제 잠재적 가능성을 사랑한다는 느낌? 전 그렇게 생각해요."

"그건 사실이 아니야." 데이비드는 칼린 박사 쪽을 돌아보았다. "이것 좀 보세요. 저는 패트릭이 어려움을 겪고 있다는 사실을 잘 압니다. 저는 패트릭을 돕고 싶고 제가 패트릭을 믿듯이 자신을 믿었으면 좋겠……."

"나는 나 자신을 믿고 있어!" 내가 큰소리로 말을 끊자 데이비드가 깜짝 놀랐다. "너와 같은 방식으로 믿지 않을 뿐이지. 더 나은 사람이 되기 위해, 아니면 네가 생각하는 뭐, '어떤 사람'이 되기 위해 굳이 네 빌어먹을 도움 같은 건 필요하지 않아. 데이비드, 나는 소시오패스야. 그리고 너의 어떤 지원이나 도움도 날 바꾸지는 못할 거야. 설사 그럴 수 있다고 해도 내가 그러고 싶지 않아!"

그는 팔짱을 끼고 화난 표정으로 칼린 박사를 바라보았다.

"데이비드, 방금 패트릭이 무슨 말을 한 것 같나요?" 박사가 물었다.

"자기는 변할 필요가 없다고 하네요." 화가 난 목소리였었다. "내가 자기한테 뭘 원하는지는 중요하지 않나 봐요. 아니, 제가 그다지 중요한 존재가 아닐 수도 있겠네요. 제가 자기를 사랑하는지, 제가 얼마나 자기를 아끼는지 손톱만큼도 신경 안 써요. 패트릭은 무슨 문제든 자기랑 상관없다는 듯이 굴죠. 자기가 소시오패스이기 때문에, 그냥 자기가 원하는 식으로만 할 겁니다."

칼린 박사는 내 반응에 주목했지만 나는 그저 앞만 바라보았다.

"글쎄요." 그녀가 말했다. "그렇다면 우리가 앞으로 해야 할 일이 많겠군요." 데이비드가 손을 뻗어 내 손을 잡았다. "들었지? 한번 해 보자."

나는 깊게 숨을 몰아쉬며 말했다. "알겠어. 알겠다고."

쉽지 않은 일이었다. 몇 개월 동안 상담과 치료를 병행하면서 우리가 한 일이라곤 말싸움이나 다툼뿐이었다. 그는 칼린 박사와의 개별 상담에 열심히 임했으며, 우리가 겪어 온 갈등에서 자신이 무슨 행동을 했는지 깨달았다. 그리고 마침내 내 성향을 취급하는 자신의 문제점을 인정했다. 내가 자신이 원하는 방식으로 반응하지 않을 때 거만하고 비판적이었다고 고백했다.

"네가 텅 빈 도화지랑 비슷하니까 그 위에 내 감정을 칠하려 했던 것 같아. 그러면 내 감정을 네게 옮겨 놓으면서 내 감정에 대한 책임에서도 회피할 수 있거든. 그래서 화날 때면 내가 아니라 네게 문제가 있는 것처럼 굴었던 거야. 일방적으로 화난 건 나면서 애꿎은 너에게 도대체 뭐가 문제냐고 물은 거지." 그가 이렇게 인식을 바꿔 가는 과정을 지켜보는 건 놀라운 일이었다.

그는 칼린 박사에게 또 이렇게 말했다. "저는 패트릭을 내 변명거리로 삼아 온 것 같습니다. 제가 신경 쓰는 만큼 패트릭도 내게 신경 써 줬으면 좋겠다고 생각하면서 그렇지 않을 때면 화가 났어요."

"내가 성향을 선택할 수 있다고 여겼기 때문이야." 내가 말했다. "생각하니까 화나네. 보통 그러다가 내가 논쟁거리를 던지면서 방아쇠를 당겼지. 네가 스스로를 기만하는 게 보이니까. 걸고넘어지지 않으면 견딜 수가 없으니까. 그러면 나는 또 네가 마침내 자책하는 모습을 확인할 때까지 파괴적인 모습을 보여 주고."

데이비드의 표정이 슬퍼 보였다. "내가 정말 잘못했어."

"나도 알아." 내가 대꾸했다. "그러니까 이제 나도 그런 일이 안 생기도록 노력할게."

처음에는 상담에서만 그런 고백들을 들을 수 있었지만 이내 일상생활에서도 진지하게 의견을 나누게 되었다. 그는 나의 성향을 더 잘 이해하기 위해서, 그리고 비슷한 어려움을 겪는 다른 이들과도 공감하기 위해서 열심히 노력했다. 칼린 박사의 제안으로 인터넷 자료를 찾아보는 등 아주 가벼운 수준의 소시오패스 공부도 시작했다. 급기야 내 박사 학위를 위한 자료 분석을 도와주겠다고 나섰고, 논문을 완성했을 때는 여러 차례의 편집 작업을 통해 수백

쪽이 넘는 내용을 교정해 주었다. 내가 학위를 받은 후에도 공부를 멈추지 않았다.

내가 오래전부터 예상했던 대로 실증적 자료는 데이비드가 소시오패스를 이해하는 출발점이 되어 주었다. 더 많이 읽고 알게 될수록 그는 소시오패스들을 지지하게 되었다. 나를 문제가 있는 사람으로 보는 대신, 그냥 남들과 다른 사람으로 보게 됐다. 무엇보다도 우리 두 사람이 다르다는 사실을 더는 개인적 관점으로 받아들이지 않았다. 감정적인 반응은 줄어들고 공감의 폭은 늘어났다.

나 역시 사회성 좋은 동반자가 되기 위해 두 배 더 노력했다. 데이비드는 감정이 풍부하고 다정다감한 사람이었다. 그래서 나는 할 수 있는 한 최선을 다해 그와 진심으로 가깝게 어울리는 사람이 되려고 했다. 또 그 과정에서 나 역시 무의식적으로 다른 사람을 편견을 동원해 판단해 왔다는 사실을 알게 되었다.

어느 상담 날이었다. "나는 지나치게 착한 사람은 믿지 못하겠어요. 정말 가증스러워요. 누가 과도하게 잘해 주거나 과한 친절을 베풀면 주먹으로 얼굴을 때리고 싶을 정도예요."

"거기에 나도 포함이 되는 거야?" 옆에 있던 데이비드가 물었다.

"가끔 그렇지." 내가 고개를 끄덕였다. "본능적으로 친절한 행동을 조작된 거짓 행동으로 인식하기 때문인 것 같아."

그는 인내심을 보이며 신중하게 말을 골랐다. "하지만 내가 너에게 친절하게 대하는 건 널 사랑하기 때문이야. 그 마음을 보여 주고 싶으니까 친절하고 다정한 행동을 하게 되는 거지."

"아니야. 내가 너를 사랑하기를 바라기 때문에 그러는 거지. 일종의 거래 조건이야."

그는 무기력한 표정으로 칼린 박사를 바라보았다.

"제가 볼 때 이건 두 가지 의견 모두 진실일 수 있습니다. 패트릭은 보통 사람들과는 다른 방식으로 상대방의 친절과 신뢰를 받아들입니다. 그것 또한 소시오패스의 일반적인 특징이기도 하지요." 그녀는 데이비드를 바라보았다. "사랑이란 일정 부분 학습되는 감정이고, 패트릭은 여전히 배우고 있는 과정이라는 사실을 기억합시다. 사랑은 주는 방법뿐만 아니라 받는 방법도 중요한데, 누가 봐도 친절한 행동도 패트릭에게는 조건이 붙은 거래처럼 보입니다." 그리고 이번에는 나를 돌아보았다. "하지만 데이비드는 분명 진심으로 당신을 사랑하기 때문에 당신에게 친절한 거예요. 또 친절을 되받길 바라는 데이비드의 열망도 이기적이라고 보기는 어렵습니다. 세상 사람들 대부분이 그렇게 사랑을 주고받아요."

나는 갑자기 눈이 뜨이는 것 같았다. "아, 정말 그래요?"

그러자 데이비드가 웃음을 터트렸다. "맙소사, 패트릭!"

"나는 멍청한 천치 같은 인간이었네." 나는 나의 무지에 놀랐다.

"그런 게 아냐!" 그가 말했다. "이제라도 그렇게 얘기하니까 기뻐. 나도 새롭게 배웠어." 그가 칼린 박사를 돌아보았다. "패트릭은 크리스마스 선물을 주고받는 것도 싫어해요."

"으윽." 나는 바로 탄식했다. "데이비드 말이 맞아요. 정말 가까운 사람과 주고받는 게 아니라면, 그런 게 정말, 정말, 정말 싫어요. 서로 죄책감이나 어색함을 털어 버리려는 멍청한 수작에 불과해 보여요." 칼린 박사가 웃음을 터트렸다. "다들 인정할 건 인정하세요! 크리스마스에 친척이 시답지 않은 걸 보내는 이유가 뭐겠어요? 비슷한 걸 답례로 받길 원하거나 나중에라도 보답하라는 부담을 주는 거예요. 그야말로 조건이 줄줄이 딸린 거래잖아요."

"하지만 패트릭, 항상 그런 건 아니에요." 칼린 박사가 말했다. "당신을 사랑하기 때문에, 서로 인연을 이어가고 싶어서 선물을 주는 사람들도 많습니다."

"그러면 그런 거 좋아하는 다른 사람을 찾으면 될 텐데."

"데이비드는 당신을 사랑하니까요. 친절은 사랑을 표현하는 한 가지 방법이에요. 제가 볼 때 당신은 친절에 대한 해석을 재구성하는 작업이 필요한 것 같아요."

그래서 그것도 시도해 보기로 했다. 신뢰와 관용 같은 감정에 대한 나의 둔감함이 어떻게 타인의 의도를 왜곡시키는지 주의를 기울이기 시작했다. 나는 공감에 대한 감도를 높이기 위해 칼린 박사와 긴밀히 협력했다. 그런 감정이 내면에서 자연스럽게 떠오르는 날이 언제가 될지는 몰랐지만, 내면화하기 위해 애썼다.

"사이먼이 결혼식에 오지 않았으면 좋겠어." 우리가 조용히 약혼식을 치른 후 몇 개월이 지난 어느 날, 내가 딱 잘라서 말했다.

데이비드가 식탁에 마주 보고 앉은 내게 초대 손님 명단을 조심스럽게 내밀었다. "패트릭, 사이먼과 나는 고등학교 시절부터 아는 사이인데."

"알지. 그렇지만 사이먼의 아내는 정말 망할 년이거든. 내 결혼식에서 그런 등신 같은 인간은 보고 싶지 않다고."

그가 한숨을 몰아쉬었다. "내가 사이먼과 같은 처지라면 어때?"

나는 눈을 치켜떴다. "망할 년이랑 결혼하는 '좋은 남자'가 되겠지?"

그러자 데이비드가 웃으며 말했다. "결혼하는 여자가 소시오패스라는 이유로 내가 모두에게 따돌림을 받는다면 어떨까?" 그 말을 듣자 얼굴을 찡그릴 수밖에 없었다. "용납할 수 있겠어?"

나는 아무런 대답도 하지 않았지만, 결국 툴툴거리면서 명단에 사이먼의 이름을 추가했다. 명단이 그리 길지도 않았지만 말이다.

그가 내 손을 꼭 잡았다. "우리 자기, 이게 바로 내 사랑에 공감하는 자기만의 방식이구나. 내가 더 공부하지 않았다면 아마 너를 보고 여전히 사람 마음을 몰라주는 소시오패스라고만 생각했을 거야."

하지만 나는 여전히 확신이 없었다. 칼린 박사와 함께 심리 재활 과정을 진행하는 동안 세상에 대한 신뢰를 회복할 수 있었다. 하지만 일시적이었다. 그럼에도 끝없는 사랑과 인내심, 이해력과 연민을 지닌 데이비드는 내가 가지지 못한 모습, 아니 어쩌면 내가 영원히 실현할 수 없는 좋은 모습을 끊임없이 일깨워 줬다. 하지만 나는 좋은 아내는 고사하고 애초에 좋은 사람이라도 될 수 있을지 반신반의하고 있었다.

결혼하고 나서도 의심은 계속되었다. 고독해지고 싶은 열망과

씨름했고 데이비드의 지나친 애정 표현도 버거웠다. 가끔 찾아오는 파괴적 충동도 문제였다. 늘 나와 함께였고 앞으로도 안고 가야 할 문제들이었다. 데이비드가 열렬한 후원자라는 점은 천만다행인 일이었다.

"네가 나와 같지 않아도 괜찮아." 언젠가 유난히 힘들고 지치는 갈등을 해결한 이후 데이비드가 내게 말했다. "정말로 네가 자기 자신이 아닌 다른 사람이 되기를 바라지 않아. 지금까지 네가 변하길 바라면서 너무 많은 시간을 낭비했어. 내가 틀렸어. 나는 그냥 자신이 없었던 거야." 그의 말이 가슴을 찔렀다. "너는 그냥 너야. 다른 누구와도 달라." 그는 나를 가까이 끌어당기고 희미하게 웃었다. "나랑 포근하게 포옹하는 게 싫다고? 감정이 사랑으로 북받친 적이 한 번도 없다고? 심지어 너는 그런 너 자신이 좋다고? 하지만 너는 아주 열정적이고 대담하고 지적이고 관찰력도 뛰어나. 탁월한 선구자지. 너를 알게 된 사람들은 너를 평생 잊지 못할 거야. 너는 사람을 꿰뚫어 볼 수 있거든. 너는 '매트릭스'의 네오야. 오직 너만이 사람들이 쌓아 올린 기만적인 마음의 벽을 무너트릴 수 있어."

내 소시오패스 증상을 그대로 받아들이는, 텅 빈 마음의 집조차 제대로 지키지 못해 길을 잃고 외로워하는 어린 여자아이를 보듬는 능력은 내 인생을 바꿔 버렸다. 깊고 가파르게 파인 내 공허함은 심리학적 낙하산을 통해서만 접근할 수 있는, 칠흑같이 어두운 동굴이었다. 하지만 그 동굴에 데이비드의 목소리가 울려 퍼졌다.

"그냥 잠시 어두운 거야. 무감각이란 게 원래 그래. 많이 지쳤지? 싸울 필요도 없어. 다 괜찮아. 그냥 긴장 풀고 지나가도록 내버려둬 보자."

그 무렵 계속 일기를 쓰고 더 나아가 계속 글을 쓰도록 격려해 준 사람도 데이비드였다. 그는 내가 어둠을 헤쳐나갈 수 있게 해 주었다. 내가 좋은 반려자이자…… 사랑스러운 아내이자…… 좋은 엄마가 될 수 있다는 믿음을 심어 주었다.

물론, 엄마가 된 후의 여정 역시 절대 순탄하지 않았다. 육아는 책이나 영상을 통해 배운 것과도 전혀 달랐다. 나는 아들이 태어났을 때 어떤 감정도 느끼지 못했다. 기대하던 '완벽한 사랑'이 벅차오르는 경험도 없었다. 사실 기대했다. 다른 모든 중요했던 인생의 사건 가운데서 실패했던, 인간의 가장 자연스러운 감정을 느끼는 경험이 나에게도 찾아올 거라는 꿈을 임신한 내내 조용히 꾸었다. 그래서 아들의 탄생도 내 감정을 일깨울 수 없다는 사실을 깨닫고 분노할 수밖에 없었다.

"아이를 안겨드릴까요?" 담당 간호사가 물었다.

"아니요, 됐어요." 나는 어리석은 희망에 젖었던 자신에게 화냈다.

하지만 내 역할은 데이비드가 도맡았다. 그는 옷을 벗고 막 태어난 아들과 처음으로 피부를 맞댔다. 육아 휴직 기간의 첫 몇 주 동안 씻기고 입히고, 또 함께 산책하는 등, 아기에게 필요한 모든 일을 해낸 것도 그였다.

"패트릭, 하나도 쉬운 게 없네." 그가 출근 준비를 하며 말했다. "영화도 책도, 실제로 상황이 닥치니 아무런 도움도 되지 않아." 그는 난장판이 된 방을 손으로 가리켰다. "지금 당장은 네가 소시오패스라는 게 너무 도움이 된다. 넌 정말 침착하고 계획적이야. 나는 그냥 너무 지쳐서 뭘 생각하는 것도 힘들거든."

그는 내 품에 안겨 잠든 작은 아기에게 부드럽게 웃어 보였다. "나는 당신이 그 애를 사랑한다는 걸 알아. 네 사랑이 다르다고 해서 그게 가짜는 아니니까."

그날 데이비드가 출근하고 나서 아들과 솔직한 대화를 시도했다. "네 엄마는 보통 엄마들이랑은 좀 많이 다르거든? 그래서 하는 말이지만, 네 어린 시절도 평범할 거라는 장담은 해 줄 수 없어. 장보러 간 주차장에서 뜨거운 차 안에 혼자 갇혀 있는 개를 보더라도 엄마가 개를 구하겠다고 장담할 수 없단다."

나는 약속의 징표라도 된다는 듯 장난감 거북이를 아들의 가슴 위에 살며시 올려놓았다. "그렇지만 너를 절대 위험에 빠뜨리지 않을게. 엄마랑 함께 있을 때보다 더 안전할 수는 없을걸?" 나는 다짐하고 또 다짐했다. "그리고 너한테는 절대 거짓말하지 않을 거야." 물론 약속을 지키는 건 여간 쉽지 않았다.

하지만 내 인생에서 가장 중요했던 바로 그 시기에, 나도 누군가를 진정으로 사랑할 수 있다고 믿어 준 데이비드 덕분에 스스로를 신뢰할 수 있었다. 시간이 지나면서 아들에게 진실된 감정을 느끼기 시작했다. 다만 내가 그것들을 쉽게 인식하지 못했기에 열심히 노력해야만 했다. 특히 아들의 독특한 성격을 파악하기까지 오래 걸렸다. 아들이 나와 얼마나 비슷한지도 깨달았다. 아들은 유치원에 들어가기도 전에 이렇게 말했다. "나는 원하는 건 뭐든 다 할 수 있어!"

"아, 그래? 어떻게 그럴 수 있지?"

"그냥 하고 싶은 대로 하고 미안하다고 사과하고 사랑해 주면 돼. 그러면 사람들은 다 잊어버려!"

나는 아들에게 뽀뽀했다. "사랑해 주면 사람들은 뭐든 용서하지."

아들의 성격은 장난기도, 교활함도 보통 이상이었다. 그렇다고 아들이 소시오패스일지 모른다고 걱정하지는 않았다. 의지가 굳고 놀라울 정도로 겁이 없는 게 나를 쏙 빼닮았지만, 그만큼 아빠의 깊은 감성을 모두 품고 있었다. 그런 아들을 제대로 키우려면 나 역시 더 노력할 수밖에 없었다.

아들이 초등학교에 입학한 후부터는 할 일이 더 늘어났다. 아들을 괴롭히는 애들을 찾아다니지 않기 위해 꾹 참았다.

"애가 왜 다리를 다쳤는지 알아?" 학교 보건실에서 연락받고 데이비드에게 말했다. "카시엘이라는 애새끼가 우리 아들을 놀이기구 위에서 밀쳤다는 거야. 내일 휴가를 내고 꼭 그 애를 찾아가고 말 거야!"

"애를 어떻게 하려고 그래." 데이비드가 무덤덤하게 대답했다.

"어떻게 하긴. 그냥 가서 확 밀치면 돼. 우연한 사고처럼 가장할 거야." 그리고 실제로 그렇게 했다.

 둘째를 임신한 후에는 그 과정이 반복되었다. 나는 내가 첫째 이외의 아이를 어떻게 사랑할 수 있을지 상상하기 힘들었다. 한때는 너무나 낯설게 보였던 개념이 이제는 숨 쉬는 것만큼이나 쉽게 다가왔다.

 요즘 들어서는 이전만큼 필사적으로 애쓰지 않아도 된다고 말할 수 있어서 기쁘다. 나는 내 사랑이 깨진 작은 유리 조각을 이어 붙인 모자이크처럼 유별난 형태라는 사실을 인정했다. 얼핏 쓸모없어 보이는 조각들이 운명에 의해 하나로 합쳐졌다. 평범한 빛도 내 사랑을 거쳐 가면 다른 방식으로 빛났다. 너무 매끈한 거울은 밋밋하고 재미없다.

 순수한 사랑은 행복 속에서 만들어지지 않는다. 고난과 절망 속에서 탄생한 행복은 거칠고 낯설지만 색다르다. 모든 게 서툴렀지만, 받아들이고 용서하고 또 이해하는 과정을 거쳐 온 내 사랑이 완벽함과는 거리가 멀지만, 그게 내가 누군가를 사랑하는 방식이었다.

 "엄마?" 첫째가 물었다. "우리 축구는 언제 해요?!"

 첫째가 말하는 축구란 매년 추수감사절 저녁 만찬을 마친 후 공원에 가서 공놀이하는 우리 가족의 전통을 뜻했다.

 웃으며 아들을 무릎 위로 끌어당겼다. 나와 데이비드가 합쳐져 무정함과 한없는 자비심을 동시에 보여 주는 아들을 끌어안고 숨을 들이마셨다. 아들의 머리에서 땀 냄새와 목련 냄새가 함께 풍겼다.

아들이 내 품에서 벗어나려고 버둥거리며 징징댔다. "축구요, 축구!" 부탁이라기보다는 명령조에 가까웠다.

"5분 줄게." 아이의 이모가 자기 아이를 바라보며 대답했다. "둘이 같이 가서 애들을 다 모아 와. 그리고 다 같이 공원에 가자!"

사내아이 둘이 뛰쳐나가 사촌들을 불렀다. 할로위는 남은 와인을 다 마시고 말했다. "그런데 우리 하던 얘기가 뭐지?"

"이제 책 한 권 쓸 때가 되지 않았니!" 엄마가 내게 말했다. "소시오패스가 스스로 갱생하는 법!"

좋은 생각이었다. 내게 그런 책이 가장 필요할 때도, 그리고 지금도 내가 원하는 내용의 책을 찾기는 어려웠다. 나는 혼자가 아니었다. 내 기고문이 신문에 실렸을 때 내가 받은 연락 대부분은 자료나 도움에 대한 요청이었는데, 할 수 있는 일이 제한적이었다.

제부가 고개를 절레절레 흔들었다. "말도 안 돼요. 차라리 회고록 같은 거라면 모를까."

엄마가 말했다. "그것도 안 되지. 너무 개인적인 내용을 밝혀야 하잖아."

"개인적인 내용이어야지요." 할로위가 나 대신 대답했다. "그래야만 사람들이 언니 말에 귀를 기울일 수 있으니까."

"맞는 말이에요." 데이비드도 거들었다. "모든 걸 솔직하게 털어놓았기 때문에 기고문도 실릴 수 있었던 거예요."

이어서 아빠가 물었다. "너는 어때? 책을 쓰고 싶니?"

나는 데이비드와 잠시 눈을 마주쳤다. 사실 이미 글을 좀 써 둔 상태였다. 그 글에는 내 인생의 생생한 이야기가 모두 드러나 있었다. 그 안에 소시오패스에 관한 다양한 심리학적 연구와 실제 경험을 하나로 엮었다. 어느 정도 틀을 잡아 놓은 글은 내 컴퓨터 하드에 1년 넘게 방치되어 있었다. 하지만 그걸 어떻게 해야 할지 알 수 없었다. 내 이야기가 많은 사람에게 도움이 될 테지만, 소시오패스를 돕는 일이 그렇게 환영받을 만한 일은 아니라는 사실 역시 잘 알고 있었다.

정신 건강에 대한 인식과 치료 방법은 많이 발전했지만, 소시오패스는 여전히 무시당했다. "소시오패스가 도움을 받으려면 어디로 가야 하나요?" 아직 그런 물음에 적절하게 대답할 수 없었다. 나는 그 공백을 메우기 위해 나름대로 최선을 다했다.

박사 학위를 취득한 후에도 계속 상담소에서 일했다. 몇몇 학교 친구나 동료는 내가 소시오패스라는 사실을, 그리고 소시오패스 치료에 확고한 믿음을 가지고 있다는 걸 알았다. 그래서 적합한 환자들에게 소개해 줬다. 나는 개인 상담소를 차려 '소시오패스 전문가'라는 평판을 얻었다. 내 상담은 암시장 거래와 비슷했다. 세상에 공인된 소시오패스 관련 전문 자격증이나 치료 과정은 없었다. 그래서 일반적인 상담에서 효과를 보지 못했거나 정체를 숨기고 싶은 내담자들이 나를 찾았다. 데이비드는 너무 멀리 살아서 나를 만나러 오기 힘든 예비 내담자들을 위해 연구 결과를 공개한 사이트를 만드는 데 도움을 주었다.

내가 정신 건강과 관련한 상담사라는 사실을 받아들이지 못하는 사람들도 있었다. 상담 전문가는 기본적으로 환자와 공감할 수 있어야 했다. 물론 최선의 노력을 다했음에도, 나는 항상 공감하는 데 실패했다. 하지만 상담 활동의 폭을 넓혀 가면서 타인의 감정에 대한 이해의 폭도 넓어졌다. 셀 수도 없이 많은 시간 동안 내담자들과 대화하면서 공감에 가까운 감정은 물론 분노도 느꼈다.

"불공평하잖아?!" 나는 종종 데이비드에게 불평했다. "공감하지 못한다는 이유만으로 소시오패스를 싫어하면 어떡해……. 그렇게 말하는 사람들은 우리 처지에 공감하나? 스스로 경험하지도, 학습하지도 못하는 감정을 잘 받아들일 수 있는 사람이 어디 있어?"

그런 위선이 나를 참을 수 없게 만들었다. 우리 역시 의학적으로 진지하게 관심받을 권리가 있는 '인간'이건만, 악의적으로 대우받거나 배척당하고 있었다.

상황을 개선하기에 여전히 내 일은 충분하지 않았다. 개인적 경험을 활용하는 심리학적 개입은 임시방편에 불과했다. 총상을 입은 사람에게 소독약을 발라 주는 정도였다. 분명 사회 전체에 영향을 미칠 가장 좋은 방법은 경험을 공유하는 것이었다. 소시오패스들은 건강하게 일상생활을 영위하는 내 모습에 자신을 투영하고, 가장 필요한 희망도 확인할 수 있을 것이다.

나는 아빠를 보고 웃으며 아무렇지도 않은 듯 어깨를 으쓱했다.
"뭐, 언젠가는요."
슬슬 분위기를 바꿔야 한다고 생각했는지 데이비드가 자리에서 일어섰다. "자, 그 이야기는 그만하고." 그가 손뼉을 쳤다. "햇빛을 좀 봐야겠지요? 그만 다들 밖으로 나가요."
모두 고개를 끄덕이며 자리에서 일어났다. 그때 할로위가 고개를 갸웃거리는 걸 보고 내가 물었다. "너는 어떻게 생각해?"
그녀는 나를 무시하고 휘파람을 불어 아이들에게 이제 밖으로 나갈 시간임을 알렸다. 다들 겉옷을 걸치고 운동화를 찾아 신으며 집안이 시끌벅적해졌다. 아이들은 총알처럼 문밖으로 뛰쳐나갔다. 어른들도 집에서 나와 상쾌한 오후 햇살을 받았다. 할로위는 문단속을 위해 나와 뒤에 남았다. 그리고 모두가 멀어지고 나서야 내게 물었다. "그거, 내가 읽어 봐도 될까?"
나는 놀랐다. 물론 그녀가 무슨 말을 하는지 알고 있었지만, 설득력 있는 의아한 표정을 짓기 위해 최선을 다했다.
"그 책 말이야." 그녀는 눈을 치켜뜨며 말했다. "이미 다 쓴 거지? 그렇지?"
나는 기쁨을 참지 못하고 체셔 고양이처럼 활짝 웃었다. "그럴지도?" 그리고 몸을 돌려 공원을 향해 달리기 시작했다.
"그럴 줄 알았어!" 할로위가 내 뒤에서 소리쳤다. "또 누가 알고 있어?"
"데이비드! 그리고 에벌리도."

"그 책에 나도 나와?" 그녀가 흥분해서 물었다.

"당연하지!"

할로위가 깔깔거리며 방방 뛰기 시작했다. "내가 미리 읽어 봐도 될까? 그런데 다 실명을 썼어? 안 그랬으면 내 이름은 할로위로 해 줘." 그녀는 장난스럽게 내 팔을 잡아당겼다. "괜찮지? 나는 항상 할로위라는 이름이 좋았거든."

"그래."

"그리고 지금 이 장면도 좀 끼워 넣으면 안 될까?" 그녀는 흥겨운 듯 빠르게 말했다. "우리가 함께 공원으로 걸어가면서 내가 가명을 할로위로 해 달라고 부탁하는 장면 말이야."

"그건 생각해 볼게."

"아, 카트!" 그녀가 가볍게 깡총댔다. "정말 재미있겠다! 내가 언니보고 다른 사람들을 어둠 속에서 구해 내는 히어로라고 했던 거 기억나?"

"맞아, 그랬었지." 내가 웃음을 터트렸다. "두려움 따위는 없다! 캡틴 애퍼시는 아무것도 신경 쓰지 않는다!"

나는 할로위와 어깨동무하고 공원을 향해 걸어갔다. 나무의 나뭇잎들 사이로 언뜻 달이 보였다. 저 멀리서 아이들의 웃음소리가 들렸다. 가을 햇살은 길고 아름답게 그림자를 드리웠다. 시원한 날씨는 마법처럼 편안했다.

"언니는 지금까지도, 그리고 언제까지나 혼자가 아니야." 할로위가 속삭였다. "정말이야."

감사의 글

〈뉴욕타임스〉의 댄 존스와 미야 리에게 감사의 마음을 전한다. 두 사람이 아니었다면 이 책은 결코 출판되지 못했으리라. 아, 아닌가? 어떤 식으로든 출판은 되었으려나? 하지만 나의 구원의 여신이자 출판 자문인 멜리사 플래시맨의 지도와 지혜가 없었다면 확실히 출판은 어려웠을 것이다. 멜리사, 나를 이 모험에 끌어들여 줘서 고마워요. 그리고 내 동생과 함께 원고를 검토해 줘서 고맙고요. 초고를 읽은 뒤 나를 처음부터 믿고 지지해 준 앨리슨 헌터에게도 고맙다는 말을 전하고 싶다.

내가 하고 싶은 이야기를 가장 정확하게 전달할 수 있는 방법을 찾는 데 도움을 준 최고의 편집자 에먼 돌란에게 감사한다. 돌란의 지적은 늘 정확하고 적절했다.

나는 폴 디폴리토, 자미에 셀처, 그리고 치포라 베이츠를 포함한 사이먼 앤 슈스터 출판사에 영원히 갚을 수 없는 빚을 졌다. 세세한 부분들까지 신경 써 준 모건 하트와 라라 M. 로빈슨에게 특별히 감사의 마음을 전한다. 브리 샤펜버그와 알리사 디피에로, 두 사람의 열정은 첫 만남부터 나를 매료시켰다. 법적 문제에 대해 많은 조언을 해준 캐롤린 레빈과 표지 장식을 맡아 준 로드리고 코랄에게 감사하다.

나를 온갖 법적인 문제들로부터 지켜 준 제임스 몰스키에게 고마움을 전한다. 몰스키가 아니었다면 이 여정의 모든 과정이 훨씬 지루했을 것이다. 신디 패럴리 게스너는 단순히 업적만으로는 평가할 수 없는 사람이다. 우리는 책을 통해 만났지만 굳건한 신뢰를 쌓았다.

이 책의 요약본을 몇 번이고 읽고 나서도 여전히 나와 관계를 이어 가고 있는 피트 노워크, 심령술에 대해 알려 준 스탠 파리시에게 특별한 사랑과 감사의 마음을 전한다. 두 사람을 알게 되어 기쁘기 한량없다.

나의 영원한 후원자인 트리샤 '데이지' 톨리 이모와 스티브 롤리 삼촌에게, 평생 내 곁에 있어 줘서 고마워요. 나의 모든 창의적 충동을 옹호하는 데 도움을 준 데이비드 스나이더와 제니 스나이더에게도 고맙다고 말을 전하고 싶다. 남편인 데이비드가 아닌 내 이름을 객실에 붙여 줘서 고마워요. 그곳은 언제든 찾아가기에 가장 편안하고 안전한 곳이었어요. 그저 존재만으로도 고마운 미셸 갸그니, 나에게 세상 사는 법을 보여 준 스티브 로스, 나를 일으켜 세워준 ESK에게도 고마운 마음을 전한다. 그리고 매트 쿡, 당신이 이 글을 읽을 때쯤이면 당신의 그 빌어먹을 책도 다 마무리를 지었겠지. 그렇게 바쁜 와중에도 불구하고, 내가 계속 "미칠 것 같은 상황"

에 끌어들이는데도 내 친구가 되어 줘서 고마워요. 앨리슨 던바, 우리가 만난 지 30초도 되지 않아 당신은 내게 혹시 경찰에 붙잡힌 적이 있느냐고 물었었지? 하지만 그 후로는 내 든든한 친구가 되어 주었어. 내 초고를 읽고 변함없이 늘 격려해 줘서 고마워.

아만다는 이 책이 완성되는 모든 과정을 지켜보았고 특별한 과자와 샴페인을 대접해 주었다. 길버트의 농담과 술 한 잔, 그리고 할아버지의 편지에 고마운 마음을 전한다. 나의 가장 오래되고 가장 소중한 친구인 에바는 언제나 완벽한 공감이 무엇인지 내게 보여 주었다. 나 때문에 두어 번 다치게 해서 정말 미안해.

내가 사랑하는 친구이자 나의 길잡이인 RL. 함께 보냈던 즐거웠던 시간을 절대 잊지 않을 거야. 내 생명의 은인 CB를 비롯해 서로의 삶을 보듬고 함께 살아가고 있는 MD, KAG, SP, FJS, JCM 등 모두에게 감사의 마음을 전한다.

엄마와 아빠는 늘 나를 자랑스러워하셨다. 아마 지금도 그러실 것이다. 사랑하는 아빠, 언제나 모든 모험에 함께해 주셔서 고마워요. 그리고 엄마. 내가 무엇이든 가능하다고 생각하게 된 건 엄마가 나에게 믿음을 주었기 때문이에요. 이 책 역시 엄마가 있어서 탄생할 수 있었어요.

내 사랑하는 동생에게 가장 깊고, 끝없는, 무한한 감사의 마음을 전한다. 내 동생은 나의 알파이자 오메가이고, 엄청난 능력을 지닌 마녀이자 은혜로운 존재다. 사실 말로는 마음을 제대로 다 전달할 수 없을 정도다. 내 동생이 태어난 날, 나는 무한 당첨 복권을 손에 넣었다.

　내 아들들에게 이런 말을 전할 기회와 영감을 얻어 감사하다. 나 같은 엄마와 사는 게 물론 쉽지 않은 일이겠지. 그렇지만 우리는 서로를 바라보면서 누구보다도 서로를 잘 이해할 수 있다. 내 삶에 있어 한 줄기 빛이 되어 준 아들들, 너희가 있었기에 나는 어둠 속에서도 길을 잃지 않을 수 있었단다.

　이 책의 초고뿐만 아니라 소시오패스와 관련된 모든 논문과 기고문, 온갖 잡다한 것들을 읽어 준 남편 데이비드. 당신은 과거에도, 지금도, 그리고 미래에도 영원히 내 삶의 나침반이자 기준이 되어 줄 거예요. 고마워요, 내 사랑. 당신을 미치도록 사랑해.

내 안의 무뢰한과 함께 사는 법 2

2024년 10월 30일 초판 1쇄 발행

지은이 패트릭 갸그니
옮긴이 우진하
펴낸이 이원주 **경영고문** 박시형

책임편집 강동욱 **디자인** 진미나
기획개발실 강소라, 김유경, 박인애, 류지혜, 이채은, 조아라, 최연서, 고정용, 박현조
마케팅실 양근모, 권금숙, 양봉호, 이도경 **온라인홍보팀** 신하은, 현나래, 최혜빈
디자인실 윤민지, 정은예 **디지털콘텐츠팀** 최은정 **해외기획팀** 우정민, 배혜림
경영지원실 홍성택, 강신우, 김현우, 이윤재 **제작팀** 이진영
펴낸곳 (주)쌤앤파커스 **출판신고** 2006년 9월 25일 제406-2006-000210호
주소 서울시 마포구 월드컵북로 396 누리꿈스퀘어 비즈니스타워 18층
전화 02-6712-9800 **팩스** 02-6712-9810 **이메일** info@smpk.kr

ⓒ 패트릭 갸그니(저작권자와 맺은 특약에 따라 검인을 생략합니다)
ISBN 979-11-94246-24-4 (03840)

- 이 책은 저작권법에 따라 보호받는 저작물이므로 무단전재와 무단복제를 금지하며, 이 책 내용의 전부 또는 일부를 이용하려면 반드시 저작권자와 (주)쌤앤파커스의 서면동의를 받아야 합니다.
- 잘못된 책은 구입하신 서점에서 바꿔드립니다.
- 책값은 뒤표지에 있습니다.

쌤앤파커스(Sam&Parkers)는 독자 여러분의 책에 관한 아이디어와 원고 투고를 설레는 마음으로 기다리고 있습니다. 책으로 엮기를 원하는 아이디어가 있으신 분은 이메일 book@smpk.kr로 간단한 개요와 취지, 연락처 등을 보내주세요. 머뭇거리지 말고 문을 두드리세요. 길이 열립니다.